DIPLOMAZIA
ZAHRA OWENS

Pubblicato da Triskell Dreamspinner Special Print Edition

Diplomazia
Copyright 2007 di Zahra Owens
Traduzione di Rossella Fortuna

Design di copertina di Mara McKennen

Stampato negli Stati Uniti d'America
Prima Edizione
Dicembre, 2007

Edizione eBook italiano: 978-1-61372-887-1

Edizione Paperback italiano: 978-88-9312-001-2

NOTA DELL'AUTORE

UNO scrittore non esiste nell'assoluto isolamento.

Anche se tendiamo a essere solitari, felici di passare il tempo in compagnia solo di noi stessi, non possiamo vivere senza altre persone con cui interagire. Abbiamo bisogno degli altri per prendere in prestito uno sguardo, rubare un tratto del carattere, utilizzare un punto di vista differente. Sono gli altri che ci aiutano a delineare personaggi compiuti, persone interessanti e situazioni intriganti, e questa interazione inizia presto nella vita. Senza altre persone nelle nostre vite, la nostra immaginazione sarebbe tristemente limitata.

Alcune persone sono più importanti di altre, a tale riguardo.

Mia madre ha educato una figlia dalla mente aperta e le ha mostrato, in modo molto realistico, che le relazioni sono disponibili in tutte le forme e dimensioni e che alcune di esse coinvolgono due persone dello stesso sesso. Grazie, mamma, per essere uno dei miei lettori più fedeli e accaniti e per non aver mai nemmeno storto il naso quando un brano era un po' esplicito. Inoltre, grazie per aver detto che il mio libro era bello come i romanzi d'amore che divori a un ritmo di tre a settimana, anche se so che sei di parte.

Su internet ho incontrato molti spiriti a me affini e uno è diventato la mia editor fissa. Silv, grazie per aver corretto i miei strani modi di dire europei, la mia ortografia traballante, le strane costruzioni di frasi e per aver sopportato il mio modo a volte molto americano di mettere le cose. Inoltre, grazie per avere il coraggio di dirmi quando le cose non funzionano e il tatto di dirmelo in modo tale da non urtare il mio delicato ego di scrittore.

Nancy, mi hai convinto a mandare questa storia a una casa editrice ed eccomi qui!

A tutti i miei lettori su internet, vi ringrazio per avermi incoraggiato a scrivere di più. Ognuno dei vostri commenti è stato divorato e apprezzato. Le osservazioni mantengono uno scrittore non solo attento, ma anche motivato.

Elizabeth e tutte le belle persone di Dreamspinner Press, i miei editor Lynn West e Willa Canter e la mia cover designer, Mara McKennen: vi ringrazio per avermi dato una voce.

Da dietro la scrivania,

Zahra Owens

PROLOGO

JACK fece un respiro profondo. Odiava il suo lavoro.

Beh, non esattamente tutto del suo lavoro, solo la pompa e le circostanze che si legavano a essa. A parte gli impegni ufficiali, in effetti lo adorava. Faceva quello che aveva sempre desiderato fare, sin da quando era bambino. Era quello che suo padre aveva sempre fatto e, appena era arrivato al liceo, aveva capito di volerne seguire le orme e diventare un diplomatico. Grazie al fatto di essere cresciuto in diverse parti del mondo, parlava parecchie lingue e ne stava imparando un'altra ora che era in un nuovo paese. Tutta la sua vita aveva voluto questo, e ora ce l'aveva.

Solo che quella era una di quelle sere in cui odiava quello che faceva. Stava offrendo al Presidente suo ospite un banchetto in onore della sua visita ed era vestito a festa in un completo di Armani appositamente cucito su misura per lui, abbinato a una camicia elegante, con un paio di gemelli d'oro che Maria, sua moglie da più di quindici anni, lo stava aiutando a chiudere.

«Vuoi solo... rimanere fermo ancora per un secondo?» Non sorrideva mentre glielo chiedeva. Pensò che fosse nervosa come lo era lui, se non di più. Quando si trattava di banchetti, lui era il padrone di casa in nome del Presidente, ma tutti gli occhi erano sempre puntati sulla *moglie*, perché era lei che si occupava di tutte le questioni pratiche. Sorrise, rendendosi conto di quanto era fortunato ad averla.

Anche Maria era figlia di diplomatici di carriera e aveva ricevuto un'educazione simile alla sua.

La ragione per cui aveva ottenuto il suo primo incarico come Ambasciatore prima dei quarant'anni era stata senza dubbio in gran parte grazie al fatto che lei era un'organizzatrice impeccabile. Quella sera non sarebbe stato diverso. Maria aveva organizzato un banchetto per centododici dignitari con un pasto di cinque portate e discorsi, e sarebbe tutto fluito in modo perfetto, senza dubbio. Lui avrebbe ottenuto parecchi complimenti a fine serata, non ultimo per la bellezza radiosa di sua moglie. Era davvero bella. I suoi capelli biondi erano tirati indietro e appuntati con i fermagli con diamanti che lui aveva comprato ad Anversa per l'anniversario di matrimonio che avevano appena festeggiato; il suo corpo sottile e i seni delicati erano avvolti in un elegante vestito rosso borgogna senza spalline che le scorreva sul corpo come se vi fosse modellato sopra, risaltandone la pelle bianca come un giglio. Quando gli si avvicinò per togliergli un capello dalle spalle, Jack le posò le mani sulla vita e si chinò a sussurrarle in un orecchio: «Sei bella in modo abbagliante stasera. Affascinerai tutti.» Maria rispose con un sorriso d'intesa. Era perfettamente consapevole delle teste che avrebbe fatto girare quella sera.

Uno degli uomini dei Servizi Segreti infilò la testa nella stanza. «Signor Christensen, signora, POTUS[1] è pronto a entrare.»

---

[1] Acronimo: President of the United States. (Nota del Traduttore)

Entrambi conoscevano il gergo. POTUS era il nome usato per il Presidente degli Stati Uniti. Dovevano essere al suo fianco al suo ingresso nella stanza.

Mentre Maria raddrizzava la cravatta del marito ancora una volta, lui si chinò per darle un rapido bacio sulla bocca.

«Oh, Jack.» Fece scorrere il dito sul suo labbro per cancellare il minuscolo segno rosso che il rossetto aveva lasciato. Jack vide le rughe di preoccupazione sulla sua fronte.

«Sorridi, Maire, sei molto più bella quando sorridi.»

Era il loro piccolo rituale prima di quelle occasioni, il loro modo di prepararsi ad affrontare gli ospiti. A Maria piaceva quando Jack la chiamava con il suo soprannome, che era la versione irlandese del suo nome di battesimo. Suo padre l'aveva chiamata così e, dopo la sua morte, Jack aveva adottato la consuetudine. La faceva inevitabilmente rilassare e un sorriso timido, ma caldo, appariva sempre sul suo viso.

Jack le prese la mano mentre si dirigevano verso la stanza successiva, dove si sarebbero uniti al loro Presidente.

Negoziati preliminari

CAPITOLO
UNO

COME Ambasciatore, Jack Christensen era il rappresentante del suo Capo di Stato nel paese a cui era stato assegnato. Questo non significava che fosse sempre d'accordo con lui, ma solo che era costretto a fingere di esserlo. Non era esattamente un membro del fan club dell'attuale Presidente. In realtà, Jack era sempre stato un democratico piuttosto eloquente, così fu molto sorpreso quando fu nominato per sostituire l'Ambasciatore in Belgio che stava andando in pensione.

Anche se gran parte del suo lavoro consisteva nel tradurre le linee politiche del suo Presidente per quel Paese, l'assegnazione lo eccitava. Era un piccolo Stato, certo, ma molto affidabile. Per non parlare del fatto che era diplomaticamente interessante, dal momento che la sua capitale non solo ospitava il quartier generale della NATO, ma anche la sede della Commissione Europea, ed era considerata di fatto la capitale dell'Unione Europea. Nel nord del Belgio vi era anche un importante porto internazionale che era usato spesso dagli Stati Uniti per il trasporto militare, il che lo rendeva un alleato da coccolare.

D'altra parte, il Belgio era noto per essere un paese testardo che non seguiva ciecamente il branco. In più di un'occasione, l'ex Ambasciatore aveva avuto bisogno di appianare le divergenze nel rapporto transatlantico, così Jack sapeva che avrebbe avuto il suo bel daffare.

Quella sera era stato il suo battesimo del fuoco. Non aveva ancora avuto l'occasione di presentare ufficialmente le credenziali al Re Alberto II, come era consuetudine per i nuovi ambasciatori, e ora il suo Presidente era in visita e aveva una casa piena di funzionari del governo e del personale dei Servizi Segreti.

La visita sarebbe durata tre giorni e Jack sapeva che, con tutti i ricevimenti e i banchetti, sarebbero stati i tre giorni più lunghi della sua vita.

Il banchetto si era svolto alla perfezione, anche se l'Ambasciatore del Regno Unito era andato a casa presto per una brutta forma di influenza. Almeno quella sarebbe stata la giustificazione ufficiale. Subito dopo la portata principale, Maria aveva notato che era piuttosto ubriaco; dopo aver avvisato Jack di questo, era stato discretamente allontanato e spedito a casa insieme al suo autista.

POICHÉ il Presidente e la First Lady erano ospiti presso l'Ambasciata, anche Jack e Maria erano tenuti a pernottare lì invece di andare nella loro casa appena fuori dalla città.

«Stasera è stato tutto perfetto.» Jack indossava solo i pantaloni del pigiama, mentre stava appoggiato allo stipite della porta a osservare Maria che si toglieva il trucco. Lui sapeva che la donna avrebbe tradotto le sue parole in *grazie per l'ottimo lavoro*.

Lei alzò gli occhi. «Siamo arrivati vicini a un piccolo incidente diplomatico, però. Fortunatamente, il nostro *Brit*[2] non ha fatto troppe storie quando è stato mandato a casa.»

---

[2] Abbreviazione di Britannico (N.d.T.)

Jack si spostò dietro di lei e appoggiò le mani sui suoi fianchi snelli. «A giudicare dalla sua reazione, il suo assistente non è rimasto sorpreso.» Guardò la figura elegante di Maria nel grande specchio del bagno.

Mentre accoglievano i loro ospiti prima del banchetto, aveva visto parecchi sguardi di uomini soffermarsi sul corpo di sua moglie. Alcuni di loro l'avevano persino guardata con desiderio, senza preoccuparsi di nasconderlo mentre lui stava parlando con loro. Allora perché non aveva mai evocato quei sentimenti in lui? Lui la amava, naturalmente. Era bella, lo vedeva, ma non aveva mai sentito il bisogno irrefrenabile di sbatterla sul tavolo e fotterla. Anche all'inizio del loro rapporto, avevano fatto l'amore in modo tenero e premuroso, ma raramente in maniera spudoratamente appassionata.

Le baciò teneramente il collo. Per fortuna erano grandi amici. «Anche domani sarà una giornata lunga. Si inizia di buon'ora con una colazione privata con i nostri ospiti d'onore.»

Lei si voltò e gli accarezzò la guancia. «Sì, è meglio andare a letto.»

LA SERA seguente ci sarebbe stato un ricevimento, in cui gli americani che vivevano in Belgio non solo avrebbero avuto la possibilità di incontrare il loro Presidente, ma anche il loro nuovo Ambasciatore. Anche se era un evento molto più rilassato paragonato al banchetto, Jack e Maria avrebbero dovuto circolare e stringere un sacco di mani, con ben poche possibilità di avere davvero una conversazione decente con qualcuno.

Jack stava parlando con un pastore presbiteriano e sua moglie che vivevano in Belgio da più di vent'anni. Come sempre, aveva un occhio all'ingresso dove gli ospiti venivano accolti dal suo Ufficiale di protocollo. Proprio mentre Jack stava educatamente rifiutando l'invito a cena del pastore, il suo sguardo fu catturato da un giovane che stava entrando. Era alto, vestito tutto di nero e, al posto della cravatta, aveva un foulard di seta nera avvolto morbidamente intorno al collo. Aveva i capelli lunghi e ondulati e Jack si rese conto che era probabilmente l'unico in tutta la stanza che poteva sentirsi a suo agio con quel look. Non sembrava nemmeno troppo informale per l'occasione. Al suo braccio c'era una bella e giovane donna bionda, che sorrideva nervosamente e gli stava appiccicata come un adesivo.

«Oh, ma lei e la sua bella moglie dovete venire nella nostra chiesa, signor Christensen. Anversa è a soli 45 minuti di auto,» sentì vagamente dire dalla donna più anziana.

Come emergendo da uno stato di intontimento, si scusò. «Signore e signora… Wallace, mi dispiace ma devo occuparmi di una piccola emergenza.» E si diresse rapidamente verso una delle porte laterali.

Pochi secondi più tardi, Maria lo raggiunse. «Avevo la sensazione di doverti venire a salvare.»

«Eh? Cosa?»

«Ho visto i tuoi occhi vacui. Lei è un po' invadente, vero? Ora torniamo dai nostri ospiti prima che comincino a chiedersi perché il nuovo Ambasciatore e sua moglie sono scomparsi insieme.»

Sorrise mentre lo riconduceva dolcemente nella stanza.

Sia il Presidente che la First Lady, sotto stretta sorveglianza dei Servizi Segreti, giravano per la stanza come consumati professionisti, cercando di percorrere più strada possibile nel minor tempo possibile. Jack e Maria erano esperti in quella tattica ma, mentre usciva, Jack si rese conto che stava cercando nella folla il giovane uomo dai capelli scuri. Anche se il ricevimento era al suo apice, scovò in un batter d'occhio sia lui che la sua tremante compagna. Stavano parlando animatamente con la First Lady, che era chiaramente molto presa dal giovane uomo dal piglio sicuro. Jack capì che lui non era in alcun modo turbato dalla notorietà della moglie del Presidente e sembrava totalmente a suo agio, cosa che Jack non era mai riuscito a essere in tutti i suoi anni nel corpo diplomatico. Proprio mentre era pronto a farsi strada verso di lui, rendendosi conto che la First Lady era pronta a spostarsi, fu fermato da un uomo d'affari più anziano, un nuovo arrivato in quel Paese, chiaramente desideroso di incontrare il suo Ambasciatore. Scambiarono alcune parole, ma Jack fu sollevato quando un'altra coppia anziana si unì alla conversazione, dandogli la possibilità di congedarsi.

«Sua Eccellenza?»

Una voce piuttosto bassa, sicura e molto *british* lo fece girare e si ritrovò a guardare i due occhi color cioccolato più belli che avesse mai visto. Ci fu un momento, che sembrò durare un secolo, di silenzio imbarazzante tra di loro. Jack sapeva di dover rispondere, ma la sua mente era un vuoto assoluto.

«Eccellenza, il mio nome è Lucas Carlton, Vice responsabile della gestione delle informazioni per l'Onorevole Marcus Boyles, e questa è la mia fidanzata, Lucy Marsh.» Indicò la giovane donna che districò il braccio per stringergli la mano. «Piacere di conoscerla, signore.»

Contento per la sfrontatezza del giovane, lui prima strinse la mano della donna, poi quella dell'uomo. La stretta di Lucas era ferma e la sua mano morbida e asciutta. Il protocollo, che gli era familiare, aiutò un po' Jack a riprendersi. «Ah, sì, il nostro stimato Ambasciatore del Regno Unito. Come sta oggi?» Si scambiarono sguardi d'intesa.

«Ancora con qualche problemino, ma niente che non possa essere sanato,» rispose il giovane con un sorriso complice.

Jack trovò difficile spezzare il contatto visivo con Lucas, ma per educazione si rivolse alla giovane donna. «Signorina Marsh, è americana, suppongo.»

Lucy gli sorrise, chiaramente a disagio. «Sì, di Boston.»

«E ha deciso che solo un *Brit* valeva la pena?» Non appena le parole gli uscirono dalla bocca, Jack avrebbe voluto rimangiarsele. Era terribilmente osé come inizio di conversazione.

Lucy sorrise, un po' incerta su come doveva rispondere esattamente, ma Lucas la salvò. «Ci siamo incontrati a Stanford, dove stavo studiando Relazioni Internazionali. Ha fatto sì che da straniero mi sentissi il benvenuto.» Lui le sorrise per rassicurarla.

«Ho parlato con lei ieri sera?» chiese Jack a Lucas, sollevando Lucy dall'essere al centro dell'attenzione.

Lucas alzò le sopracciglia. «Ah, sì, ci aspettavamo una chiamata, così ero rimasto a coordinare. Sua Eccellenza era... già *malato*, quando è uscito, ma era deciso a partecipare. Poteva solo sperare che lei o sua moglie lo salvaste dall'imbarazzo, come gentilmente avete fatto.»

Gli sguardi di complicità tra Lucas e Jack erano completamente sfuggiti a Lucy, che chiaramente non aveva avuto indizi che l'Ambasciatore del Regno Unito non fosse *veramente* malato.

«Beh, non la tratterrò ancora a lungo, sua Eccellenza. Ho semplicemente voluto presentarmi, poiché Stati Uniti e Regno Unito sono sempre stati stretti alleati, e spero che ci incontreremo di nuovo molto presto. Il mio capo mi ha informato che diventerò il suo ufficiale di collegamento con la vostra Ambasciata, visto che ho forti interessi in questa zona.»

Jack si aspettava che Lucas guardasse la sua ragazza per confessare esattamente dove tali interessi si trovavano, ma non lo fece; invece affascinò Jack con il suo sguardo per un tempo che sembrò eterno.

Lucas alla fine fece un cenno con il capo mentre faceva un passo indietro e guidava Lucy verso l'interno della stanza.

Jack sospirò, rilasciando il fiato che, a quanto pareva, aveva trattenuto. Prese un paio di respiri profondi, cercando di calmare il suo cuore che batteva all'impazzata.

FU SOLO più tardi quella notte, quando fu solo nel bagno del suo alloggio privato presso l'Ambasciata, che ebbe la possibilità di ripensarci. Cosa rendeva Lucas così speciale? Perché quel giovane gli aveva risvegliato sentimenti che credeva di aver sepolto molto tempo prima? Lasciò cadere la testa tra le mani e cercò di bloccare i pensieri che continuavano a strisciargli nella mente quando pensava al giovane britannico, ai suoi occhi marroni come il cioccolato e al suo sorriso radioso, alla stretta di mano che era andata dritta al suo inguine.

Si gettò un po' d'acqua fredda in faccia, mentre si guardava allo specchio. *Dimenticalo, Jack, lui ha una ragazza e tu una moglie. Siete entrambi eterosessuali di successo. È inutile lasciare che il tuo uccello prenda il sopravvento.*

Dopo essersi asciugato la faccia, camminò al buio nella camera da letto, cercando di non svegliare Maria.

«Non c'è bisogno di sgattaiolare in giro,» la sentì dire, poco prima di scivolare sotto le coperte. Lo abbracciò mentre lui si sdraiava sulla schiena e appoggiò la testa sulla sua spalla. «Beh, sembri essere felice di vedermi.»

CAPITOLO
DUE

UNO dei compiti di Jack era coordinare il suo staff e farlo lavorare al meglio, così che potesse essere al servizio degli americani che vivevano in Belgio. Ma un'Ambasciata era più di questo. Jack e il suo staff erano considerati delle "spie legittime", poiché era loro compito anche essere informati dei piani di azione strategici e della politica del loro paese ospitante, nonché stare specificamente attenti a che cosa questi comportassero per l'America come Paese e per gli americani che vivevano sotto la loro ala.

Come ogni nuovo Ambasciatore, Jack aveva molto da imparare e sapeva ormai che ogni Paese era diverso. Il suo staff lo aveva ampiamente informato sulle comunità e sulle regioni di questo piccolo Stato e delle suscettibilità esistenti: non solo il Nord e il Sud parlavano una lingua diversa, ma anche la loro cultura era molto differente. Jack sapeva che parlare francese non era un problema, ma quando gli fu detto senza mezzi termini, e dalla sua segretaria niente meno, che quasi il sessanta per cento dei belgi parlava fiammingo, le chiese di organizzargli qualcosa così che potesse imparare la lingua. Era una belga efficiente e concreta, sulla cinquantina, e il fatto che lui avesse risposto al suo discorso enfatico con quella richiesta l'aveva fatta quasi arrossire. Jack si rese conto che con questo si era guadagnato il suo eterno rispetto; si fece un appunto mentale di non assumere mai persone che parlavano francese, lì intorno.

La vita domestica era ormai tornata alla normalità e i Christensen non erano più costretti a vivere presso l'Ambasciata. Una casa comoda e spaziosa venne fornita loro a Tervuren, nella cintura verde intorno alla capitale. Maria era assolutamente abituata a imballare, partire e sistemarsi di nuovo in un'altra parte del mondo, senza molto preavviso, e si era posta come obiettivo personale di rendere ogni casa come fosse la loro da sempre.

«Sai, Jack, una sera dovremmo invitare a cena quel giovane inglese con la sua ragazza americana.» Maria stava imburrando una fetta di pane tostato nella loro cucina.

Jack alzò lo sguardo dal suo giornale. «Perché?»

Maria gli lanciò un'occhiata che voleva dire 'Non so come sei riuscito a essere quello che sei con un atteggiamento simile'. «È affascinante! Persino la First Lady non riusciva a smettere di parlare di lui dopo che l'ha incontrato al ricevimento e hanno parlato per… quanto? Tre minuti in tutto? Mi sono appena resa conto che è un astro nascente e la sua ragazza potrebbe aver bisogno di un po' di aiuto.»

Jack sollevò le sopracciglia.

«Intendo dire che lei è una ragazza abbastanza piacevole, ma se vuole un'opportunità per aiutare la carriera del futuro marito, ha bisogno di essere un po' affinata. Lo sai che questa è la sua prima volta fuori dagli Stati Uniti?» Stringendo una tazza di caffè in mano, Maria si sistemò vicino a Jack e prese il New York Times dalla pila dei vari quotidiani.

«Beh, lui mi ha detto che sarà nominato *ufficiale addetto all'informazione* nella nostra Ambasciata, quindi forse dovremmo conoscerci meglio. Intendiamoci, parleremo di lavoro per tutta la notte, quindi potrebbe diventare un po' noioso per voi ragazze,» rispose Jack senza guardare sua moglie.

Maria arrotolò il Times e scherzosamente lo picchiò con quello. «Bene, sono sicura che *noi ragazze* potremo ritirarci al piano superiore e mettere lo smalto alle unghie mentre gli uomini si occuperanno di affari.»

Jack alzò gli occhi e si accorse di aver appena offeso la sua colta moglie.

PIÙ tardi, quella mattina, la segretaria di Jack infilò la testa nel suo ufficio mentre lui stava passando in rassegna le nuove sanzioni finanziarie che i belgi avevano imposto su tutte le importazioni extra-UE.

«Signor Christensen, la sicurezza ha detto che il signor Lucas Carlton è al piano di sotto. È il collegamento del...»

«So chi è, signora Claessens, lo faccia entrare e...» la richiamò prima che se ne andasse, «...si accordi con la sicurezza per lasciarlo passare la prossima volta, per favore. Anche lui è nel corpo diplomatico come noi, solo del Regno Unito anziché degli Stati Uniti.»

Lei annuì mentre chiudeva la porta per trasmettere la richiesta del suo capo.

Pochi minuti dopo, Lucas entrò sicuro nell'ufficio di Jack, una cartelletta sotto il braccio, indossando praticamente gli stessi vestiti con cui Jack l'aveva visto al ricevimento. Con il sorriso sempre presente sul suo viso, si chinò sull'imponente scrivania di quercia piena di carte per stringere la mano di Jack.

«Signor Christensen, sono lieto...» Lucas si fermò a metà frase quando Jack sollevò la mano.

«Per favore, mi chiami Jack. Visto che dovremo lavorare insieme su tutto quello che riguarda i nostri due paesi, mi farebbero impazzire tutti quei *signore* qui e *signore* là, così solo… Jack.»

Lucas fece un enorme sorriso. «Okay, Jack. Ma è stato comunque gentile a ricevermi senza un appuntamento. Di solito mi attengo al protocollo, ma avevo bisogno di un po' di aria fresca e queste carte dovevano essere consegnate, così…»

«Così è venuto a piedi dalla sua Ambasciata alla mia? Con…» Jack sfogliò velocemente il contenuto della cartelletta, «…tre pagine sul punto di vista del Regno Unito sulle sanzioni sulle importazioni?» Mentre guardava il giovanotto allentarsi la sciarpa e accomodarsi su una delle sedie di fronte a lui, si accorse di essere divertito dal suo comportamento.

«È solo una camminata di cinque minuti e, come ho detto, avevo bisogno di aria. Prendere la macchina sarebbe stato completamente inutile.» La sua voce si spense mentre ammirava la decorazione piuttosto opulenta dell'ufficio.

«Allora, come sta il vecchio Boyles?» chiese Jack, comprendendo che il giovane uomo non aveva intenzione di soddisfarlo con una risposta diretta.

Lucas si stava ancora guardando intorno, ammirando il cornicione in legno finemente intagliato vicino al soffitto, concedendo a Jack la possibilità di fissarlo. «Ha avuto una piccola... ricaduta e quindi pensiamo che tornerà molto presto a casa, in Inghilterra, per un prolungato… periodo di riposo.»

Jack ridacchiò. Aveva incontrato l'Ambasciatore del Regno Unito solo una volta e si erano reciprocamente presi in antipatia all'istante. Quell'uomo era notoriamente incapace di tenere il suo consumo di alcolici a un livello accettabile e riusciva sempre a insultare qualcuno prima di dover essere scortato fuori. Non era il genere di diplomatico preferito da Jack.

«Posso offrirle qualcosa da bere? Visto che ha camminato... Penso che forse potrebbe avere sete,» Jack chiese un po' esitante e non propriamente a suo agio.

Lucas balzò in piedi. «Posso andare io a prendere qualcosa? Tè, caffè, acqua?»

«Lucas, si sieda, lei è mio ospite qui, la signora Claessens ci porterà qualcosa.»

Il giovanotto si girò. «Qual è il suo nome?»

«Di chi?»

«Della sua segretaria,» rispose Lucas, affermando l'ovvio.

«Oh, ehm... Gurdy o qualcosa di simile. Qualcosa che non riesco quasi a pronunciare.» Jack osservò il giovane uomo ridacchiare e uscire dalla porta come se fosse il padrone di casa. Mentre guardava ancora le sue carte, si rese conto che non riusciva a concentrarsi. Decise che lavorare con quell'inglese spumeggiante si sarebbe rivelato più difficile di quanto pensasse, perché vederlo seduto dall'altro lato della scrivania lo faceva pensare a un sacco di cose, nessuna però neanche lontanamente connessa con il lavoro, e quei pensieri lo mettevano a disagio. Così cominciò a riordinare, mettendo le carte in piccole pile precise, cercando di tenere la mente concentrata su come disporle nell'ordine giusto e...

«È Gertje,» Lucas lo pronunciò attentamente e Jack sentì almeno tre suoni che non gli erano familiari, «ma dice che le va bene se la chiama signora Claessens. In questo modo non fa la figura dello stupido e mostra un sano rispetto.»

Jack non l'aveva neanche sentito rientrare nella stanza.

«Non riesco a credere che abbia detto questo,» ribatté Jack con un sorriso, cercando di nascondere il disagio dietro a un po' di umorismo.

Lucas sistemò le due tazze sul tavolo e alzò le mani in segno di resa. «Non la conosco ancora abbastanza bene da mentirle. Oltretutto, cosa ci guadagno? È una signora esuberante e mi ha riferito che lei vuole prendere lezioni di fiammingo, così le ho detto che l'avrei accompagnata dove vado io per le lezioni di olandese. Mi ha anche baciato e io chiamo sempre con il loro nome le persone che bacio.»

«Lei è stato via... due, tre minuti? E avete parlato di tutto questo?» Jack era molto stupito.

Lucas annuì mentre si sedeva e beveva un sorso della sua tazza di tè. «Oh, e la signora è un'amante dei gatti.»

Jack sogghignò. «No, mi dispiace, non le credo.»

«Sul serio,» rispose Lucas, che chiaramente non si faceva intimidire facilmente. «Dovrebbe andare a prendere più spesso il suo caffè di persona. C'è una foto della signora con due soriani nell'angolo in cui c'è la macchina del caffè e il suo fermacarte è un siamese.» Indicò la tazza a Jack. «Ora beva il suo caffè, perché Gertje non mi sembra proprio il tipo di donna a cui farebbe piacere veder sprecata una tazza di ottimo caffè.»

Jack non poté fare a meno di sorridere mentre si piegava sulla scrivania per prendere la tazza fumante, dopodiché si risedette senza guardare Lucas di proposito, e bevve un sorso. «Suppongo le abbia anche detto come mi piace il caffè?»

Lucas scosse la testa mentre inghiottiva un po' di tè ancora chiaramente molto caldo. «No, veramente lo ha versato lei per me. Non me l'avrebbe lasciato preparare. È molto protettiva nei suoi confronti, sa? Dice che lei è il miglior capo che abbia avuto finora.»

«Donna intelligente,» mormorò Jack mentre pensava che Lucas fosse assolutamente irresistibile. Continuarono a sorseggiare le bevande, parlando dell'importanza di imparare le lingue del luogo come parte del loro lavoro, e Jack si rilassò mentre si godeva la conversazione.

«Bene, sarà meglio che vada,» affermò Lucas improvvisamente mentre si alzava. «Presto potrebbero cominciare a chiedersi dove sono e visto che non ho detto loro che sto garantendo il collegamento con il mio Ambasciatore americano... Beh, diciamo che ne sono all'oscuro... in più di un modo.»

Dopo che Lucas se ne fu andato, Jack si lasciò cadere sulla sedia, ancora un po' stordito dalla visita frizzante. *Il mio Ambasciatore americano.* Si strinse nelle spalle. *Il MIO Ambasciatore americano? Stai diventando pazzo, Christensen. E leggi cose nelle parole degli altri che non ci sono. È solo un modo di dire.* Eppure si sentiva come se fosse appena stato corteggiato, come se gli fossero state fatte delle avances, come se il bell'inglese gli si fosse offerto. *Prendimi, sono tuo.*

Jack scosse la testa. *Sei sposato e lui lo sarà tra poco. Tieni i pensieri fuori dalle mutande.* Oh, Dio, e lui doveva invitarlo a cena.

«Signora Claessens? Può rintracciarmi Lucas Carlton al telefono, per favore? Ambasciata del Regno Uni... Sì, lo so che è appena uscito. Non c'è fretta, solo entro oggi, per favore.» Mise giù il telefono e guardò l'orologio. La signora Claessens aveva ragione. Era impossibile che Lucas fosse già arrivato alla sua scrivania. Sicuramente però era arrivato a lui.

Dannazione.

TRE

MENTRE Lucas usciva dall'Ambasciata americana, si strinse al collo la sciarpa e infilò le mani nelle tasche dei pantaloni. Era l'inizio dell'estate, ma il bizzarro tempo europeo rendeva l'aria un po' pungente. Almeno non pioveva.

Prendendosela comoda, gli servivano circa dieci minuti a piedi per arrivare all'Ambasciata del Regno Unito. La cosa più fastidiosa era il fatto che doveva allungare di un tratto per raggiungere le più vicine strisce pedonali, ma non aveva intenzione di rischiare la vita nel tentativo di attraversare in qualsiasi altro modo il viale che faceva parte di una delle strade più trafficate nel centro di Bruxelles. In realtà, non gli dispiaceva camminare, lo aiutava a schiarirsi le idee.

Perché si era messo in quella situazione? Perché era di nuovo interessato a un uomo? E uno sposato per giunta. Anche se c'era una remota possibilità che Jack fosse interessato, l'uomo aveva da perdere ancora più di lui. Era salito ai più alti ranghi della diplomazia: Ambasciatore degli Stati Uniti. E Lucas aveva visto sua moglie, era la moglie perfetta dell'Ambasciatore. Doveva anche ammettere che gli piaceva. Era ovviamente una donna forte e non c'era dubbio che, anche se Jack era un diplomatico di prima classe, non era sicuramente il capo in quella relazione. Quasi gli dispiaceva per lui, ma conosceva il valore di avere una donna forte a cui appoggiarsi. Anche sua madre era stata così, sebbene quando i suoi genitori erano giovani, la moglie di un diplomatico era un semplice trofeo. Doveva essere bella e una brava organizzatrice, ma doveva anche essere discreta e nessuno ne riconosceva mai la forza.

Negli ultimi anni era diventato dolorosamente chiaro a Lucas che, senza la donna giusta al suo fianco, avrebbe potuto dire addio alla carriera diplomatica. Anche nei ranghi inferiori, cioè le masse invisibili, era necessario avere un background perfetto per essere spinto in avanti. Nei tre anni in cui aveva lavorato per gli Affari Esteri del Regno Unito, era passato da un lavoro umile all'altro. Gli alti ufficiali gli dicevano che sarebbe andato avanti grazie al suo pedigree, ma era stato messo da parte ogni volta.

Finché non aveva portato una ragazza a un ricevimento dell'Ambasciata. In realtà era lei che gli aveva chiesto di uscire, non si erano nemmeno dati un vero appuntamento, ma lei era la figlia del nuovo Consigliere economico.

Non aveva mai capito come un singolo appuntamento potesse averlo fatto notare. Però tornare da un viaggio in California con una ragazza americana gli aveva fruttato la promozione a Vice responsabile della gestione delle Informazioni; ora quella stessa ragazza sembrava essere il trampolino per farlo diventare il collegamento con gli americani. E non era neanche lontanamente vicina a essere la moglie perfetta di un diplomatico.

Tornare a frequentare uomini era quindi fuori questione. Doveva togliersi dalla testa l'Ambasciatore degli USA. Ecco. Fine.

Inspirò ancora una boccata di aria frizzantina ed entrò nell'Ambasciata del Regno Unito; aprì la porta del personale facendo scorrere il distintivo di sicurezza nel lettore. Andò direttamente nel suo ufficio grande quanto uno sgabuzzino; aveva appena appeso il cappotto al gancio che il telefono squillò.

«Signor Carlton, sono Gertje, la segretaria del signor Christensen. Posso passarglielo?»

Lucas sentì il sangue affluirgli al cervello. *Dopo quindici minuti che me ne sono andato, mi sta già chiamando? Calmati, amico, e rispondi alla signora.* «Certo, Gertje. Grazie.»

Sentì il click del trasferimento di chiamata e poi una voce leggermente roca. «Salve, sono Jack.»

Lucas inghiottì mentre sentiva Jack che si schiariva la gola. «Sì, lo so,» ridacchiò. «Ha una segretaria molto efficiente, ricorda?»

«È tornato senza problemi?»

Lucas sorrise al tentativo di Jack di fare conversazione spicciola, ma dovette ammettere che gli piaceva sentire la sua voce. «Beh, sì, il traffico dell'ora di pranzo era terribile, ma sono arrivato tutto intero.»

Sentì che l'altro uomo si schiariva ancora la voce. Era un suo tic nervoso o un caso?

«Quello che ho dimenticato di dirle, beh, di chiederle, è che… Maria ha suggerito che invitassi lei e Lucy a cena. Sabato, se siete liberi. Altrimenti giovedì prossimo forse, perché il sabato seguente dobbiamo andare a una cerimonia, quindi…»

Sentì Jack sospirare e non sapeva cosa pensare di quello che gli aveva detto.

«Dovrò chiedere anche a Lucy, ma, per quanto ne so, la mia agenda è libera. Va bene se la richiamo domani per farle sapere?»

«Benissimo, certo, sono sicuro che a Maria non importi un cambiamento dell'ultimo minuto.» Un altro sospiro. «Non mi è uscita bene. Intendevo dire che va benissimo, c'è ancora un sacco di tempo per arrivare a domani e, se ha bisogno di altro tempo, dopodomani è comunque perfetto. Maria è brava a improvvisare.»

Lucas sorrise. Cosa poteva chiedere ancora per continuare a sentire la voce di Jack? «Ci saremo solo noi quattro o anche altri ospiti? Solo per sapere come devo vestirmi.»

Udì quasi il sorriso dell'americano. «No... solo noi quattro e, per favore, metta qualcosa di comodo. In occasioni di questo genere, mi rifiuto di indossare giacca, cravatta, pantaloni del completo o qualsiasi cosa anche solo simile a quello che porto al lavoro. Mi ci sono voluti parecchi anni, ma ho finalmente convinto Maria che va bene mettere i jeans quando si è con amici.»

Perché quest'uomo eloquente e ponderato stava divagando? Sì, era una telefonata *di società*, ma qual era il problema nell'invitare qualcuno a cena? Non c'era nessunissimo problema, a meno che la sua prima impressione non fosse giusta. C'era una ragione per cui Jack sembrava a disagio vicino a lui e Lucas era determinato a scoprire se la ragione era l'attrazione reciproca.

«Sono sicuro che riuscirò a convincere Lucy, ma telefonerò domani per confermare. A che ora dobbiamo venire?»

«Perché non cominciamo disgustosamente presto, diciamo intorno alle cinque? Abbiamo un giardino favoloso e, se il tempo belga ce lo permette, possiamo godercelo un po' prima di cena. Oh, e devo darle l'indirizzo...»

Lucas annotò l'indirizzo di casa dell'Ambasciatore su un pezzo di carta da lettera ufficiale degli Affari Esteri. «Allora ci sentiamo domani, va bene?»

«Sì, a domani,» sentì dire dall'altro capo, subito prima del click che segnalava la fine della conversazione.

Lucas rimase seduto per qualche istante con la cornetta tra le mani, sorridendo.

Quell'uomo era assolutamente un enigma e il modo in cui si sentiva pensando a lui era una complicazione della quale, in quel momento, avrebbe fatto volentieri a meno. Finalmente la sua carriera stava decollando e Lucy ne era in gran parte la ragione. Lei lo rendeva... normale. Non il ragazzo riservato con una vita privata misteriosa, ma un giovanotto comune con una bella bionda al suo fianco.

Non è che stesse completamente fingendo. Voleva bene a Lucy; era simpatica, piena di vita, con punti di vista ingenui e non troppe ambizioni personali. Si erano conosciuti quando aveva passato sei mesi in un college americano e, sebbene lui a quell'epoca avesse un ragazzo, erano diventati amici. La prima volta che erano finiti a letto insieme era stato circa due mesi prima che lui partisse per l'incarico a Bruxelles e, quando era arrivato il momento critico, era andata con lui, solo per allontanarsi dalla sua opprimente famiglia.

Stava andando straordinariamente bene nel loro appartamentino con una sola camera da letto nel quartiere europeo. Lucas riusciva ad andare a piedi al lavoro e Lucy poteva prendere la metropolitana per il Vesalius College dove stava seguendo i corsi di Comunicazione e Affari Internazionali. Lucas trovava Lucy accomodante e senza pretese; persino il sesso andava bene.

Nonostante ciò, lui non smetteva di desiderare il tocco di un altro uomo.

Aveva tenuto il suo desiderio sotto controllo per quasi un anno ormai e, fino alla settimana prima, aveva trovato facile convivere con i propri desideri. I benefici superavano abbondantemente gli occasionali sogni erotici e l'uso di un po' di immaginazione lo portava lontano quando faceva l'amore con Lucy, specialmente perché il

CAPITOLO
QUATTRO

suo corpo longilineo mancava delle curve usuali delle donne.

Quella sera, dopo che lei gli era andata vicino mentre guardava la TV, fecero l'amore nel buio della loro camera da letto. L'unica ragione per cui Lucas era durato il tempo sufficiente a farla venire era che aveva cercato intensamente di non pensare a Jack. Appena la udì gridare il suo nome e la sentì sussultare sotto di lui, non poté controllare più a lungo i suoi pensieri e, immaginando come sarebbe potuto essere toccare e baciare l'americano e spingersi dentro di lui finché anche Jack avrebbe gridato il suo nome, venne dopo pochi istanti.

Mentre rotolava sulla schiena, ansimando pesantemente e cercando di riprendere fiato, sentì Lucy che si avvolgeva intorno a lui.

Alzò gli occhi su di lui con sguardo vacuo. «Dio, Lucas, non so cosa ti ha preso stasera, ma è stato magnifico.»

Lucas le baciò i capelli e chiuse gli occhi, sentendosi colpevole per l'inganno.

«Vogliono che andiamo da loro a cena sabato,» disse dolcemente.

«Chi?» chiese Lucy, più presente adesso.

«I Christensen. L'Ambasciatore degli Stati Uniti e sua moglie, ricordi?»

«Oh, spero che tu abbia detto di sì!» esclamò Lucy, che ora sedeva ben dritta vicino a Lucas. «Oh, mio Dio, Lucas, cosa devo mettermi?»

IL TEMPO era stato insolitamente freddo per tutta la settimana, ma sabato risultò essere una bellissima giornata. La maggior parte del personale dell'Ambasciata viveva nel quartiere attorno al Parlamento europeo e alle ambasciate, così quasi nessuno aveva un'auto aziendale, ma Lucas aveva deciso di prendere in prestito una delle Smart che l'Ambasciata teneva di appoggio, con grande felicità di Lucy.

«Non mi dirai che hai intenzione di vestirti *così?*» chiese Lucy quando passò di fianco a Lucas, mentre lui si controllava nello specchio del bagno. «Lucas, stiamo andando a una cena, di sabato sera, nella casa dell'Ambasciatore degli Stati Uniti. *Quello* non sarebbe adatto neanche per un pranzo a casa dei miei genitori.» Lo esaminò attentamente e poi si diresse verso la camera da letto.

«Beh, Jack ha detto niente cravatte, giacche o completi, quindi...» Sembrava felice nei suoi jeans sbiaditi e la camicia verde.

Lucy gli lanciò un'occhiata divertita mentre scivolava in un soffice maglione giallo. «Oh, adesso è Jack, allora?»

«Sì,» rispose Lucas, un po' irritato che gli fosse sfuggito così facilmente. «Non ti aspetterai che lo chiami tutte le volte signor Christensen visto che lavoriamo insieme ora, vero?»

«Oh, non so. Tu sei un assistente subalterno e lui è un Ambasciatore, e tu lo chiami per nome. Ecco, prova questo.» Gli gettò una camicia di seta blu notte e dei jeans neri.

Lui sospirò mentre si sedeva sul letto vicino a lei dopo essersi tolto i pantaloni. «Mi ha chiesto lui di chiamarlo Jack, va bene?»

Lucy si alzò e lo baciò sulla fronte. «Non c'è bisogno di mettersi sulla difensiva... e voglio solo che tu sia carino. Non è che questi vestiti siano scomodi.» Si girò e scomparve nel bagno.

Lucas si lasciò cadere di schiena sul letto. Lucy non meritava di essere trattata male ma, per qualche ragione, negli ultimi giorni lo irritava. Naturalmente sapeva perché succedeva. Negli anni passati era stato facile, però ora che l'articolo giusto era proprio a portata di mano, non era più soddisfatto della seconda scelta.

Quella sera non sarebbe stato facile, comunque. Probabilmente si sarebbe trovato a fronteggiare Jack coccolato dalla sua perfetta moglie e Lucy si sarebbe sforzata in ogni modo di far buona impressione su tutti. Non sapeva quale pensiero odiasse di più.

SICCOME il traffico di Bruxelles era notoriamente difficile da prevedere, arrivarono alla villa a Tervuren secondo la consuetudine belga: con dieci eleganti minuti di ritardo.

Lucas non aveva individuato la ben nascosta entrata la prima volta che ci erano passati davanti in macchina e aveva dovuto fare inversione nella strada più avanti. Una volta entrati nello stretto vialetto, c'era una brusca curva a destra e qui furono fermati da due uomini dei Servizi Segreti.

«Possiamo vedere un documento d'identificazione, per favore?» chiese l'uomo dal lato di Lucas.

Lucas gli consegnò il passaporto insieme al pass diplomatico e ai documenti di Lucy. «Lucas Carlton, Lucy Marsh, stiamo andando dai signori Christensen.»

«Molto bene, signore. Mi spiace ma dobbiamo dare un'occhiata alla vostra auto. Dovreste scendere e aprire il bagagliaio, per favore.»

Non era una domanda, così Lucas eseguì. La guardia accese la torcia e controllò il bagagliaio vuoto. Poi fece un cenno a Lucas, consentendogli di chiuderlo. Il secondo uomo intanto guardava all'interno della macchina.

Appena Lucas si sedette sul sedile del conducente, la guardia gli restituì i documenti. «Signor Carlton, signorina Marsh, grazie per esservi adeguati alle nostre procedure di sicurezza. Continuate lungo questa strada fino alla casa senza fermarvi e parcheggiate a sinistra dell'edificio principale. Informeremo che siete arrivati. Vi auguriamo una piacevole permanenza come ospiti del nostro Ambasciatore.»

Lucy era seccata perché erano in ritardo, ma Lucas immaginò che almeno avrebbe avuto qualcosa di cui parlare con i padroni di casa, giustificandosi dicendo che erano stati bloccati; i suoi timori su un inizio pieno di disagio si rivelarono però ingiustificati mentre si avvicinavano all'abitazione. Maria stava camminando dal lato anteriore del giardino verso la casa con alcune ortensie in mano e aveva un aspetto assolutamente radioso nel suo semplice vestito bianco. Sorrise loro in modo seducente.

«Andate in macchina fino alla casa, potete parcheggiare di lato e io vi farò entrare.»

L'abitazione sembrava pronta per essere fotografata su *Homes and Gardens*: l'interno era accogliente e piacevole, pulito e ordinato, ma non al punto da essere difficile da vivere. C'era un tavolo pieno di riviste e giornali e mazzi di fiori ovunque.

«Entrate,» li sollecitò Maria mentre entrava in casa davanti ai suoi ospiti. «Voglio solo mettere questi in un vaso. Avete trovato la casa senza problemi?»

«Sì, le indicazioni di Jack erano chiare. Il traffico era un po' più intenso di quanto prevedessi,» rispose

Lucas, guardando Lucy. «Così suppongo che abbiamo onorato una tradizione belga e siamo arrivati un po' in ritardo.»

Maria sorrise calorosamente. «Non si preoccupi, Lucas. Visto che per noi tutto è così meticolosamente programmato, cerchiamo di conservare un po' di caos e libertà nella vita privata. Quindi mi scuso in anticipo se stasera tutto sembrerà un po' *improvvisato*. Vogliamo che l'atmosfera sia rilassata quando invitiamo degli amici. Jack è impegnato fino al collo nella preparazione della cena, perciò potete andare in cucina a salutarlo e io vi porterò qualcosa da bere.»

Lucas e Lucy si scambiarono un'occhiata sentendosi considerare amici, anche se si erano conosciuti da poco, ma seguirono comunque Maria.

Non aveva scherzato dicendo che Jack era impegnatissimo a cucinare. Aveva le maniche della camicia rimboccate e indossava un grembiule, il che era una buona idea visto che stava impastando.

«Lucy, Lucas, avete trovato il posto!» Jack fece un ampio sorriso. «Benvenuti! Come potete vedere, Maria si occupa della casa, ma la cucina è il mio regno, quindi perdonatemi per l'accoglienza informale.»

«Oh, l'uomo cucina qui. Lucas, potresti cogliere qualche suggerimento da Jack, allora,» scherzò Lucy.

«Già, bene. Temo che essere cresciuta con una cuoca che viveva con noi non mi abbia reso molto abile in cucina, quindi ho dovuto trovare un uomo con talenti nascosti.» Maria fu veloce a rispondere, mentre metteva le braccia attorno a Jack e gli rubava un bacio.

Lucas si sentì impallidire e sperò che nessuno lo notasse. Cosa stava pensando? Quell'uomo era chiaramente innamorato di sua moglie, e perché non avrebbe dovuto esserlo? Era perfetta, una padrona di casa affascinante, dotata di senso dell'umorismo. La osservò mentre prendeva dei bicchieri in cui versare il tè freddo fatto in casa, ma ancora più chiaramente notò il modo in cui Jack la guardava, lasciando che i suoi occhi si soffermassero sulle sue perfette forme femminili.

LUCY e Maria si ritirarono in giardino, lasciando Lucas in cucina con Jack.

«È insolitamente tranquillo, Lucas» indagò Jack dolcemente, rompendo il silenzio un po' sgradevole.

«Quindi lei prepara il pane che mangia?» replicò Lucas, visto che non voleva rispondere alla domanda.

Jack sorrise. «Già, è la mia carta segreta per le cene.» Scrollò le spalle. «A Maria piace vantarsi con gli ospiti che io so fare il pane e quindi me lo fa preparare ogni volta.»

«Deve essere un po' un calvario. Essere programmato per comportarsi così...» rispose Lucas, cercando di ritrovare il senso dell'umorismo.

«Beh, cosa posso dire, sono un uomo succube della moglie,» sbuffò Jack, sempre sorridendo. «Sul lavoro, lei è la mia spalla e quindi a casa io sono il bravo ragazzo che fa quello che gli viene chiesto.»

Lucas poteva quasi immaginarseli a letto insieme: Jack sdraiato sulla schiena e... Si voltò quando si rese conto che non era Maria china su Jack nelle sue fantasie.

«Allora, Lucas, le va di darmi una mano?»

Il giovanotto si girò per fronteggiare ancora il suo ospite. «Ehm, certo, ma, come ha detto Lucy, non sono un grande cuoco.»

«Bene, si lavi le mani e le dirò cosa deve fare.»

Jack aveva capito che Lucas era nervoso, ma non quanto lo era lui. Sarebbe stato di aiuto dargli qualcosa da fare. Qualcosa che lo distogliesse dal vagare sulla fluente e un po' abbondante camicia di seta che Lucas indossava.

Qualcosa che gli tenesse le mani occupate (e sporche) in modo da non essere tentato di afferrarlo mentre gli passava di fianco per lavarsi le mani. *Scordatelo, Christensen*, si disse mentre lavorava la pasta ancora una volta prima che fosse pronta per andare in forno.

Lucas lo guardò in attesa dopo essere tornato al bancone dove Jack stava lavorando.

«Okay, dobbiamo dividere la pasta in pezzi più piccoli per fare diversi rotoli e poi dargli la forma di palline. È in grado di farlo?» Jack sentì il calore del giovane vicino al suo braccio mentre stavano in piedi piuttosto vicini.

«Ehm?»

Jack gli diede un piccolo pezzo di pasta. «La lavori con gentilezza, non butti fuori l'aria. Pensi di avere tra le mani un seno di donna.»

Lucas ridacchiò. «Il che nel mio caso ci farà avere alla fine dei panini molto piccoli.»

Jack lo colpì scherzosamente con il gomito ed entrambi risero, mentre continuavano a ricavare dei rotoli.

Jack alzò gli occhi per guardare, attraverso le finestre della cucina, il giardino, dove le due donne stavano camminando nel roseto, chiaramente impegnate in un'animata conversazione.

«Sembrano trovarsi molto bene insieme,» buttò lì Jack dopo che il silenzio era di nuovo caduto fra loro.

«Già, le guardi… le nostre donne.»

Jack si chiese se stava solo sognando il tono di voce di Lucas in quella affermazione. Si rese conto di aver visto Lucy appiccicarsi a Lucas, ma altrimenti non erano quasi mai vicini fisicamente. Sembrava una relazione solo per lei, ma non era sicuramente la persona più indicata per fare un'osservazione obiettiva su quello.

«Le cose sono un po' difficili tra voi due?» domandò Jack; in risposta ottenne solo lo sguardo terrorizzato di Lucas. «Mi dispiace, non volevo essere troppo curioso, non sono affari miei, naturalmente,» aggiunse velocemente, dopo aver distolto lo sguardo. «Può aprirmi il forno, per favore?» gli chiese, indicando la larga stufa sotto i bruciatori a gas. Quest'ultimo eseguì e lui mise il pane nel forno e ritornò al bancone.

«Non è facile, Jack,» sussurrò Lucas finalmente.

Sentendo ancora la tensione nell'aria, Jack cercò di salvare la situazione. «Deve essere difficile per Lucy, lasciare la sua famiglia come ha fatto lei e trasferirsi in un paese straniero.»

«Già.» Lucas annuì, in modo non completamente convincente.

Dannazione, ora il momento giusto era sfuggito. Ma cosa poteva fare? Non è che potesse chiedere a Lucas esplicitamente come andava il loro rapporto ed essere ironico allo stesso tempo…

«Adesso ho bisogno letteralmente di una mano,» affermò Jack, cercando di alleggerire l'atmosfera.

«Certo,» rispose Lucas, «una mano, due mani, braccia, spalle, qualunque cosa di cui lei abbia bisogno, Jack.»

Jack sentì che Lucas lo stava guardando e per un momento era tornato il sicuro giovanotto impetuoso che era stato nel suo ufficio. Fu momentaneamente a corto di parole, ma recuperò poco dopo.

«Devo avvolgere questo salmone nella pasta fillo e poi legarlo con lo spago, così mi serve una terza mano per legare il nodo.»

Lavorarono insieme in silenzio e Jack sentì Lucas rubare piccoli contatti. Stava solo immaginando il fatto che Lucas stesse in piedi molto vicino a lui, che le loro braccia si sfiorassero e che di proposito facesse sì che le loro mani si toccassero mentre metteva il dito su ogni nodo che Jack chiudeva? Però il giovane non impiegava più tempo di quanto fosse necessario.

«Ecco,» dichiarò Jack quando gli otto piccoli rettangoli di salmone avvolti nella pasta furono sistemati sulla teglia.

Improvvisamente sentì la mano di Lucas posarsi sulla sua, le dita leggermente piegate sul lato della mano. Quando sollevò lo sguardo, Lucas lo stava fissando, con i suoi occhi dolci, speranzosi e un po' timorosi. Non voleva spostare la mano, non voleva lasciare andare il calore che si diffondeva in tutto il suo corpo e che gli faceva battere forte il cuore.

CAPITOLO
CINQUE

LA CENA fu assolutamente deliziosa e le due donne andavano così d'accordo che si notò a malapena che gli uomini avevano parlato pochissimo, a meno che non fossero coinvolti nella conversazione da Lucy o Maria.

Lucas però se ne accorse. Sentiva che la tensione poteva essere tagliata con un coltello. Ed era sicuro che anche Jack se ne fosse reso conto, visto che stava fermamente evitando lo sguardo fisso di Lucas.

Perché aveva toccato la mano di Jack in quel modo?

In cucina l'atmosfera era stata così rilassata, mentre Jack gli mostrava vari trucchetti culinari. Ricette semplici che probabilmente avrebbe potuto fare anche da solo, se si fosse mai avventurato in quel campo per qualcosa di più che friggere un uovo o mettere la pizza nel forno.

Lucas si era avvicinato a Jack, rubando contatti occasionali quando il suo gomito sfiorava l'avambraccio nudo di Jack e la seta della sua camicia trasmetteva il calore del corpo. Aveva studiato le mani di Jack mentre avvolgevano delicatamente il salmone nelle erbe e poi nella pasta, e aveva aiutato mettendo il dito così che Jack potesse stringere lo spago. Formavano una bella squadra, si era detto Jack.

E poi, improvvisamente, i piccoli tocchi non erano più stati sufficienti per Lucas. Quello che davvero voleva fare era mettere le braccia intorno all'uomo, sentire i loro corpi vicini.

Invece aveva messo la sua mano su quella di Jack. Quando l'uomo aveva appoggiato con noncuranza la mano sul bancone, Lucas l'aveva coperta con la propria, piegando leggermente le dita attorno a essa, con il cuore che correva all'impazzata.

Si era aspettato che Jack togliesse la mano. Non che l'uomo avesse dato cenni che Lucas gli stesse troppo addosso, nonostante la cucina fosse grande e loro stessero in piedi così vicini. Aveva lasciato la mano posata un po' più a lungo delle altre volte e, quando aveva alzato lo sguardo, aveva visto che anche Jack lo stava fissando. Dall'espressione dei suoi occhi, Lucas aveva capito che Jack aveva intuito si trattasse di un tentativo deliberato di contatto fisico.

E, con sorpresa di Lucas, non aveva ritratto la mano. L'espressione dei suoi occhi, però, era un'altra faccenda. Cos'era? Sorpresa? Disgusto? Il respiro di Jack si era fatto più affrettato, un po' più marcato, poi Lucas l'aveva visto, un miscuglio di rimpianto e qualcosa che sembrava molto simile a paura. Temeva che Maria entrasse? Gli stava comunicando che anche lui lo voleva, ma non in quel momento? O era troppo gentile per arrabbiarsi?

Lucas aveva tolto la mano e guardato altrove. In quel preciso momento, Maria era entrata in cucina con Lucy a rimorchio, entrambe portando delle rose che avevano colto in giardino. Lucas aveva fatto un passo indietro, aumentando la distanza fra loro.

«Allora, come sta procedendo la cena?» aveva chiesto Maria mentre riempiva un vaso con dell'acqua e cominciava a sistemare i fiori.

«Adoro le cucine che odorano di pane appena fatto. Mi ricordano la cucina di mia madre a casa,» aveva commentato Lucy vivacemente. «Non mi dica che fa anche il pane?» aveva chiesto a Maria.

«Già,» aveva risposto Lucas, guardando l'altro uomo, «Jack è un uomo dai molti talenti.»

Jack non aveva risposto. Si era semplicemente girato verso il forno e aveva controllato il pane. Alla fine aveva sorriso debolmente a Lucy. «Quasi pronto, non ci vorrà molto adesso.»

Così eccoli lì, loro quattro, seduti davanti a un confortevole e un po' caotico tavolo da pranzo, con lo stomaco pieno, il vino che scorreva copiosamente, le due donne che chiacchieravano animatamente e i due uomini seduti in silenzio, che fissavano la tappezzeria o i fiori meravigliosamente sistemati da Maria.

Lucas voleva rompere il ghiaccio, ma non aveva idea di come fare senza attirare l'attenzione sul modo in cui si stavano comportando e senza dover spiegare cos'era successo in cucina. La cosa strana era che neanche Lucas era molto sicuro di cos'era successo. Sarebbe stato più facile se Jack avesse semplicemente tolto la mano e continuato a fare quello che stava facendo, glissando su qualsiasi cosa anche lontanamente intima che stava succedendo fra loro. Non era come se l'avesse baciato! Tuttora Jack non sembrava in grado di definire le sue sensazioni, o comunque non sembrava avere il controllo della situazione.

Tutto quello che Lucas sapeva era che avrebbe dovuto fare ammenda. Dopotutto avrebbero dovuto ancora lavorare insieme dopo quello che era successo; e se non avessero potuto parlare dei loro dissapori, come avrebbero potuto i loro Paesi lavorare bene insieme? Avrebbe dovuto fare la prima mossa e dimostrare all'altro uomo che poteva mettere da parte i sentimenti personali per un bene più grande. Avrebbe dovuto fare quello che ci si aspettava da un diplomatico.

Lucas fu distolto dai suoi pensieri quando Maria si alzò dal tavolo. Riuscì a sentirla dire a suo marito: «Jack, perché non porti Lucy e Lucas nel soggiorno, mentre io sistemo qui.»

Lucy si alzò velocemente dal tavolo. «L'aiuto, Maria.»

«Oh, no, assolutamente no,» le disse Maria. «Lei è nostra ospite. La regola quando abbiamo ospiti è: Jack cucina, io pulisco.»

Lucy aiutò comunque e così, quando Jack si scusò, Lucas fu lasciato solo con i suoi pensieri. Raccolse qualche piatto vuoto e lo portò in cucina dove trovò Maria.

Lei sorrise con calore. «Oh, no, non tutti e due in questa cucina! Jack ti ha lasciato solo?» Alzò gli occhi al cielo. «Tipico! Ascolti, Lucas, scommetto che è sul portico a fumare una sigaretta. Sono sicura che sarà contento se gli fa compagnia; se riesce a sopportare l'odore della sigaretta, ovviamente.»

Lucas annuì e le sorrise in risposta.

Lei gli porse due bicchieri di brandy a forma di tulipano. «Perché non porta fuori questi?»

«È sorprendente quanto è ancora caldo qua fuori, dopo questa settimana così fredda,» esordì Lucas quando trovò il padrone di casa seduto sulla panchina, appoggiato contro il muro di mattoni della casa.

Jack fece un lungo tiro dalla sigaretta e rispose laconicamente, «Già,» senza guardarlo.

«Pensavo che tutti gli americani avessero smesso di fumare ormai,» cercò di scherzare Lucas mentre tendeva a Jack uno dei bicchieri che teneva in mano.

Jack scosse le spalle, lo sguardo rivolto al giardino. «Beh, posso smettere quando voglio, solo che non so per quanto tempo. Maria continua a chiedermelo, ma suppongo che non sia un incentivo sufficiente.»

Lucas sedette sul lato opposto della semplice panchina di legno, attento a non avvicinarsi troppo all'altro uomo. Si piegò in avanti e appoggiò i gomiti sulle ginocchia.

«Bel giardino.»

«Sì, il precedente Ambasciatore aveva una moglie con il pollice verde.»

«Beh, anche Maria sembra sapere benissimo cosa farne delle cesoie!»

«Già.»

Eccolo di nuovo. Lucas non poteva fare a meno di pensare che ogni volta che il nome di Maria entrava nella conversazione, Jack si zittiva. O era solo la sua immaginazione?

«Sono dispiaciuto, Jack.»

«No, non lo è,» ribatté Jack senza esitare.

«Non sa neanche per cosa mi sto scusando.» Lucas si sedette ben dritto e guardò Jack, che era ancora reclinato e fissava l'orizzonte dove il sole stava tramontando.

«Si sta scusando perché siamo stati quasi scoperti.»

Lucas fissò a lungo l'americano, cercando una conferma, volendo sapere se aveva capito bene, ma il suo sguardo non fu ricambiato.

«A dire il vero... non sono dispiaciuto,» si trovò a dire, decidendo di essere coraggioso.

«Esattamente come pensavo,» rispose Jack e un piccolo sorriso comparve sulle sue labbra. Bevve un sorso di brandy, si alzò dalla panchina e camminò attorno a Lucas per tornare in casa.

Quando passò vicino al giovane, lasciò che il suo dito indice gli accarezzasse delicatamente la mandibola e poi gli strinse la spalla, prima di scomparire di nuovo nel soggiorno.

Il gesto sconvolse Lucas, che lasciò cadere la testa di lato nel tentativo di recuperare la sensazione della mano dell'uomo sul volto.

Ripercorse più volte mentalmente gli eventi della serata e arrivò sempre alla stessa conclusione. Quello non era il modo in cui si sarebbe comportato un uomo non interessato.

Rientrando in casa con un sorriso sul volto, Jack si portò la mano al naso cercando di cogliere il debole residuo del dopobarba di Lucas lasciato dal breve contatto.

Malgrado la sua decisione di non lasciarsi trasportare, il giovane aveva invaso il suo cuore e sapeva che non sarebbe stato facile lavorare con lui d'ora in avanti. Anche se non poteva assolutamente cedere a quei sentimenti, una parte di lui ne godeva. Perché non poteva dedicarsi a se stesso? Molti uomini avevano intrallazzi amorosi in vari letti alle spalle della moglie.

Dal soggiorno fiocamente illuminato, riusciva a vedere Maria in cucina con Lucy. Poteva tradire sua moglie? Lucas chiaramente voleva di più; Jack riusciva a vedere concretamente il desiderio nei suoi occhi quando lo fissava. Sapeva che spettava a lui decidere. Non pensava che Lucas avrebbe mai compiuto una mossa audace nei suoi confronti, perché il giovane uomo sapeva che Jack aveva il potere di farlo licenziare. Addio sogni di diplomazia. A pensarci bene, Lucas aveva lo stesso potere su di lui. Se avesse deciso di lasciare sviluppare la loro relazione, avrebbero dovuto stare molto attenti, sempre preoccupati di essere scoperti. Avere una relazione alle spalle della moglie era considerato quasi naturale. Ti giustifichi, baci, supplichi e prometti di non farlo più. Ma una relazione con un uomo sarebbe costata molto di più, lo sapeva e l'aveva sempre saputo. La sua credibilità sarebbe stata distrutta. Sarebbe arrivato al tavolo delle trattative con le mani vuote, mentre i suoi avversari avrebbero riso alle sue spalle.

Jack scosse la testa per allontanare quei pensieri dalla mente e inspirò profondamente prima di entrare in cucina.

«Il dessert è quasi pronto, Maire?» chiese affettuosamente a sua moglie.

Maria gli rivolse uno sguardo tenero e poi si girò verso Lucy. «Non si fida di me in cucina.» Mise le braccia intorno alle spalle di Jack e l'attirò vicino. «Ma stiamo facendo la mia specialità, non è vero?» Poi di nuovo a Lucy: «Torta di mirtilli con panna.»

«Sembra deliziosa!» esclamò Lucy.

«Senza parlare del fatto che è facilissima da preparare, anche Lucas probabilmente saprebbe farla,» le disse dopo aver giocosamente strofinato il naso contro il collo della moglie.

Jack allentò la stretta su Maria quando vide Lucas entrare in cucina. Capiva che il britannico stava cercando di sembrare allegro.

«Posso fare qualcosa?» chiese il giovanotto.

Jack, rivolgendosi a lui, piegò il dito indice. «Venga qui.»

Mentre Lucas si muoveva verso di lui, afferrò il grembiule, si portò alle spalle del ragazzo e glielo fece scivolare sopra la testa, con gesti baldanzosi come quelli di un mago a una festa per bambini. Poteva vedere Lucas sorridere, un po' incerto sulla situazione e su come reagire, ma le donne stavano chiaramente apprezzando lo spettacolo.

Jack volava nella cucina afferrando un assortimento di oggetti e mostrandoli via via a Lucas e poi alle donne. «Ci serve... un uovo... una ciotola piccola e una grande per separarlo. Sa farlo, Lucas? Separare un uovo?»

Lucas prese l'uovo e le ciotole che Jack gli porgeva e gli rivolse un sorriso dubbioso. «Beh, posso provare.»

L'americano continuò. «Abbiamo bisogno anche di un cestino di mirtilli freschi, che sono assolutamente di stagione in questo periodo. Lo zucchero. Maria, cara, saresti così gentile...» Indicò la credenza dietro alla moglie, lei ci andò e poi gli porse quello che voleva.

«Lucas, vedo che è riuscito a rompere l'uovo. Giovanotto, ha dei talenti nascosti! Preparerà la torta per me, mentre monto l'albume a neve.» Jack raggiunse il frigorifero. «Ma prima, miei cari spettatori, c'è qualcosa da preparare.» Tolse la pellicola trasparente accuratamente avvolta intorno a un cerchio di pasta già messo sulla carta da forno.

«Lucas, prenda i mirtilli, li metta in una ciotola, aggiunga tre cucchiai di zucchero e la scorza di un limone.» Maria stava già porgendo a Lucas il limone e la grattugia. Jack sollevò un sopracciglio mentre si girava verso il giovane britannico. «Non mi dica che devo farle vedere come usare una grattugia?» Lucas gli lanciò un'occhiata disperata. «Okay, mescoli lei gli ingredienti, io grattugerò la scorza del limone. Lucy? Può montare gli albumi, per favore?» Con mani che erano chiaramente più esperte di quelle di Lucas, Jack procedette a usare il curioso utensile per ricavare sottili strisce dello strato più esterno della buccia del limone.

Jack si voltò per controllare se il forno era caldo, poi batté le mani e guardò Lucas, che si stava divertendo nonostante non sembrasse completamente a suo agio.

«Okay, chef, assembliamo questa torta. Teglia da forno, metta la pasta. Usiamo una forchetta per bucherellarla al centro.»

Lucas seguì le istruzioni, dopo di che Jack si rivolse a Lucy. «Sul fondo mettiamo uno strato di albumi montati a neve. Poi aggiunga i mirtilli.»

Aspettò finché Lucas ebbe vuotato la ciotola. «Adesso viene il difficile.»

Strizzò l'occhio a Lucas, stando in piedi vicino a lui, come prima quando erano stati soli in cucina, solo che stavolta mise il suo braccio attorno alle spalle dell'inglese mentre indicava la teglia piena. «Dobbiamo chiudere la crosta intorno ai mirtilli. Faccia un bel marsupio.» Jack alzò lo sguardo sulle due donne e sulle loro facce divertite, mentre Lucas procedeva a piegare i lati della pasta sopra ai mirtilli, sigillandoli all'interno. Jack sentiva quanto era teso Lucas e, immaginando che gli occhi delle donne fossero puntati su quello che il ragazzo stava facendo, abbassò la mano, accarezzandogli gentilmente la schiena. Jack vide Lucas che lo guardava pieno di speranza, e sorrise. Poi indicò ancora la torta. «Accertiamoci che non ci siano buchi, altrimenti il succo uscirà e sarebbe un peccato.»

Lucas diede giocosamente dei colpetti alla pasta qua e là per essere sicuro.

«Adesso *le moment supreme*. Per dargli un bel colore spennelliamo un po' di tuorlo sopra e poi la mettiamo in forno. Tra circa venticinque minuti, mangeremo la miglior torta di mirtilli che Lucas abbia mai preparato.»

CAPITOLO
SEI

IL LAVORO era stato incredibilmente impegnativo quella settimana e, venerdì pomeriggio, Jack era felice di potersi finalmente occupare della corrispondenza nella pace del suo ufficio. Di fatto, era la prima volta nella settimana che stava in ufficio abbastanza a lungo da sedersi veramente alla scrivania. C'era l'inaugurazione di una mostra d'arte a cui avrebbe dovuto assistere quella sera, ma per ora era soddisfatto di stare lì seduto a leggere le lettere e i documenti che richiedevano la sua attenzione.

La sua segretaria entrò silenziosamente in ufficio portando un vassoio di caffè e dolci, e una cartelletta sotto il braccio.

«Eccola, signor Christensen. Gentile da parte sua fare un salto in ufficio.» Gli sorrise sfacciatamente. Giacché era lei che si occupava dell'agenda dei suoi appuntamenti, era esattamente al corrente di quello che aveva fatto durante tutta la settimana e sapeva che aveva passato la maggior parte del tempo sul sedile posteriore della sua auto, condotto da una riunione all'altra.

Gli porse la cartelletta dopo aver appoggiato il vassoio del caffè. «Questo è il progetto di legge sul matrimonio fra persone dello stesso sesso che stanno cercando di far approvare alla Camera e al Senato e una rassegna dei dibattiti che l'hanno preceduto, corredato di tutti i sondaggi che ho potuto scovare su come i belgi la pensano sull'argomento. Francamente, non so per cosa ci sia tutto questo polverone, ma non penso che la mia opinione sia importante.»

Jack era divertito. Era una segretaria terribilmente efficiente e qualche volta gli pareva che riuscisse a leggergli nella mente; questo caso non era diverso. Aveva chiesto al team legale di procurargli il progetto, ma era stata la signora Claessens ad aver aggiunto i dibattiti e i sondaggi, sapendo che a lui sarebbe interessato avere qualcosa in più della sola nuova legge. Il suo contegno professionale significava che lei non poteva dare la sua opinione, ma il fatto che fosse belga, e quindi cittadina del secondo paese al mondo che considerava possibile che il matrimonio fra persone dello stesso sesso diventasse legale, lo rendeva molto interessato a conoscere la sua opinione su un argomento che lui sapeva essere molto delicato nel suo paese.

«Avanti, signora Claessens, sono certo che entro i confini di questo ufficio può dirmi cosa ne pensa. Prometto che non lo userò contro di lei.» Le sorrise e bevve un sorso di caffè.

La donna lo fissò con sospetto. «Forse lei non sarà d'accordo con me, ma io credo che questa sia una legge molto sensata, ragionevole. Non so perché ci impieghino così tanto.»

Jack lasciò cadere le carte sulla sua scrivania e sorseggiò ancora un po' di caffè, guardandola con fare divertito, così lei continuò. «Sono sicura che lei come americano non vede le cose in questo modo, ma intendo dire... queste persone vivono insieme, dividono tutto, casa, bambini, macchina, qualunque cosa, ma se uno dei due muore, quello che resta può finire sulla strada o vedere i suoi figli portati via semplicemente perché il legame con il suo partner non è riconosciuto dalla legge. È barbaro. E può dirlo al suo Presidente.»

Jack rise quando la vide tirare il bavero della giacca per sottolineare il suo punto di vista.

«Sono totalmente d'accordo con lei,» rispose lui.

«Davvero?» Sembrò rifiorire all'improvviso.

«Sì, assolutamente. Non lo dica al mio Presidente, perché naturalmente non è la linea di pensiero degli Stati Uniti, ma qui entro i confini del mio ufficio posso dirle che condivido. Sarà solo necessaria qualche spiegazione ai nostri cittadini che vivono qui dicendo che, se sono dello stesso sesso e vogliono sposarsi, il loro matrimonio non sarà valido negli States.»

La signora Claessens sospirò. «E suppongo che la situazione non cambierà presto?»

Jack le rivolse un sorriso dolente. «Mmmh, non credo.»

«Posso riprendere queste carte ora?» Stava indicando la pila che lui aveva già passato al setaccio.

«Certo, grazie,» rispose Jack mentre la donna si dirigeva alla porta.

Solo all'ultimo momento, lei si voltò. «Signor Christensen, quasi dimenticavo. Il signor Carlton ha cercato di mettersi in contatto con lei. Ho preso circa tre telefonate, ma non ha mai voluto lasciare un messaggio né che la avvertissi al cellulare. Naturalmente non gli avrei dato il suo numero... ed è venuto in ufficio due volte. Ho il suo numero di cellulare, vuole che glielo chiami e glielo passi?»

Il cuore di Jack fece un balzo quando sentì il nome di Lucas. Non avevano ancora parlato di quello che era successo tra loro sabato. Di fatto non si erano visti per quasi una settimana.

Probabilmente pensa che sto cercando di evitarlo.

«Signor Christensen? Può essere importante. Non ha detto che era urgente, ma, voglio dire, cinque volte...?»

Questo risvegliò Jack dai propri pensieri. La guardò mentre stava in piedi vicino alla porta con un'espressione compassionevole in volto. Sembrava che il giovane britannico avesse colpito anche lei.

«Mi dia semplicemente il numero del cellulare e lo chiamerò io.»

Pochi minuti dopo, la segretaria tornò con un piccolo Post-it con sopra scritto il numero di Lucas.

Quando fu di nuovo solo in ufficio, Jack prese il foglietto e guardò il numero. Doveva telefonare? Se Lucas l'avesse cercato per motivi lavorativi, avrebbe lasciato un messaggio. Quindi era personale.

Non è che non avesse pensato a Lucas durante la settimana; era stato solo troppo occupato durante il giorno. Le notti erano un'altra faccenda, però. Si era svegliato più di una volta nel mezzo della notte rendendosi conto che aveva sognato di accarezzare ancora il magnifico culo dell'inglese, ma il sogno non si fermava lì. Si svegliava con una persistente erezione, desiderando qualche forma di soddisfazione. La terza volta che era successo, si era alzato ed era sceso al piano di sotto, non volendo svegliare Maria. Davanti alla TV, guardando la ventesima replica di alcune serie televisive degli anni Ottanta, si era sistemato sul divano e aveva chiuso gli occhi. L'immagine di Lucas era facile da rievocare mentre lasciava scivolare la sua mano negli ampi pantaloni del pigiama. Aveva dovuto solo pensare al radioso sorriso del giovane uomo, alla stretta camicia nera che indossava sempre e che delineava il suo corpo ben fatto, alla sensazione della mano di Lucas sulla sua...

Era facile immaginare di baciare quelle labbra armoniose e schiacciarsi l'uno contro l'altro. Jack si era accarezzato il pene duro come una roccia ed era quasi riuscito a sentire la mano di Lucas su tutto il corpo che gli accarezzava l'addome, mentre la sua bocca si posava sui suoi fianchi e sulle cosce e poi gli leccava i capezzoli. Era quasi riuscito a vedere Lucas prendere in bocca il suo membro teso finché, finché…

Jack aveva stretto forte il pene ed era venuto con il nome di Lucas sulle labbra. Subito dopo, mentre i tremiti gli scuotevano ancora il corpo, si era accasciato sul divano. Si era reso conto di aver detto il nome del giovane a voce alta nella casa altrimenti silenziosa e aveva fatto uno sforzo per sentire se avesse svegliato Maria, ma tutto era rimasto quieto.

In quel momento, seduto alla sua scrivania in ufficio, Jack era consapevole di non poter negare i suoi sentimenti per il giovane. Avrebbe dovuto parlare a Lucas. Tutto quello che poteva sperare era di aver interpretato male i segnali e che Lucas semplicemente lo ammirasse. Forse era così, forse Lucas vedeva solo Jack come un esempio, qualcosa a cui aspirare. Solo il tempo l'avrebbe detto.

SEDUTA alla sua scrivania, fuori dall'ufficio dell'Ambasciatore, Gertje Claessens faceva una cernita nella pila di carte che aveva preso dall'ufficio del suo capo e si interrogava sulla conversazione che aveva appena avuto con lui. Aveva fatto la cosa giusta dandogli il numero di telefono di Lucas? Naturalmente, non erano affari suoi il motivo per cui Lucas sembrava così desideroso di contattare il signor Christensen. Le piaceva il giovane inglese. Era un giovanotto affascinante, molto gentile senza essere troppo timido, e lei riusciva a vedere un caldo splendore apparire nei suoi occhi ogni volta che lo conduceva nell'ufficio del suo capo.

Le piaceva anche il suo capo. Era cordiale e generoso con lei e non le dava mai ordini. Nei pochi mesi da quando lui aveva assunto il suo incarico, l'aveva sempre trattata con rispetto e più di una volta le aveva non solo chiesto la sua opinione, ma ne aveva anche tenuto conto. Era qualcosa a cui doveva ancora abituarsi.

Come fosse potuto finire con la signora *Moglie Perfetta dell'Ambasciatore*, non l'avrebbe mai capito. La donna poteva essere piacevole da tenere fra le braccia, ma avendo sentito per caso Maria dire a suo marito che lei non riusciva a capire perché avesse scelto uno di quei *tipi materni* come segretaria, Gertje l'aveva classificata immediatamente. Naturalmente era sempre gentile con Maria, ma non più di quanto fosse strettamente necessario.

Concluse di aver fatto bene a dare a Jack il numero di telefono di Lucas, qualunque fossero le intenzioni di quest'ultimo. Inoltre, Jack Christensen era un uomo adulto. Non era arrivato così lontano nella sua carriera in così giovane età prendendo decisioni sbagliate. Chiuse il classificatore in modo deciso, proprio mentre Jack usciva dal suo ufficio e le porgeva un'altra pila di carte, passandole accanto per uscire.

«Mi pare che questo sia l'ultimo. Esco per festeggiare il ventesimo anniversario del giorno in cui ho incontrato mia moglie. Sa come rintracciarmi, ma solo in caso di reale necessità.» Svoltò l'angolo e poi tornò indietro. «Quando sarò alla mostra d'arte, si senta libera di chiamare per un'emergenza nazionale.»

Risero entrambi.

«Coraggio, Sua Eccellenza, è arte,» lo prese in giro Gertje.

«Non è l'arte a essere noiosa, sono i politici che si ritengono competenti in materia che mi sconvolgono!» Jack alzò gli occhi al cielo, prima di farle un cenno di saluto e di andarsene.

LUCAS era seduto nel suo bugigattolo all'Ambasciata del Regno Unito con il cellulare in mano. Voleva chiamare Jack, ascoltare la sua voce suadente e accordarsi per incontrarlo da qualche parte per parlare, continuare dove avevano interrotto la sera della cena a casa sua. Solo che era abbondantemente evidente che Jack stesse facendo del suo meglio per evitarlo. La sua segretaria gli aveva fornito delle scuse zoppicanti ogni volta che aveva chiamato, e le volte in cui si era recato là di persona nella pausa pranzo, non era comunque riuscito a ottenere altro da lei. Non c'erano dubbi che avesse ricevuto istruzioni di non farlo entrare. Visto che non aveva dato a Jack il suo numero diretto, avrebbe dovuto passare ancora attraverso il suo cane da guardia.

Sapeva di essersi spinto troppo oltre, però era certissimo che l'uomo non solo avesse capito i suoi sentimenti, ma avesse anche dato qualche cenno di reciprocità. Solo che ora la realtà aveva preso il sopravvento e, siccome non erano insieme, era probabilmente facile per Jack negare i suoi sentimenti e scegliere la sua vita confortevole e facile con Maria.

Ma Lucas non poteva dimenticare il modo in cui Jack gli aveva fatto scorrere lentamente la mano sulla schiena, per poter sentire ogni suo muscolo, ogni forma. Torturato così adagio, Lucas non aveva potuto neanche fargli capire quanto fosse contento di sentire la sua mano che lo accarezzava, perché gli occhi di entrambe le donne erano fissi su di loro.

Lucas si era masturbato ogni singola mattina nella doccia, immaginando come sarebbe stato toccare veramente Jack, baciarlo e fare l'amore con lui. Quella mattina era stato quasi colto sul fatto quando non aveva sentito Lucy entrare nel loro minuscolo bagno. Non era stato ovviamente silenzioso durante l'eiaculazione e infatti lei gli aveva chiesto se stava bene. Lui aveva mormorato qualcosa in risposta, temendo che, se avesse messo la testa fuori dalle tende della doccia, lei avrebbe visto il suo viso arrossato.

«Dannazione!»

Lucas si alzò velocemente e afferrò la giacca dall'attaccapanni sulla porta. Ancora una volta. Ancora una volta sarebbe andato nell'ufficio di Jack e avrebbe chiesto di lui.

«NON è qui, Lucas, mi dispiace.» Gertje Claessens era compassionevole e osservò il disappunto calare sul volto di Lucas. «Ascolti, si sieda un momento e lasci che le prepari una tazza di caffè. O tè, lei beve tè, giusto?»

Lucas scosse la testa. «Gli ha dato il mio numero di telefono?»

«Sì, caro, l'ho fatto.»

Lui cercò di sorridere. «Grazie, Gertje.» Poi si girò per andarsene.

«Lucas...» Quando lui si voltò, poté vedere che la donna era chiaramente esitante. «Andrà al Palais des Beaux Arts stasera. C'è il gala di apertura della Mostra d'arte degli Indiani d'America. Ecco...» rovistò nel cassetto, «...è il biglietto di invito di scorta di Jack. Ne chiedo sempre uno, nel caso in cui lui e la signora Christensen non riescano ad arrivare insieme.»

Con un largo sorriso in volto, lui fece due passi avanti, le afferrò la testa fra le mani e le stampò un bacio sulle labbra.

«Non faccia niente che non farei anch'io,» sentì la donna urlargli alle spalle mentre correva fuori dall'ufficio.

MARIA aveva passato la giornata in un centro benessere a Grimbergen. Era stato il suo benvenuto nel Club del

Belgio delle Donne americane e, anche se non era esattamente il suo obiettivo nella vita di trascorrere il suo tempo come facevano la maggior parte delle donne espatriate, le piaceva coccolarsi come a chiunque altro.

Indossava una canottiera di cotone color crema, delle mutandine succinte e niente reggiseno. Si ammirò nel gigantesco specchio del bagno che ricopriva la maggior parte della parete. Non aveva un aspetto diverso da quello della mattina. Era ancora abbastanza magra, anche se le mancavano le curve e non aveva abbastanza seno da riempire in modo adeguato un reggiseno. Grazie a Dio esisteva il Wonderbra. Aveva dei bei muscoli però, e tutti al posto giusto pensò, perché era così che piaceva a Jack. La sua pelle era davvero bella e morbida dopo il peeling e tutti gli impacchi di fango che le avevano fatto nel corso della giornata.

Mentre si stava accarezzando leggermente l'addome piatto, notò Jack che stava in piedi al suo solito posto, vicino allo stipite della porta.

«Allora, straniero... ti piace quello che vedi?» gli chiese in modo seducente.

Maria vide Jack togliersi lentamente la camicia mentre le si avvicinava. La avvolse tra le braccia e lei gemette in segno di apprezzamento. «Ehi, Maire, profumi come una rosa e la tua pelle sembra seta.»

Il suo tocco era leggero e presto la fece fremere e inclinarsi all'indietro per sentirlo più vicino. Lui le stava baciando il collo, spingendole lentamente l'erezione crescente contro il culo, mentre faceva scivolare la mano verso il basso ventre e gliela infilava nelle mutandine. A Maria piacque il nuovo lato di Jack che stava vedendo. Non era mai stato un compagno di letto molto avventuroso, ma era sicuramente un marito affidabile. Lei si fissò nello specchio mentre lui le baciava la spalla e usava il dito per carezzare lentamente in senso circolare intorno al clitoride, rendendola bagnata dal piacere.

Maria portò le mani dietro la schiena per slacciargli i pantaloni. Sentire le sue dita su di sé era stupefacente, ma effettivamente vederlo anche mentre la accarezzava le faceva battere forte il cuore. Voleva sentirlo dentro, voleva piegarsi sul lavandino e lasciarlo martellare dentro, continuare a guardarlo mentre lo faceva.

«Avanti, Jack, mostrami cosa sei capace di fare.»

Questo lo fece guardare nello specchio, gli occhi cerulei un po' vacui, le labbra rosse e umide per i baci sul collo di lei. L'acconciatura di Maria si era disfatta e l'uomo sorrise quando lei si pinzò di nuovo in alto i capelli per lasciare il viso scoperto. Jack lasciò cadere a terra i pantaloni e i boxer e fece un passo avanti per uscirne, poi si accovacciò per far scivolare verso il basso le sue mutandine.

«Voglio guardare mentre mi fotti, Jack, qui davanti allo specchio. Ti piacerebbe?» La donna inspirò forte quando lui la spinse giù sul lavandino e le inserì due dita nella vagina.

Quando alzò lo sguardo, lui stava sorridendo. «Sei completamente bagnata, Maire.»

«Bene, cosa aspetti?»

Gemette quando sentì che la penetrava subito dopo aver tolto le dita. Jack era perfetto dentro di lei e Maria sapeva perfettamente che era l'amante meno egoista che avesse mai avuto. Sperava solo che la vista eccitante di loro due uniti davanti allo specchio non lo facesse venire troppo presto; voleva che durasse. Lui però non stava realmente guardando, anche se poteva sentire le sue mani sui propri fianchi e il suo respiro pesante sul collo.

Quando cominciò lentamente a muoversi, lei si rese conto di volere di più, voleva avere il controllo della situazione, il che era molto meno insolito del fatto che fossero abbastanza audaci da scopare davanti allo specchio del bagno che avevano entrambi odiato dal momento in cui erano entrati nella casa. Improvvisamente era diventato un elemento prezioso.

Maria spinse se stessa e Jack lontano dal lavandino e giù sul sedile abbassato del water. Lui si aggrappò a lei e ansimò quando atterrarono sulla superficie dura. La donna si rese conto che, da dove erano seduti, aveva una vista di entrambi a tutta altezza, tra i due lavandini. Mentre lei lentamente divaricava le gambe e si inclinava indietro, riusciva a vedere Jack che la penetrava a fondo, il suo pene lucido e umido per gli umori. Con le mani di Jack intorno alla vita, si piegò di nuovo in avanti così da potergli mettere le mani sulle ginocchia e usarle come sostegno mentre iniziava a cavalcarlo. Prima lentamente, trovò poi facile variare un po' l'angolazione finché lui iniziò a colpire proprio il punto giusto, con la giusta quantità di attrito per farla ansimare e gemere. «Oh, Jack, è così bello, Jack.»

Lui spostò le mani sulle costole della moglie per aiutarsi con i movimenti mentre lei aumentava la velocità, e iniziò a spingere verso l'alto. L'immagine nello specchio era eccitante. Maria riusciva a vedere se stessa cavalcare quel bell'uccello duro come la roccia. Sapeva che stava per venire come non le succedeva da tempo mentre sentiva la tensione crescere nell'addome. Anche Jack allargò le gambe, divaricando ancor più quelle di Maria. Questo le fece perdere l'effetto leva, ma quando alzò lo sguardo, vide gli occhi del marito, scuri di passione che guardavano loro due nella brillante superficie dello specchio e questa vista la spinse al parossismo e a muoversi convulsamente attorno al suo pene. Sentì Jack affondarle il viso nel collo, mormorando qualcosa che suonava come *sì, sì, adesso* mentre i movimenti diventavano convulsi e irregolari.

Si accasciò sul corpo ormai inerte di Jack e si accorse che nella confusione non si erano nemmeno baciati. Il corpo di Jack era caldo e sudato sotto di lei.

«Tutto okay?» sussurrò lei.

«Sì,» gracchiò lui. «Dammi solo un minuto.»

Quando Maria si alzò dalla sua scomoda posizione e sentì che lui scivolava fuori, decise che avevano entrambi bisogno di una doccia prima di andare da qualsiasi parte.

E dovevano partecipare all'apertura di una mostra d'arte.

JACK e Maria arrivarono tardi al ristorante argentino dove avevano prenotato un tavolo per cena e, grazie al traffico del venerdì sera, sarebbero sicuramente arrivati ancora più in ritardo all'inaugurazione della mostra.

Jack era chiaramente in uno stato d'animo meraviglioso; durante la cena ricordarono come si erano incontrati a una festa dell'Ambasciata in argentina, dove il padre di Maria era il Responsabile dell'Informazione e Jack era stato mandato per il suo primo incarico all'estero. Era successo vent'anni prima e Maria era felice di poter ancora guardare suo marito e dire che sposarlo era stata la miglior decisione che avesse preso nella sua vita.

«Dimmi ancora perché ti ci è voluto quasi un anno e mezzo per venire a letto con me,» lo stuzzicò lei.

Jack si pulì l'angolo della bocca con il tovagliolo ed elencò i motivi che lei avrebbe accettato. «Cosa posso dire? Ero un gentiluomo. Inoltre non sapevo in che direzione stesse andando la mia vita. Sapevi che avrebbero potuto mandarmi ovunque praticamente senza preavviso, così suppongo che volessi essere sicuro che tu fossi la persona giusta per me. E poi prima volevo ottenere il master, così che, se ti avessi portato all'estero con me, saremmo almeno stati in grado di mantenerci con uno stipendio.»

«Beh, è stato bello da parte tua voler impressionare favorevolmente i miei genitori. Credo quello fosse l'unico argomento che ho potuto opporre a loro quando ho detto che volevo trasferirmi con te in Danimarca prima che fossimo sposati.» Lei mise la mano sulla sua e giocherellò con la fede nuziale. «Devo dire che questo pomeriggio ha compensato i diciotto mesi in cui ho aspettato.»

«Pensavo di aver rimediato a questo parecchio tempo fa, Maire,» rispose Jack un po' timidamente.

«Beh, non so per *cosa* tu abbia rimediato prima, ma in ogni caso fallo ancora!» Lei alzò gli occhi al cielo mentre beveva un sorso di vino.

Jack diventò silenzioso finché si rese conto che questo lo faceva probabilmente sembrare colpevole. «Vuoi il dessert?» chiese debolmente.

LUCAS entrò nel Palais des Beaux Arts con Lucy al braccio. Aveva cercato di andare senza di lei, ma quando aveva visto i suoi occhi illuminarsi nel menzionarle dove voleva passare la serata, non aveva avuto il coraggio di dirle di no.

Anche se era un ampio museo, il ricevimento era in una delle sale più piccole e quindi stavano tutti abbastanza ammassati. La maggior parte degli ospiti erano più anziani, uomini boriosi con al fianco donne dall'aspetto annoiato, e poche persone stavano realmente guardando gli oggetti in mostra.

Lucas esplorò la stanza cercando Jack, ma non riuscì a individuarlo, così guidò Lucy verso un ampio arazzo che copriva la maggior parte del muro più vicino a loro. Non voleva avventurarsi troppo nella folla per paura di perdere l'entrata di Jack.

Dei giovani in frac, alti, eleganti, ma dall'aspetto severo, camminavano nella stanza fra gli ospiti portando vassoi con bevande e Lucas fu veloce ad afferrare due coppe di champagne, porgendone una a Lucy.

«Dovremmo mescolarci alla folla, Lucy, ci sono un sacco di persone importanti in questa sala,» suggerì Lucas, ma vide un'espressione di panico comparire sul viso della sua ragazza. «Non preoccuparti, starò qui,» si sacrificò lui con un sorriso, sebbene questo significasse che gli sarebbe stato impossibile parlare da solo con Jack quella sera.

Proprio in quel momento i flash si scatenarono davanti all'entrata e tutti gli occhi si girarono verso la coppia che stava entrando.

Jack indossava un elegante abito scuro e la cravatta e Maria era assolutamente radiosa nel suo completo blu polvere. Furono accolti dal curatore del museo e parecchi altri ospiti si riunirono all'entrata per stringere loro la mano.

Lucas sapeva che lui e Lucy avrebbero dovuto aspettare prima di raggiungerli. Quella cerimonia richiedeva molte formalità e il loro status di amici personali in quel caso non li avrebbe condotti lontano. Jack probabilmente avrebbe dovuto inaugurare la mostra, o almeno essere presente all'apertura, e molti funzionari avrebbero voluto parlare con lui prima che Lucas e Lucy potessero salutarlo.

Sebbene Lucas sapesse questo, voleva comunque che l'americano si accorgesse della sua presenza, così casualmente condusse Lucy nel campo visivo di Jack. Aveva ancora la sensazione che Jack l'avesse ignorato tutta la settimana e voleva che la cosa si risolvesse in serata, in un modo o nell'altro.

«Perché non possiamo metterci in fila con gli altri e andare a salutare?» chiese Lucy.

«Perché ci sono altre persone che deve incontrare prima, Lucy,» la attaccò lui, poi sospirò. «Scusa, ma noi non possiamo...» Lucas non finì la frase perché Jack lo stava fissando diritto negli occhi con espressione assente.

Dopo un cenno del capo quasi impercettibile, Jack volse lo sguardo a una signora più anziana, nel tipico costume indiano, che si stava chiaramente presentando. Il surrealismo della situazione fece dubitare Lucas se il cenno di riconoscimento ci fosse stato veramente o se l'avesse solo immaginato.

Quando uno dei camerieri passò con un altro vassoio di bibite, Lucas sostituì il suo flute di champagne vuoto con uno pieno. Jack fu condotto all'interno della mostra dove avrebbe dovuto tagliare il nastro di inaugurazione; con Lucy ancora appesa al suo braccio, Lucas seguì il fiume di gente nel vestibolo. Si fece strada fra la folla per arrivare in prima fila, dove si era formato un largo semicerchio per ascoltare il breve discorso e le parole ufficiali di benvenuto.

Lucas non poté fare a meno di ammirare la disinvoltura e la naturalezza con cui Jack assolveva il suo compito e la grazia con cui volse l'attenzione lontano da sé e dalla sua presenza lì, per concentrarla su una cultura antica nell'odierna società globalizzata e sull'importanza di preservare la cultura e l'arte degli indigeni. Il suo breve e conciso discorso conteneva persino dell'umorismo quando aggiunse che i belgi erano particolarmente adatti a comprendere ciò, visto che erano stati conquistati molte volte prima di diventare un Paese a pieno titolo.

Lucas si stava chiedendo se Jack scrivesse da sé i propri discorsi quando i loro occhi si incontrarono ancora. Ancora una volta l'espressione di Jack era indecifrabile e l'uomo si voltò quasi immediatamente, lasciando Lucas con una sensazione di vuoto alla bocca dello stomaco. Non ce la faceva più, quella mancanza di reazione lo stava facendo impazzire. Se Jack non voleva avere più niente a che fare con lui, voleva che glielo dicesse lui stesso.

Dopo il taglio del nastro, fu consentito agli invitati di entrare nella sala della mostra e la folla si disperse velocemente. Lucas e Lucy furono finalmente in grado di dirigersi dove Jack e Maria erano ancora circondati da ogni tipo di persone.

«Lucy, Lucas!» Maria accolse calorosamente la giovane coppia con un bacio sulle guance. «Che sorpresa vedervi qui! Lucas, non sapevo che i suoi compiti di collegamento si estendessero all'inaugurazione di una mostra d'arte.»

«Infatti,» rispose Lucas cercando di trovare una scusa, ma la sua mente era vuota. «Ero solo... interessato.» *Ma non all'arte.*

«Lucas, le dispiacerebbe molto se rapissi la sua attraente *fiancée* per un momento? Ci sono alcune persone qui che sono sicura desidera incontrare, e io devo trasformarla nella moglie perfetta di un diplomatico per lei, giusto?»

Era ovviamente una domanda retorica, perché mentre Lucas stava cercando una risposta arguta, Maria stava già conducendo Lucy verso un gruppo di donne di mezz'età che si trovavano nell'angolo opposto della stanza; fu così lasciato ai suoi pensieri, lontano solo alcuni passi da Jack.

Lucas non era ancora riuscito neanche a salutarlo, quando Jack fu di nuovo requisito da un gruppo di americani e belgi. Poteva sentirlo parlare in inglese e francese, occasionalmente anche in spagnolo. Sembrava proprio che riuscisse a passare senza sforzo da una lingua all'altra. Lucas sapeva che avrebbe dovuto coltivare la sua rete di conoscenze, parlando alla gente e presentandosi, ma quello che davvero voleva era parlare con Jack. Sfortunatamente, l'americano sembrava essere all'altro lato del mondo.

Alla fine Lucas si mise a camminare nel salone, ammirando le variegate opere d'arte, sperando che Jack avesse preso la sua continua presenza a quella cerimonia per ciò che era veramente: una richiesta di contatto.

La gente cominciò ad andarsene, i camerieri smisero di girare con i vassoi delle bevande e Lucas si ritrovò solo, o quasi, in un angolo del salone. Aveva visto Maria e Lucy parlare con molta gente e ora erano sedute insieme nell'atrio a discutere di argomenti femminili, a giudicare dalle espressioni eccitate sulle loro facce.

«Mi colpisce sempre come sia naturale e immediata l'arte delle popolazioni indigene,» Lucas sentì dire da una voce familiare con un accento americano. «Usano oggetti quotidiani, come coperte per esempio, e raffigurano comuni eventi quotidiani.» Lucas chiuse gli occhi e un sorriso spuntò sulle sue labbra. Aveva paura di guardare, temendo che, facendolo, avrebbe rotto l'incantesimo, e la voce continuò. «L'arte è anche una cosa collettiva. L'ego dell'artista non è importante, in realtà, l'avrà forse notato in parecchie di queste opere. Non si menziona nessun artista, perché il nome o i nomi non sono noti.» Lucas avrebbe potuto ascoltare quella voce per ore e cercò la domanda giusta per farlo continuare a parlare.

Dopo un po' osò guardare, solo per accorgersi che non c'era più nessuno lì. Vide Jack che camminava verso il corridoio. *Oh no, non può andarsene!*

Lucas si guardò attorno per vedere se sarebbe stato considerato sospetto se l'avesse seguito. Rendendosi conto che la sala era quasi deserta, corse nella direzione in cui aveva visto Jack allontanarsi. Una volta arrivato all'atrio, lo vide scivolare nel bagno degli uomini. C'erano parecchie persone in piedi lì attorno e notò che alcune guardavano nella sua direzione. Cercò di non dare nell'occhio e inspirò profondamente per calmarsi mentre si avvicinava al lato dove c'era la toilette.

Quando entrò, Jack si stava lavando le mani.

«Ora mi può dire perché mi sta evitando?»

Jack alzò lo sguardo, dando un'occhiata severa al giovane. Prese un asciugamano di carta, si asciugò le mani e poi iniziò ad aprire le porte di tutti i cubicoli per controllare se c'era qualcuno all'interno. Fortunatamente erano tutti vuoti. Lucas capì di essere stato incauto e curvò le spalle.

«Mi dispiace...»

«No, non è vero,» rispose Jack, con un tono chiaramente divertito nella voce.

Quando Lucas lo guardò, vide che stava sorridendo. «Perché mi sento come se avessimo già avuto questa conversazione?»

«Beh, se lei smette di scusarsi per cose per cui ovviamente non è dispiaciuto, allora possiamo evitare di avere questa conversazione.»

Lucas fece un passo avanti per avvicinarsi all'americano. *Forza, siamo entrambi adulti, non possiamo avere una conversazione matura sull'argomento?* «Ho cercato di contattarla, per parlare...» la voce di Lucas era improvvisamente malferma, «... di cose.»

«Ho avuto una settimana molto occupata, Lucas. Oggi per la prima volta sono riuscito a passare in ufficio per più tempo di quello che impiego per mettermi la giacca. Io...»

«Lei ha il mio numero di cellulare. Gertje glielo ha dato, no?»

Jack annuì, ma siccome Lucas stava ancora guardando il muro sopra le sue spalle e non lui, aggiunse: «Sì, ma solo poche ore fa. Avevo intenzione...»

«Aveva intenzione di chiamarmi lunedì, giusto?» Lucas sospirò e poi guardò Jack dritto negli occhi con aria di sfida. «Lei probabilmente pensava che fosse per lavoro?»

Jack scosse la testa, preso un po' alla sprovvista dal tono aggressivo di Lucas.

«Benissimo, trattiamo questa cosa come un negoziato. Le trattative funzionano sempre meglio quando entrambe le parti sono aperte e oneste l'una verso l'altra. Quindi perché allora non chiamiamo le cose con il loro nome? Perché non mi spiega cosa è successo nella sua cucina?»

Jack lo zittì. «Tenga la voce bassa, siamo in un posto pubblico.»

«È questo che fate lei e Maria?» rispose Lucas in tono molto più basso. «Lei seduce dei giovanotti davanti a sua moglie e poi sente il bisogno di riconquistarla?»

«Non ti stavo seducendo!» ribatté Jack, cercando di non alzare la voce, scordandosi l'etichetta. Puntò un dito verso Lucas. «*Tu* hai messo la tua mano sulla mia. *Tu* hai fatto la prima mossa.» L'americano fece un passo indietro e si appoggiò al tramezzo fra due bagni.

Lucas, che aveva riguadagnato in parte la padronanza di sé, era parecchio più calmo ora. «Non ho potuto resistere. Volevo mostrarti che significhi molto per me.» Distolse lo sguardo e scosse leggermente la testa. «Desideravo dirti che non riesco a smettere di pensare a te. Non ho nessuna speranza che tu corrisponda i miei sentimenti. Intendo dire che sei sposato e tutto quanto... Ma allora perché non hai tolto la mano? E poi mi guardavi con quegli occhi e...»

Lucas guardò Jack, che lo stava fissando, con il viso tenero e gli occhi spalancati, la mano tesa. Fece un incerto passo in avanti e poi lentamente sollevò la mano per toccare quella di Jack.

Jack si schiarì la voce. «Mentre stavi finendo di preparare il dolce, non ho potuto fare a meno di toccarti. Eri così vicino a me, odoravi di menta e vino e... Ero contento che ci fosse un bancone davanti a noi, perché avrei svelato cose che le nostre donne non avrebbero compreso. È stato solo più tardi che ho capito che, se tu avessi reagito al mio tocco, ci saremmo trovati entrambi in un mucchio di guai.»

Lucas sentiva che la mano di Jack lo stava attirando più vicino. Entrò nel cubicolo e trascinò Jack con sé, spingendolo contro la parete divisoria. Con la mano libera, fece scattare il fermo della porta, cercando una parvenza di privacy. Poi si chinò in avanti per sussurrare: «Ero lieto anch'io che ci fosse il bancone, perché quello che stavi facendo alla mia schiena con la tua mano...» Baciò leggermente la tempia di Jack, poi inclinò la sua testa contro quella di lui, premendo anche il corpo contro il suo. Riusciva a sentire la mano libera di Jack che si muoveva timidamente sulla sua schiena, proprio come quella prima volta in cucina, e Lucas soffocò un gemito quando quella mano ripercorse il loro primo vero tocco.

La mano destra di Lucas e la sinistra di Jack non si erano più separate, ma ora Lucas sentiva che Jack la stava spostando per portarla a cullargli dolcemente la testa. Le loro labbra si stavano quasi toccando. Avvertiva il calore che irradiava da Jack e il suo respiro sul volto. Ci fu un momento di esitazione quando si guardarono l'un l'altro negli occhi, poi Lucas si sentì spinto a dargli un bacio. Casto all'inizio, solo le loro labbra che si toccavano, poi sentì Jack aprirsi a lui lentamente ma inesorabilmente. Sentì il desiderio crescere nell'uomo più anziano e rispose succhiando avidamente il suo labbro inferiore.

In quel momento, Jack si tirò indietro più che poté, bloccato fra Lucas e il tramezzo, ansimando.

Lucas, sentendosi confuso, incerto fra il rifiuto e l'imbarazzo, cercò di dargli un po' più spazio, ma Jack avvolse le braccia intorno al suo corpo snello e lo attirò sul suo petto. «Oh Dio, Lucas, non intendevo respingerti, solo… per favore, dimmi che non sto facendo un enorme errore, che quello che sento è reale e non un'illusione.»

L'inglese fuse il suo corpo con quello di Jack. «Questo ti sembra abbastanza reale?» Sentì scorrere via un po' di tensione dalla salda presa di Jack, così inclinò indietro la testa e sorrise. «Fin da quella notte all'Ambasciata… solo non avrei mai immaginato che tu…»

Jack lo trascinò ancora in un bacio disperato, questa volta famelico e sfrenato. Lucas sentiva la lingua dell'americano nella sua bocca e si abbandonò a lui completamente, staccandosi dopo quella che sembrò un'eternità, in parte per riprendere fiato, ma anche perché sentiva il suo corpo reagire all'eccitazione crescente dell'altro uomo. «Se non ci fermiamo adesso, credo che non riusciremo più a farlo…»

Jack lasciò andare il britannico, ridacchiando. «Già, lo so…»

Erano in piedi, appoggiati contro le pareti opposte del cubicolo, tenendosi ancora per mano, quasi spaventati all'idea di separarsi, ma poi finirono per spostarsi insieme dal muro.

«Andrò per primo,» propose Lucas, «per vedere se la strada è libera.»

«Bene…» disse Jack dolcemente, vicino a lui. «Spero che non sia entrato nessuno, perché non so quanto siamo stati silenziosi.»

Prima Lucas e poi Jack uscirono dall'angusto cubicolo e controllarono il loro aspetto nello specchio sul lato opposto del bagno degli uomini.

Lucas guardò Jack. «Aspetta…» Si avvicinò all'americano e tirò il bordo della sua giacca, poi passò le sue mani sulle spalle di Jack.

«Grazie, Maria.» La battuta di Jack sorprese Lucas. «Anche lei fa sempre così, scusa, sono dispiaciuto…»

«No, non lo sei,» rispose Lucas, sorridendo obliquamente mentre si raddrizzava la cravatta e si riaggiustava la giacca.

Entrambi gli uomini sorrisero mentre uscivano per tornare nel mondo reale.

«OH, E io che pensavo che fossimo solo noi donne a non andare mai da sole nel bagno delle signore.»

I due uomini si girarono sentendo il tono beffardo di Maria e videro le due donne che stavano in piedi appoggiate contro il muro esterno del bagno degli uomini.

«Lucy vi ha visto scomparire qui dentro e così abbiamo deciso di aspettarvi per raccontarvi le novità.»

«Già, e voi due ci avete impiegato un secolo,» aggiunse Lucy, alzando gli occhi al cielo.

«Allora quali sono le novità?» chiese Jack.

«Lucy e io abbiamo intenzione di andare a passare il prossimo fine settimana ad Amsterdam. È davvero ora che veda un po' l'Europa. È qui ormai da quasi un anno e non riesco a credere, Lucas, che tu non l'abbia portata da nessuna parte.»

Lucas sentì il cuore balzargli fuori dal petto. Un weekend solo con Jack. Guardò verso Jack, che lo stava fissando con una delle sue facce da poker.

Maria fece scivolare il braccio sotto quello del marito. «Non avere quest'aria preoccupata, caro, non dilapiderò la mia carta di credito.» Tese la mano a Lucy che si avvicinò ancora di più, afferrando a sua volta la mano di Lucas. «E prometto che terrò anche Lucy lontana dalle tentazioni. Inoltre sono sicura che voi due avete delle cose da fare... che cosa avevi detto l'altra notte? *Cose che noi ragazze avremmo trovato noiose.*» Stava fingendosi innocente, ma Jack sapeva che il commento era tutto tranne che innocente.

Lucas vide un sorriso spuntare sul viso di Jack. «Sì, sono sicuro che riusciremo a trovare qualcosa da fare.»

CAPITOLO
OTTO

IL PRESIDENTE dichiarò che non erano più in guerra e, così facendo, il lavoro per l'Ambasciata in Belgio era davvero appena cominciato. Il Governo belga era sempre stato piuttosto esplicito nella sua opposizione alla guerra e ora che una missione di pace era stata costituita per aiutare a ricostruire il paese, questa posizione non si era affatto attenuata. Insieme a Francia e Germania, aveva platealmente rifiutato di aggiungere le proprie truppe alle forze armate internazionali e a Jack sembrava di essere sempre in riunione con il Primo Ministro e con il Ministro della Difesa su questo argomento. L'intera situazione non si presentava bene, giacché il quartier generale della NATO era situato nel paese e Jack aveva ricevuto ordini precisi: farli stare dalla parte degli Stati Uniti in questo conflitto.

Il fatto che Jack non fosse d'accordo con il punto di vista del suo Governo non aiutava. Non era la prima volta che succedeva e lui sapeva molto bene che le sue opinioni sull'argomento erano assolutamente irrilevanti.

C'era però un aspetto positivo. Il Primo Ministro britannico aveva ficcato il naso nella faccenda e aveva promesso l'aiuto del Regno Unito. Normalmente la cosa sarebbe ricaduta sulle spalle dell'Ambasciatore britannico, ma siccome gli era stata concessa una lunga vacanza, era responsabile il Vice Capo della missione. Siccome assumersi entrambi gli incarichi era un po' eccesivo anche per una persona competente come Sean Gallagher, Jack sperava di poter richiedere l'aiuto di Lucas.

In macchina, di ritorno all'Ambasciata dallo SHAPE[3], Jack non riusciva a concentrarsi sulle carte che doveva rivedere. La crisi all'Unione Europea sulla guerra l'aveva tenuto occupato tutto il weekend, ma ora, per qualche ragione, la sua mente continuava a vagare su quello che era successo all'inaugurazione della mostra venerdì. Baciare e toccare Lucas era stato bello, di sicuro. Ma era stata la cosa giusta da fare? Il giovane britannico chiaramente aveva meno apprensioni di quante non ne avesse lui. Lucas probabilmente aveva più esperienza o si sentiva meno colpevole nell'essere infedele alla fidanzata.

Jack si sarebbe preso a calci per tutto quel rimuginare, ma era giusto per lui desiderare un uomo? Aveva negato quei sentimenti per la maggior parte della sua vita adulta e quindi perché era così difficile farlo adesso?

Maria lo amava, nel suo modo pragmatico e senza fronzoli. Non ne aveva mai dubitato neanche per un momento. Era una moglie meravigliosa, il genere di donna forte di cui aveva bisogno, che si occupava di tutte le decisioni nella loro relazione quando Jack era stanco per tutte le scelte che doveva fare in ogni momento della sua vita lavorativa. Era bello tornare a casa in un luogo accogliente, da una donna che aveva la propria vita, che non lo tormentava perché lavorava fino a tardi o dimenticava di trovare tempo per lei, ma che era in qualche modo sempre presente.

L'unica cosa che mancava era la passione. Lei non gli faceva mai scorrere il sangue più veloce, né saltare un battito al cuore. Di fatto, avrebbe probabilmente potuto

---

[3] Supreme Headquarters Allied Powers Europe: Quartier Generale Supremo delle Potenze Alleate in Europa.

fare a meno di fare sesso con lei e, se non fosse stato perché lei a volte lo seduceva, quasi sicuramente non avrebbero avuto una vita sessuale.

Poi Lucas era entrato nella sua vita e ne era rimasto colpito. Dal primo momento in cui aveva posato gli occhi sul bel giovanotto inglese, gli era successo qualcosa dentro che non sapeva spiegare. Ricordava chiaramente la ferma stretta di mano di Lucas, lo sguardo luminoso dei suoi occhi e la palese sicurezza che poteva essere facilmente fraintesa per arroganza se non fosse stato per il sorriso disarmante e la noncuranza fanciullesca.

Non riusciva a fare a meno di toccare quell'uomo e, anche se si erano solo baciati (*e che bacio!*), lo desiderava davvero. Anche prima di quell'eccitante primo contatto, Jack aveva immaginato cosa avrebbe provato ad averlo tra le braccia, a sentire la sua pelle nuda, a fare l'amore con lui...

Jack chiese all'autista di chiudere il tramezzo fra loro. Voleva chiamare Lucas sul cellulare e questo chiaramente avrebbe richiesto un po' di privacy.

Ci furono alcuni squilli prima che qualcuno rispondesse.

«Ehilà. Puoi parlare?» chiese Jack con voce sommessa.

La voce di Lucas suonava squillante, ma un po' strana. «Signor Ambasciatore, che gentile da parte sua telefonarmi!»

«Lucas?» chiese Jack un po' sorpreso. «Ascolta, ti richiamo se...»

«Oh, no, signore, stavamo proprio parlando del fatto che le nostre ambasciate devono lavorare unite sulla situazione europea e...»

Jack sorrise, c'era ovviamente qualcuno nella stanza con Lucas che doveva essere edotto del buon lavoro che stava facendo nel garantire il collegamento con gli americani. Con tutta probabilità era Gallagher. Questo lo fece sorridere ancora di più, giacché conosceva piuttosto bene il comandante britannico in seconda dopo un anno piuttosto traumatico in cui avevano lavorato per le rispettive ambasciate a Beirut. Ora Jack voleva sapere quanto Lucas era pronto di riflessi e in grado di improvvisare.

«Beh, stavo pensando ai nostri piani per il weekend...» buttò lì Jack, con la voce dolce.

«Sì, certo, signore, stavo pensando la stessa identica cosa.» Riusciva quasi a vedere Lucas annuire al suo capo e agitarsi sulla sedia.

«Stavi pensando a cosa mi farai nelle due notti in cui le nostre donne saranno via?»

Silenzio. *Parlami, Lucas, voglio sentire la tua voce.* La voce di Jack era morbida e seducente. «Avanti, Luke, mostrami di che pasta sei fatto. Non puoi dirmi quello che vorresti, eh?»

«Lo farei se potessi... signore,» rispose Lucas con voce autorevole, «ma non rientra nella linea di condotta britannica.»

«Non è nella linea di condotta britannica parlare di sesso o non è nella linea di condotta britannica dire al tuo capo, che ovviamente è nella stanza con te, che sei andato un po' oltre nel collegamento con gli americani?»

Ancora un breve silenzio, prima di: «Temo, signore, che dovrò discuterne con il mio superiore prima di poterle dare una risposta conclusiva sull'argomento.»

Jack poté quasi sentire Lucas sorridere ed era lieto che non avesse preso il suo ultimo commento troppo seriamente.

«Non penso che siamo andati troppo lontano venerdì, Lucas, io spero...»

«No, signore, concordo che non abbiamo esagerato. Credo che l'altra parte abbia mostrato la risposta appropriata al mio approccio.»

«Allora, come vuoi giocare questo fine settimana?» chiese Jack, divertito di quanto Lucas risultasse professionale.

«Penso che dovremmo mettere dei paletti, signore. Tastare un po' il terreno prima, sondare le acque, naturalmente, vedere come reagisce l'opposta fazione. Piccoli passi all'inizio, finché non abboccano e a quel punto si tirano su. Cosa le sembra… signore?»

Oh, caspita, Lucas era davvero bravo nel giochetto. Jack non avrebbe mai pensato di poter essere eccitato da un giovanotto che lo chiamava *signore* e gli parlava di negoziati, sebbene sapesse che non era veramente di quello che stava parlando.

«Perché non fai un salto nel mio ufficio questo pomeriggio? Con un po' di fortuna sarò lì per il resto della giornata,» chiese Jack esitante.

«Sì, signore, sono d'accordo. Dovremmo parlare della strategia appena possibile. La raggiungerò nel pomeriggio.»

LUCAS chiuse il cellulare e guardò il severo uomo biondo seduto al lato opposto della scrivania.

«Christensen?» chiese Gallagher, guardando Lucas sopra il bordo degli occhiali senza montatura.

«Sì, signore,» rispose Lucas, senza riuscire a nascondere un sorriso.

«Un tipo competente,» ammise il Console Generale, «ma stia al suo posto, Carlton. Noi britannici siamo qui per fornire supporto, se necessario guidare gli americani, ma non dominarli. Lei è assolutamente un suo subordinato e dovrebbe comportarsi di conseguenza. Lui è un giocatore molto più esperto in questo gioco e lei ha parecchio da imparare da lui.»

Sono sicuro che il sentimento è reciproco, pensò Lucas.

Un sorriso apparve sul volto del diplomatico più anziano. «Ne abbiamo passate insieme, Christensen e io. L'albergo dove stavamo conducendo i negoziati a Beirut è stato bombardato e siamo stati costretti a fuggire. Ci siamo andati vicini.» Sean Gallagher stava ovviamente ricordando quel periodo con affetto. «Ora, torniamo al lavoro. Carlton, anche se questi negoziati con i belgi sulla guerra falliscono, non dimentichi che, sebbene sia un Paese piccolo, noi abbiamo degli importanti rapporti commerciali con loro e non possiamo permetterci di perderli, quindi si accerti di lasciare il tavolo in termini amichevoli, okay?»

Lucas annuì, i suoi pensieri già rivolti all'Ambasciata americana.

CIRCA un'ora dopo, Lucas superò la guardia addetta alla sicurezza dell'Ambasciata americana e salì nell'ufficio dell'Ambasciatore.

«La sta aspettando,» gli comunicò Gertje facendogli l'occhiolino mentre girava intorno alla sua scrivania per aprirgli la porta. «Gli dica che prenderò le chiamate per lui.»

Lucas le baciò la mano, cosa che la fece arrossire terribilmente, ed entrò nell'ufficio.

Jack era seduto alla sua scrivania, con carte letteralmente ovunque. C'erano profonde rughe sulla sua fronte e aggrottava le sopracciglia incessantemente. «Questo è un Paese stupido. È uno dei maggiori paesi che traffica armi di piccole dimensioni, ma è contro l'entrata in guerra.»

Lucas spostò una pila di carte e si appoggiò alla scrivania di Jack. «Sì, lo rende interessante, vero?»

Jack non poté fare a meno di sorridere. Non cessava mai di stupirlo quanto calmo e sicuro fosse quel giovane, a meno che sentisse di essere osservato. Allora Lucas poteva diventare un irrequieto e balbettante adolescente che non sapeva dove tenere le mani. Comunque non adesso. Mentre erano soli, nella privacy del suo ufficio, Lucas era calmo e questo contagiava Jack. Mise gentilmente la sua mano sulla coscia del giovane.

«Mi sei mancato questo weekend. Sono felice che tu sia riuscito a passare.»

Lucas sorrise guardando fuori dalla finestra alle spalle di Jack. «Beh, avevo la scusa perfetta. Sean pensa che dovremmo progettare una strategia e chi sono io per discutere con il mio capo?»

Jack era affascinato da come la luce estiva giocava con la pelle olivastra e i riccioli castani del suo amante. Era reale? Questo giovane stava per diventare il suo amante? O il bacio era solo una burla, un esperimento che non si doveva ripetere? Sperava di no, quindi si alzò dalla sua sedia e si piazzò fra Lucas e la luce. «Sono comunque felice che tu sia potuto venire, scusa o no. Nella mia mente ho continuato a rivedere il nostro bacio.»

Lucas sorrise semplicemente, allungò le gambe e allargò le ginocchia, invitando Jack ad andargli più vicino. Proprio mentre Lucas stava mettendo le braccia intorno a Jack e stava per toccargli la parte inferiore della schiena per attirarlo più vicino, due brevi colpetti alla porta fecero indietreggiare Jack per allontanarsi.

Gertje entrò, gli occhi fissi sul contenuto di una cartelletta che teneva in mano. «Ho trovato altre informazioni del suo predecessore, signor Christensen. Memo e verbali degli incontri che aveva avuto con l'Ambasciatore francese e con il nostro Ambasciatore in Francia sul commercio delle armi in Medio Oriente.»

Jack le si avvicinò e prese il fascicolo, facendole un cenno col capo. «Grazie, signora Claessens,» e poi, sperando che capisse l'antifona, «sta rispondendo alle mie telefonate, vero?»

«Certo, signore,» rispose lei, sorridendo enigmaticamente mentre usciva dall'ufficio.

Jack tornò dove Lucas stava ancora seduto pazientemente sul bordo della scrivania. «Ora... dove eravamo?»

Lucas l'afferrò di nuovo e l'attirò vicino, questa volta con un po' più di vigore. Non c'era nessuna esitazione stavolta nelle loro labbra quando si unirono. Jack sentì il cuore accelerare i battiti mentre si eccitava per la risolutezza dell'uomo che stava baciando. Le mani di Lucas spinsero i loro corpi ancora più vicini, e riuscì a sentire l'erezione dell'altro uomo che sfregava contro il proprio rigonfiamento crescente. Sapeva che avrebbero dovuto fermarsi, che non potevano fare quelle cose in ufficio dove sarebbe stata solo questione di tempo prima di venir colti sul fatto, ma era così bello che non voleva smettere. Alla fine fu Lucas che si staccò. I suoi occhi erano scuri e i capelli arruffati, con sorpresa di Jack, perché poteva essere solo opera sua. Tolse le dita dai soffici riccioli che si erano intrecciati avidamente intorno a esse e inspirò profondamente, sempre guardando negli occhi marrone scuro di Lucas mentre posava la fronte contro la sua. Entrambi ridacchiarono dolcemente.

Proprio in quel momento, bussarono ancora alla porta. Jack si girò leggermente e si lasciò cadere sulla sedia, poi velocemente si voltò e ficcò le gambe sotto la scrivania mentre Gertje entrava con un vassoio. Lucas tentò di simulare indifferenza raccogliendo un foglio di carta vicino a lui.

«Visto che voi uomini non sapete prendervi cura di voi stessi, suppongo di doverlo fare io e così ho portato caffè, tè e dolci. Rende il lavoro molto più piacevole, no?»

«Grazie,» risposero i due uomini contemporaneamente. Trovarono difficilissimo non scoppiare a ridere mentre lei posava il vassoio sul tavolino di servizio e usciva. Appena se ne fu andata, diedero libero sfogo all'ilarità.

«Stiamo giocando con il fuoco, amico,» cominciò Lucas, con la mano davanti alla bocca. «Tu sei tutto rosso e le tue labbra...» Si chinò in avanti e scioltamente piazzò un bacio sulla bocca di Jack, «... sembrano appena state baciate.»

«Beh, non è che tu possa stare in piedi e andartene in giro senza sembrare...» Jack guardò la zona inguinale di Lucas, «... come se stessi *sull'attenti.*»

La faccia di Lucas diventò un po' più seria quando mise la sua mano su quella di Jack. «Allora perché non ci procuriamo una stanza in un hotel venerdì? Pensi di poterti liberare del Servizio Segreto?»

Anche Jack smise di ridere. «Sì, sono sicuro di riuscirci. Non è come se fossi il Presidente. Posso andare in bagno senza che lo controllino prima.»

«Altri quattro giorni,» sospirò Lucas.

«Già, ehm, Lucas...» Cosa aveva intenzione di dirgli?

«Cosa? Vuoi tirarti indietro?» chiese Lucas con un po' di apprensione.

«No!» Jack fu veloce a rispondere. «No, non è questo, io... non importa. Tutto si sistemerà alla fine.»

Lucas si alzò e si chinò per baciare ancora Jack. «Sì. Sono sicuro che sarà così.»

Jack era restio a lasciare andare il bell'inglese. «Devi andare, vero?»

«Già,» rispose Lucas, «visto che è chiaro che qui non stiamo lavorando affatto.»

Jack lo osservò camminare verso il tavolino, prendere le due tazze e tornare per portare a Jack il caffè. Lucas inghiottì il tè ormai tiepido in un sorso, posò la tazza e ammiccò mentre si girava per afferrare la maniglia della porta. Gioiosamente lanciò un bacio a Jack prima di uscire.

Altri quattro giorni.

CAPITOLO
NOVE

TUTTO pronto per la partenza?» chiese Jack davanti alla sua tazza di caffè in cucina.

Maria stava leggendo il New York Times. «Mh, la maggior parte.»

«A che ora parte il treno?» Jack cercò di chiederlo in tono casuale, sorseggiando il caffè dalla sua tazza, sperando di non sembrare troppo impaziente.

«Intorno alle undici e trenta. L'autista mi accompagnerà dopo aver lasciato te al lavoro ed essere andato a prendere Lucy,» rispose Maria mentre sfogliava le pagine.

«Allora quando tornerete? Domenica, vero?» Jack cercò ancora di sembrare noncurante, dando l'impressione che lei gli sarebbe mancata mentre invece avrebbe desiderato essere a casa... solo... e con la doccia già fatta... quando lei rispose.

«Nel pomeriggio. Penso che il treno arrivi a *le Midi* alle tre e mezza circa. L'autista verrà a prendermi.»

Jack si fece una nota mentale dell'ora di arrivo e cercò di guardarla sopra il bordo della tazza in modo tale che non se ne accorgesse. Quella sera avrebbe incontrato Lucas in una stanza di hotel ad Anversa; si sentì in colpa. Cosa stava facendo? Maria era la miglior moglie che un diplomatico potesse avere. Poco esigente, ma indipendente, intelligente, bella, leale. Leale... non come lui. Non riusciva neanche a pensare a cosa sarebbe successo se l'avesse scoperto. Se avesse scoperto che lui non avrebbe lavorato con Lucas quel weekend, ma l'avrebbe scopato... Come poteva spiegarle che Lucas gli procurava delle sensazioni che lei non gli aveva mai dato, senza nemmeno essere ancora andato a letto con lui?

«Ehi, dormiglione. Svegliati. Jack?»

Quando alzò lo sguardo, Maria era in piedi davanti a lui. Era stato chiaramente molto assorto nei suoi pensieri. «Scusa.»

Maria si incamminò verso l'atrio e Jack la sentì mormorare: «Giuro che qualche volta quell'uomo è così distante...»

Rendendosi conto che era quasi ora di partire, lui sì alzò di scatto e la seguì. «Maire!»

La raggiunse nel vestibolo, l'abbracciò da dietro e la baciò sul collo. «Divertiti ad Amsterdam.»

Lei si girò e gli diede un bacio veloce sulle labbra. «Non lavorare troppo questo fine settimana. So che siete entrambi maniaci del lavoro, ma cercate anche di vedere un letto di tanto in tanto, okay?»

Vedere la preoccupazione sincera nei suoi occhi lo colpì ancora. Dopo quel weekend, avrebbe saputo se valeva la pena di ingannarla.

Fu solo dopo, quando lei fu in camera da letto, che le sue parole lo colpirono. *Cercate anche di vedere un letto di tanto in tanto...*

PER TUTTO il giorno Jack ebbe difficoltà a concentrarsi. Si era accordato con Lucas che avrebbe prenotato lui la camera in hotel. Un'elegante suite a nome di Jack, dove avrebbero potuto istituire un *ufficio*, e una stanza più piccola come copertura per Lucas. Jack era stato tentato di chiamarlo per tutto il giorno, solo per sentire la sua voce, per capire se era emozionato, per controllare se erano ancora in sintonia. Poi ricevette un messaggio: "Anversa

Hilton centro della città vecchia, suite executive, a tuo nome, B4. Vieni alle 18."

Sarebbe successo veramente.

IL COLPO alla porta era stato così delicato che Lucas non era neanche sicuro che ci fosse stato, così aspettò.

Eccone un altro. Una singola, timida, quasi esitante bussata.

Quando Lucas aprì la porta bruscamente, Jack aveva ancora la mano a mezz'aria. Sembrava più vulnerabile, più basso di come Lucas lo ricordava. Non sembrava più l'uomo deciso e potente che era. Persino il completo, che sembrava sempre fatto su misura, era come se si adattasse in modo meno perfetto del solito. Il facchino aveva portato la sua borsa in camera pochi minuti prima e Lucas, comportandosi da segretario perfetto, aveva detto all'uomo dove voleva che la lasciasse e gli aveva dato una mancia generosa.

Rimasero fermi per un attimo, nessuno dei due sapeva bene cosa fare dopo, finché Lucas si spostò di lato per lasciare entrare Jack nella stanza. Sfiorò con la sua mano quella di Jack quando gli passò vicino, ma l'uomo andò fino alla finestra senza rendersi conto del contatto.

«Sono contento che tu l'abbia trovato. Temevo che tu avessi difficoltà...»

«Le tue indicazioni erano molto chiare,» lo interruppe Jack in tono piatto.

«... ad arrivare,» concluse Lucas, abbassando la testa, le mani ancora sulla porta aperta.

«Forse dovresti chiudere la porta.»

«Sì, giusto,» rispose Lucas rendendosi improvvisamente conto del fatto che era in una situazione abbastanza ridicola. Si erano dati appuntamento in quell'hotel per tradire le loro partner. Il minimo che potesse fare era accertarsi che nessuno potesse vederli. Dopo aver chiuso silenziosamente la porta, si diresse alla finestra e rimase tranquillamente in piedi vicino a Jack.

L'americano sembrava triste e forse un po' spaventato. Lucas sapeva che la sua calma esteriore era proprio quello, una facciata creata per coprire il nervosismo. Improvvisamente Jack si girò e lo fronteggiò come se fosse arrivato a una decisione.

Gli occhi di Jack erano umidi quando afferrò con le mani a coppa la testa di Lucas e lo baciò avidamente. Lucas accettò con piacere il bacio e rispose lasciando che la sua lingua toccasse leggermente le labbra di Jack, chiedendo il via libera. Riusciva a sentire l'americano aprirsi per lui, finché si sentì spinto via, poi attirato di nuovo e questa volta stretto in uno forte abbraccio. Stavano entrambi trattenendo il fiato e Lucas non sapeva cosa dire; tutto quello che riusciva a sentire era il cuore di Jack che batteva come se volesse uscirgli dal petto.

«Non intendevo spingerti via, scusami.» Jack lasciò che la sua fronte si appoggiasse su quella di Lucas. «Perché continuo a fare così? Io...» Sospirò profondamente, cercando le parole giuste. «Non è che io non voglia, Lucas...»

Il giovane sentì il suo amante allontanarlo da sé. «Ma sembra che tu non riesca, e forse dovrei semplicemente lasciarti solo,» Lucas finì la frase per lui.

«Sì... NO!» Jack si lasciò cadere sul letto, sedendosi e chiudendo gli occhi brevemente mentre espirava sonoramente. Afferrò con gentilezza la mano di Lucas. «Per favore, siediti solo per un momento. Cercherò di spiegarti.»

Lucas deglutì, ma non si mosse. «Okay, Jack, capisco. Hai la tua carriera a cui pensare e tua moglie. Non avrei mai pensato che questo... noi... fosse possibile.»

L'americano lo tirò per il braccio e Lucas alla fine sedette vicino a lui, curvo, fissando il pavimento.

«Non è così Lucas, per favore... Io non so come comportarmi in questa situazione.» La mano di Jack era appoggiata su un ginocchio di Lucas. «Perché non sono mai stato in questa situazione prima.»

Lucas raddrizzò la schiena e lentamente si girò verso Jack, la sua bocca leggermente aperta per lo stupore quando improvvisamente capì. «Stai dicendo...»

Jack annuì, con un sorriso di scuse sul volto.

«Non hai mai avuto un uomo come amante?»

«Beh, grazie per averla messa così,» sbuffò Jack, distogliendo lo sguardo da Lucas, la sua mano ancora sul suo ginocchio.

«Perché non me l'hai detto?» chiese Lucas, mettendo la propria mano su quella di Jack.

«Beh, non è il genere di cosa che si può casualmente inserire in una conversazione, Lucas.»

«Quindi sono il primo uomo da cui sei stato attratto?» Lucas voleva capire questo. Mosse la mano per afferrare il mento di Jack e lo sollevò per fissarlo negli occhi.

«Dio, no.» Jack sospirò mentre scuoteva la testa. «Ho sempre saputo di essere attratto dagli uomini, da quando mi sono innamorato del mio miglior amico al liceo. Ma già allora sapevo che non volevo continuare.»

«Dunque l'hai sempre saputo, ma non hai mai fatto niente in tal senso?»

«Perché è così difficile da credere? Sono cresciuto in questo mondo, dove la cosa più importante è come ti percepiscono gli altri e l'ultima cosa che vogliono è un diplomatico omosessuale!» Jack era chiaramente agitato, quindi Lucas gli strinse forte la mano per confortarlo.

«Anch'io sono cresciuto in questo mondo, Jack.»

Questo sembrò calmare Jack. «Lo so. Tu sei stato solo un po' più audace di me. È tutto.»

Lucas strofinò il pollice sul lato della mano di Jack. «Possiamo prendercela comoda, non c'è nessuna fretta.» Sollevò la mano dell'uomo, la capovolse e ne baciò il palmo. «Hai fame?»

Jack scosse le spalle e poi sorrise. «Credo di essere troppo nervoso per mangiare,» ammise.

«Bene, allora dobbiamo fare qualcosa per questo,» rispose Lucas mentre si alzava dal letto e prendeva la mano di Jack. Si spostò, invitando Jack ad alzarsi in piedi e si diresse verso le grandi finestre a tutta altezza. Dopo averle aperte, uscì sulla terrazza.

«Cosa stai facendo?» chiese Jack, riluttante a seguire Lucas all'esterno.

Lucas si girò e fece un cenno a Jack. «Vieni qui e ti mostro.» Continuò a camminare all'indietro in modo seducente, rendendo impossibile a Jack non seguirlo. «Questa è una terrazza di rappresentanza. Riservata alle cinque business suite, di cui una è occupata da noi. Ma, visto che siamo nel weekend, le altre quattro sono vuote e non sono prenotate fino a lunedì.»

Jack rise e scosse la testa. Questo era il suo Lucas. Poteva vederlo affascinare la receptionist per farsi dare le informazioni. «Esattamente che razza di sciocchezze hai propinato al personale dell'hotel per assicurarci un tale livello di privacy?»

Lucas fece il modesto. «Non molte. Ho solo detto alla ragazza al check-in che al mio capo piace uscire in costume adamitico.»

Jack gettò la testa indietro e ridacchiò. «Sei pazzo! Per quanto ne sappiamo questo potrebbe assicurarci un pubblico!»

Anche Lucas rise. «Effettivamente lei sembrava entusiasta che tu fossi un naturalista. No, seriamente, hanno sentito 'capo' e 'uomo d'affari' e hanno pensato *corpulento*, *mezza età* e *molle*, quindi penso che eviteranno.»

Rimasero in piedi all'estremità della terrazza e a Jack sembrò naturale di fare un passo verso Lucas, mettendogli le braccia attorno alla vita e il mento sulla spalla. «È bello qua fuori. Molto tranquillo, non si penserebbe mai di essere nel centro della città.»

«Beh, siamo al quinto piano e la piazza è zona pedonale, questo aiuta,» rispose Lucas, girandosi un po' per guardare Jack.

Jack indicò il punto più alto del panorama: «È una chiesa?»

«La Cattedrale di Nostra Signora,» lo corresse Lucas. «Avrebbe dovuto avere due torri, ma la seconda fu interrotta perché rimasero senza soldi.»

«Sei una perfetta guida turistica.» Jack posò la guancia contro i capelli di Lucas.

Lucas adottò il tono di voce dolce di Jack. «È la mia prima volta ad Anversa e mi piace leggere e documentarmi sulle città dove vado. È in tutte le guide turistiche.» Si rese conto che Jack rafforzava la stretta e rimasero a dondolarsi avanti e indietro per un po'. «È bello, però rientriamo, okay?»

Lucas condusse Jack nella stanza, senza mai lasciar andare la sua mano. Una volta dentro si girò per chiudere le tende e sentì Jack che lo prendeva di nuovo fra le braccia. Lucas iniziò a giocherellare con la cravatta nel tentativo di liberarsi di qualche pezzo di abbigliamento. Erano entrambi abituati a vestirsi in modo professionale, ma Lucas stava iniziando a sentirsi costretto nel suo abbigliamento camicia-cravatta-giacca. Sentiva il respiro di Jack sul collo ed era una sensazione molto sensuale, ma avevano bisogno di sentirsi più comodi. Jack si accorse che Lucas si stava agitando e allentò la stretta, dando all'altro uomo la libertà di girarsi. Lucas prese la faccia di Jack tra le mani e lo guardò negli occhi grigio-blu in cui c'era sicuramente un po' di smarrimento e un pizzico di paura. «Dimmi che sei sicuro di questo. Dimmi che lo vuoi tanto quanto lo voglio io.» Lucas pensò che Jack avesse bisogno di sentirsi dire una frase del genere proprio come ne aveva bisogno lui stesso, in modo da convincersi di non stare obbligando Jack.

Jack annuì.

«Voglio sentirlo da te, Jack. Voglio sentirti dire quello che vuoi.»

«Lo voglio. Voglio tutto di te,» sussurrò Jack.

Lucas lentamente lasciò che le sue labbra toccassero quelle di Jack e permise che le sue mani scivolassero dalle sue guance alla sua mandibola, giù sul suo collo e poi sul bordo superiore della camicia. Gentilmente disfece il nodo della cravatta dell'americano. I suoi movimenti erano lenti e deliberati, come se si aspettasse che Jack potesse perdere il controllo e spingerlo via di nuovo. Invece l'americano rispose al gesto, separando lentamente le due estremità della cravatta di seta nera di Lucas finché si sciolsero. Lucas sentì Jack sorridere nel bacio che non avevano interrotto, mentre quattro mani stavano lottando per lo spazio di manovra in un'area ristretta.

«Forse dovremmo farlo uno alla volta,» suggerì Jack, le loro labbra che si sfioravano soltanto.

«O potremmo smettere di baciarci?» propose Lucas.

«Diavolo, no!» ribatté Jack a voce un po' più alta, mentre spingeva il suo corpo ancora più vicino a quello di Lucas e copriva la sua bocca con una raffica di piccoli baci.

Lucas sorrise sotto il bombardamento dell'amante e cercò allo stesso tempo di liberarsi della giacca. Tentò di lanciarla su una delle sedie ma mancò l'obiettivo.

Jack ridacchiò vedendo con la coda dell'occhio la giacca volare attraverso la stanza. Non gli importava di dove sarebbero finiti i suoi vestiti e quasi gli piaceva l'idea che sarebbero stati insieme in un mucchio. Mentre Lucas gli spingeva la giacca giù dalle spalle, Jack lasciò andare la faccia del giovane, usando una mano per volta per scrollarsi di dosso l'indumento.

Quando Lucas iniziò a sbottonargli la camicia, anche Jack volle aiutare.

«Per favore, lascia che faccia io,» propose Lucas, le loro facce ancora vicinissime. «Voglio toglierti tutti i vestiti lentamente. Va bene?»

Jack annuì e sbottonò i polsini, lasciando che Lucas si occupasse degli altri bottoni. Da qualche parte, nei recessi della sua mente, sentiva che la sua pazienza stava per essere messa alla prova, ma vide l'innocenza quasi fanciullesca con cui il giovane stava esplorando il suo corpo e non voleva spezzare la magia. Lucas, dopo tutto, l'aveva chiesto in modo gentile e per qualche ragione questo faceva pensare a Jack che fosse giusto arrendersi completamente.

Il britannico avvolse le braccia intorno al torace di Jack sotto la camicia e lasciò che la sua bocca tracciasse un sentiero giù dal collo alla clavicola.

«Dio, hai un sapore divino,» disse Lucas a nessuno in particolare mentre continuava a leccare fino al capezzolo di Jack.

«Anch'io voglio assaggiare la tua pelle,» rispose Jack, cercando di non mettere troppa insistenza nella sua voce. Circondò con le braccia il corpo esile di Lucas e gli sollevò gentilmente la camicia, togliendola dai pantaloni e ottenendo libero accesso alla schiena dell'inglese. Poteva sentiva i muscoli tesi che si muovevano sotto le sue mani ogni volta che Lucas si muoveva un po'. Era già eccitato e duro quando avevano cominciato a baciarsi, ma la calda bocca di Lucas sui suoi capezzoli e la pelle morbida sotto le sue mani avevano fatto affluire ulteriore sangue ai suoi genitali.

Come se avesse letto nel pensiero dell'altro uomo, Lucas si alzò in piedi ancora e gracchiò: «Ti ho eccitato, vero?»

«No,» rispose Jack, sentendo che anche lui aveva bisogno di schiarirsi la gola. Lucas indietreggiò un po' mentre apriva il bottone più in alto della sua camicia e la sollevava velocemente sopra la testa, tirando le maniche quando non riuscì a liberare subito le mani, solo per attaccarsi di nuovo alla bocca di Jack immediatamente dopo aver abbandonato l'indumento.

Lottarono uno con la cintura dell'altro, finché non si resero conto dell'umorismo della situazione. Sogghignando, si separarono un momento, per scalciare via le scarpe e liberarsi dei pantaloni. Jack non poté fare a meno di notare che Lucas era duro quanto lo era lui sotto i boxer.

Mentre Jack cercava di togliersi i calzini, Lucas lo afferrò, buttando entrambi sul letto con forza sorprendente. Jack si ritrovò immobilizzato sotto il giovane, le dita intrecciate alle sue, le mani sollevate sopra la testa e la sua bocca invasa dalla sua lingua. Jack non sapeva se arrendersi completamente o lottare un po' con il giovane. Mentre cercava di muovere le braccia, Lucas spostò il suo corpo per fare più leva e creò un maggior attrito tra i loro membri ancora coperti. La sua presa sulla mano di Jack era inutilmente stretta e respirò pesantemente quando fece una pausa per riprendere fiato tra un bacio e l'altro. Jack riusciva a sentire il battito del cuore di Lucas. Quando Jack cercò di muoversi ancora, Lucas si fermò e si sollevò un po'. «Tutto bene? Vuoi che mi fermi?»

Jack sorrise alla magnifica vista di Lucas piegato su di lui, i riccioli scuri che gli scendevano intorno al bel viso e gli occhi pieni di desiderio. «No, non voglio smettere mai più. Ho aspettato questo momento per trent'anni.»

«Ooooh,» rispose Lucas con aria afflitta, «Non ero neanche nato trent'anni fa.»

«Non ricordarmelo,» sospirò Jack, sorridendo.

Lucas guardò Jack negli occhi e cominciò lentamente a muovere il suo inguine avanti e indietro. «È questo che vuoi?»

Jack poté solo annuire. La frizione tra i loro uccelli duri e il leggero strato di stoffa che li separava gli rendeva difficile connettere. I movimenti di Lucas erano deliberatamente lenti; teneva ancora le mani di Jack e continuava a guardare il suo amante.

«Apri gli occhi, Jack, voglio vedere i tuoi occhi meravigliosi diventare liquidi.»

Jack non si era neanche reso conto di averli chiusi, ma quando alzò lo sguardo, la sua vista era annebbiata, sfuocata. Sentì la tensione crescergli nel ventre mentre Lucas continuava il suo movimento costante e sapeva che stava per venire, come un ragazzino, senza neanche essere stato realmente toccato.

«Luke, io... Io sto…»

«Lascia che succeda, Jack, fallo,» sussurrò Lucas. «Sono qui.»

Jack lottò per tenere gli occhi aperti come gli aveva chiesto Lucas. Sapeva di essere sul punto di venire, forse ancora una spinta… Poi sentì un gemito basso e solo a malapena riconobbe la propria voce mentre vedeva un enorme sorriso spuntare sul volto del suo amante.

Lucas si piegò in avanti e Jack si rese conto appena, attraverso la foschia del piacere, che le loro fronti si toccavano. «Sei bello quando vieni, Jack.» Stava respirando affannosamente. Lentamente Jack riprese coscienza di sé e cominciò a capire quello che era appena successo. «Tu non sei…»

Lucas baciò la sua tempia. «Va tutto bene, abbiamo tempo.»

«Voglio toccarti.» replicò Jack, sentendosi coraggioso.

Lucas fece un grande sorriso e mosse la mano sinistra, insieme alla destra di Jack, verso il basso, tra i loro due corpi. Quando Jack fece scivolare la mano dentro i boxer di Lucas, avvolgendogli teneramente il sesso duro, il britannico accarezzò gentilmente il braccio di Jack e rabbrividì.

«Dio, sì, Jack, la tua mano è stupenda.»

Era una sensazione strana tenere in mano il cazzo di un altro uomo, ma allo stesso tempo sembrava giusto. Jack cominciò ad accarezzarlo in modo gentile ma fermo e sentì Lucas gemere a ogni mossa che faceva. Sapeva che il giovane era vicino al culmine. «Vieni per me, Luke,» sussurrò, sollecitando il giovane a perdere il controllo.

Jack sentì Lucas spingere disperatamente, la sua schiena si arcuò e venne con un lungo fremito protratto. Jack divenne conscio del caldo liquido vischioso che aveva sulla mano mentre Lucas singhiozzava il suo grido di liberazione. «Oh, Dio, lo volevo da tanto tempo, Jack.» La voce sfumò nel silenzio mentre il corpo snello, dopo qualche residuo sussulto, si rilassava nelle braccia di Jack.

Jack galleggiava nel dormiveglia, ancora avvinghiato a Lucas, quando sentì il giovane mormorare: «… e abbiamo appena cominciato…»

CAPITOLO
DIECI

LUCAS si svegliò quando sentì qualcosa muoversi sotto di sé. Non voleva ancora alzarsi, ma quando ricordò quello che era successo, i suoi occhi si spalancarono immediatamente. Era nella suite di un hotel con Jack e avevano ancora circa trentasei ore da passare insieme, quindi non aveva intenzione di sprecarle dormendo.

Dalle tende non filtrava luce ora, ma i suoi occhi si adattarono all'oscurità e riuscì a distinguere la faccia di Jack che si voltava verso di lui.

«Ehi, salve.» La voce di Jack suonava calma «Che ore sono?»

Lucas strisciò sul corpo del suo amante fino al comodino e raccolse l'orologio. «Le dieci e un quarto.»

«Bene,» ridacchiò Jack. «Per un momento ho pensato che avessimo dormito tutta la notte.» Si sedette e allungò la mano per toccare il giovane inglese. «Vieni qui, non voglio lasciarti andare prima di domenica pomeriggio.»

Lucas prese la sua mano e lo trascinò in piedi. «In questo caso, farai una doccia con me, allora.»

Jack tirò Lucas vicino e lo baciò mentre si alzava, ma Lucas fece il prezioso e fuggì in bagno. Fu un po' sorpreso quando Jack non lo seguì immediatamente.

Era già ben insaponato quando sentì Jack entrare. Riuscì a udire il fruscio dei boxer di Jack che cadevano a terra e poi ci fu il silenzio. Era sicuro che l'americano lo stesse osservando e con calma si toccò, lasciando scivolare la mano sulle spalle, poi sull'addome e sulle cosce. L'idea che qualcuno si stesse godendo lo spettacolo glielo fece diventare duro. Mentre cominciava ad accarezzarsi dolcemente, udì Jack dietro di sé e sentì le sue braccia forti che lo afferravano.

«Oooh, scivoloso!» scherzò Jack mentre faceva scorrere le mani con approvazione sul corpo di Lucas.

«Cribbio, come mai ci hai messo tanto?» sospirò Lucas. «Pensavo che non volessi lasciarmi andare.»

Jack rise mentre abbracciava stretto Lucas e lo baciava sul collo. «Ho ordinato qualcosa da mangiare. Dobbiamo mantenerci in forze, perché ho la sensazione che tu abbia un bel po' di cose stancanti in serbo per me.»

Lucas si voltò e abbracciò Jack. «Puoi scommetterci, vecchio.» Afferrò la testa di Jack fra le mani a coppa e lo baciò appassionatamente, lasciando che la sua erezione toccasse le cosce dell'altro. «Sembra anche che ti sia piaciuto quello che hai visto.» Tirò Jack sotto il getto dell'acqua calda e mise la mano sul suo petto, accarezzando lentamente la pelle liscia, mentre ammirava il corpo del suo amante. «Neanch'io posso dire che mi dispiace quello che vedo.»

Jack sorrise, improvvisamente timido, mentre attirava l'uomo più giovane ancora vicino a sé.

«Non dirmi che lei non ti ha mai detto quanto sei bello, Jack?»

L'americano spostò delle ciocche bagnate dal volto di Lucas. «Non... parliamo di questo, ti spiace?»

Lucas si piegò per baciargli il collo. «Beh, sei bello. Stai così bene nel tuo elegante completo da lavoro che tutto quello che sono riuscito a pensare, quando ti ho visto la prima volta, era quanto in fretta sarei riuscito a togliertelo.»

Jack sorrise ancora timidamente.

Lucas si spostò dolcemente in avanti finché Jack fu contro la parete della doccia. «Non è troppo freddo?»

L'acqua calda riempiva il bagno di vapore, così Jack scosse la testa. «Non abbiamo molto tempo. Tra poco saranno qui con la cena.»

Lucas lo zittì con un bacio e Jack si lasciò mettere a tacere. Al diavolo il servizio in camera. Loro erano gli ospiti e, se questo significava che il personale doveva lasciare la cena davanti alla porta, così sarebbe stato. Presa la decisione, Jack contraccambiò il bacio del suo amante con completo abbandono.

Non sapeva cosa voleva toccare prima. La pelle di Lucas era liscia e morbida sotto le mani e il fatto che fossero entrambi bagnati fradici, in piedi sotto la doccia, dava una sensazione curiosamente erotica. Lucas sapeva di sapone e sarebbe sembrato un ragazzino con quei riccioli bagnati appiccicati alla faccia sorridente, se non fosse stato per quello che stava facendo con le mani e la bocca.

La lingua di Lucas scese lungo il collo e le spalle di Jack, sopra la clavicola e giù fino al capezzolo. Leccò lievemente solo il bocciolo, mandando dei brividi lungo la spina dorsale di Jack, poi velocemente si spostò sul suo ombelico.

Il giovane britannico guardò l'americano con aria di sfida mentre gli si inginocchiava davanti, le gambe spalancate. Lucas si toccò, accarezzando lentamente il proprio cazzo eretto. Jack vedeva tutto come se fosse al rallentatore. Lucas lo stava guardando, gli occhi quasi neri di desiderio, mentre apriva la bocca e, in modo maliziosamente lento, gli avvolgeva con le labbra l'erezione dura come un sasso. Jack inspirò profondamente, cercando di non venire proprio in quell'istante. Mentre guardava il suo cazzo spostarsi lentamente dentro e fuori dalla bocca di Lucas, ebbe bisogno di tutto l'autocontrollo possibile per non spingere in avanti, ma era inutile perché sentì il ventre tendersi.

«Luke, sto…» riuscì a dire Jack prima di venire nella gola di Lucas con un forte gemito. Rimase in piedi contro il muro con la mano di Lucas sul fianco, poi sentì le sue gambe cedere e si lasciò scivolare ansimante sul pavimento.

Lucas si piegò per baciarlo, sempre toccandosi. Jack poteva sentire nella bocca di Lucas il sapore salato e leggermente penetrante che non poteva essere altro che il suo sperma.

«Ti voglio anch'io,» Jack disse al suo giovane amante quando Lucas interruppe il bacio per farlo respirare. «Ti voglio nella mia bocca.»

Lucas lo guardò come se stesse cercando di giudicare l'onestà della richiesta, poi lentamente si sollevò finché fu in piedi di fronte a Jack. Piazzò la mano sulla parete sopra la testa di Jack e spinse i fianchi in avanti così che l'altro fosse abbastanza vicino da prenderlo in bocca.

Le loro posizioni erano invertite ora e, oltretutto, Jack si rese conto che non era una brutta prospettiva. L'acqua calda scorreva ancora dal soffione della doccia, mantenendoli entrambi caldi contro le piastrelle fredde. Lucas appoggiò la mano contro la guancia di Jack e gli accarezzò il labbro inferiore con il pollice. Jack glielo succhiò, avvolse la mano intorno al sesso del suo amante e lo sentì ansimare mentre lui coordinava le carezze e i tocchi.

Voleva davvero assaggiare Lucas e lentamente portò la bocca vicino alla propria mano. Quando prese la punta del pene tra le labbra, vide i muscoli di Lucas tendersi per evitare di muoversi in avanti. Con gli occhi chiusi e la testa inclinata all'indietro, Lucas era chiaramente prossimo all'orgasmo. Jack lasciò che la lingua scorresse sulla superficie liscia della punta dell'uccello del suo uomo ed esplorò la fessura, facendolo restare ancora senza fiato. Alzò lo sguardo e vide Lucas che lo fissava con occhi appannati, mentre si muoveva lentamente dentro e fuori dalla sua bocca, chiaramente trattenendosi con tutte le sue forze. Poi Jack, improvvisamente, sentì la mano del giovane sui capelli, che lo guidava con violenza.

«Jack-g-uh!» gridò Lucas mentre Jack lo prendeva in bocca in tutta la sua lunghezza. Riuscì ad assaporare lo sperma di Lucas, rendendosi conto che non avevano esattamente lo stesso sapore e inghiottì tutto quello che il giovane emise.

Lucas iniziò a vacillare e Jack lo afferrò per impedirgli di cadere. Il giovane gli crollò in grembo.

«Mi dispiace,» ridacchiò Lucas, la testa sulla spalla di Jack.

«No, non è vero,» rispose Jack come ormai era abitudine fra loro.

«Sì, invece.» Lucas sorrise un po' pigramente. «Avrei dovuto darti un po' più di preavviso prima di...»

«Prima di venire? Avevo capito che mancava poco, Luke. Anche tu sei bello quando vieni.»

Lucas lo guardò timidamente. «Beh, non mi ci è voluto molto.» Baciò appassionatamente il suo amante americano. «Hai davvero una bella bocca.»

Entrambi alzarono lo sguardo sentendo bussare alla porta e l'annuncio: «Servizio in camera». Jack guardò Lucas. «Sarà meglio che vada a occuparmene.» Lucas annuì e si alzò, tirando in piedi Jack. L'americano uscì dalla doccia e diede al suo amante un bacio veloce. «Tu rimani qui. Andare in giro tutti e due nudi potrebbe sembrare un po' sospetto.»

Lucas chiuse l'acqua della doccia mentre guardava Jack avvolgersi un asciugamano intorno ai fianchi e camminare fuori dal bagno ancora bagnato fradicio.

LUCAS si sforzò di non ridacchiare. Jack aveva appena versato della salsa di soia sul suo petto, dove lo sterno si incavava un po', e lo solleticava.

«Ti ho detto che era il posto perfetto per questo, ecco adesso, assaggialo.»

Jack afferrò sapientemente un pezzo di salmone sashimi con le bacchette e lo immerse nella pozza di salsa di soia prima di imboccare Lucas. «Ora smettila di muoverti o dovremo farci cambiare le lenzuola prima di dormirci stanotte!»

Lucas non poté fare a meno di ridere della serietà della faccia di Jack. «Chi dice che dormiremo?»

L'americano prese un pezzo di sushi e chiaramente prese tempo intingendolo per bene nella salsa prima di metterlo in bocca. «Promesse, promesse,» rispose, colpendo Lucas con una bacchetta. «Ne vuoi ancora?»

Lucas annuì. Erano entrambi sul letto, con i capelli ancora bagnati e gli asciugamani avvolti intorno ai fianchi. Le salviette non facevano molto per il decoro, ma consentivano di rimanere concentrati sulla cena per il momento.

Jack si chinò sopra il corpo supino di Lucas per raggiungere il carrello del cibo vicino al letto. Scelse accuratamente un bel rotolo di sushi e lo piazzò al centro della pozza di soia sul petto di Lucas, lasciando che assorbisse la salsa. Guardò il suo giovane amante mentre muoveva un po' l'involtino di riso e pesce e poi lo portava all'altezza della bocca di Lucas.

«Tienilo solo tra i denti.»

Lucas aprì la bocca lentamente e afferrò il cibo, sorridendo.

Jack si sporse e ne morsicò un pezzo mentre baciava Lucas sulla bocca. Sentì Lucas gemere mentre entrambi inghiottivano. Jack fece scorrere il suo dito su ciò che restava della salsa di soia e sentì i muscoli di Lucas reagire al tocco. Quando alzò gli occhi disse semplicemente: «Ecco.»

Lucas guardò in basso e vide la parola *MIO* scritta sul torace. Attirò Jack in un altro bacio, facendo sdraiare l'americano vicino a sé e poi rotolando entrambi finché non fu sopra di lui. «Non ancora. Non sono tuo fino a quando non ti sentirò dentro di me.»

«È questo che vuoi? Mi vuoi dentro di te?» sussurrò Jack.

«Dio, sì! Se anche tu lo vuoi, intendo, non voglio che tu faccia niente che non vuoi!»

Jack zittì il giovane con un bacio appassionato, cercando di comunicargli che anche lui lo voleva.

Lucas allargò le gambe in modo da essere a cavallo di Jack e si mosse avanti e indietro come aveva fatto appena poche ore prima, la prima volta che l'aveva fatto venire.

Jack sentì che lentamente stava diventando ancora duro ed era consapevole che la successione abbastanza rapida dei loro rapporti sessuali gli avrebbe consentito di durare un po' più a lungo. Non diminuiva però la passione che sentiva per Lucas, il desiderio di strisciare sotto la pelle del suo amante e fondersi con lui. Armeggiò per sciogliere il nodo dell'asciugamano che era intorno alla vita di Lucas e provò una fitta di delusione quando il giovane si alzò e si diresse verso la valigia all'altro lato della stanza.

Jack si sollevò finché fu quasi seduto, ma il suo viso era ovviamente facile da decifrare, perché Lucas sorrise e spiegò: «Abbiamo bisogno di alcune cose.»

Il giovane inglese ritornò con una manciata di preservativi e una boccetta di lubrificante. Strisciò nella sua precedente posizione e prese la faccia di Jack fra le mani. «Non preoccuparti, ti guiderò,» mormorò prima di baciarlo ancora.

Jack lasciò vagare la mano sulla schiena di Lucas e gli afferrò il culo, tirandolo più vicino.

«Vuoi prepararmi?» chiese Lucas lascivamente, con gli occhi scuri.

Jack annuì. «Se mi mostri come fare.»

«È passato un po', avrò bisogno di un po' di tempo,» gemette Lucas contro la bocca di Jack. Si spostò un po' più in alto, offrendo a Jack il suo collo da baciare mentre afferrava il lubrificante. «È un muscolo e quindi dovrai stimolarlo gradualmente mentre io cerco di rilassarmi. Un sacco di lubrificante e un dito alla volta.» Afferrò la mano di Jack. «Tieni,» e schizzò un ciuffo generoso di gel sulle sue dita.

Lucas si spostò ancora più in su sul corpo di Jack e avvolse le braccia attorno al collo del suo amante. Erano deliziosamente vicini, il pene di Lucas bagnò i loro ventri quando Jack portò la mano dietro di lui, cercando di non rovesciare il gel. Considerato che non l'aveva mai fatto prima, la sua mira fu molto buona, ma Lucas districò un braccio per guidarlo: «Ecco.» Posò la mano su quella di Jack e lasciò cadere la testa indietro quando l'uomo violò l'ingresso con la punta del dito.

Lucas gemette, con la bocca aperta e la testa rovesciata. «Ancora un po'…»

Jack sentì l'anello di muscoli stringere forte intorno al dito, per poi allentarsi lentamente mentre con attenzione lasciava che il suo dito umido scivolasse dentro e fuori.

I movimenti di Lucas crearono la frizione necessaria per entrambi e Jack percepì l'impazienza del suo amante.

«Aggiungi un altro dito, Jack...» gli sussurrò Lucas nell'orecchio.

Jack si accorse che gli piaceva guardare la faccia di Lucas quando era così, mentre chiudeva fuori il mondo, completamente incurante di tutto tranne che del suo corpo e quello del suo amante. Mentre introduceva un altro dito, l'anello si strinse di nuovo, ma questa volta cedette ancora più velocemente. Lucas stava ansimando forte ora, dicendo a Jack di spingere più a fondo.

«Un altro dito. Oh, Dio, Non posso aspettare ancora molto, Jack. Ti voglio dentro di me. Fottimi, Jack!»

Con tre dita dentro Lucas, Jack riusciva a sentirlo aprirsi per lui. Era ancora stretto, ma anche Jack stava cominciando a diventare impaziente, il respiro era accelerato e pregustava di sentire il calore di Lucas attorno a sé.

Jack fu sorpreso quando Lucas si allontanò da lui. Il giovane guardò l'americano con scuri occhi pieni di desiderio mentre afferrava un preservativo. Reagendo alla confusione negli occhi di Jack, si chinò per baciarlo. «Sono pronto per te e non posso aspettare più a lungo,» spiegò. Aprì il pacchetto strappandolo con i denti e arrotolò sapientemente il preservativo sull'erezione di Jack, dura come roccia. Con qualche carezza lo rivestì di lubrificante e poi si avvicinò ancora. «Dio, Jack, non posso aspettare. Va tutto bene?»

Il desiderio di Jack era così forte che poté solo annuire. Lucas comprese e cercò di rendergli le cose più facili. Gli piazzò una mano sulle spalle per avere un appoggio e si sollevò un po', così da potersi far scivolare lentamente sul cazzo liscio di Jack.

Guardare se stesso scomparire nel corpo del giovane fu una vista incredibilmente erotica, resa ancor più deliziosa dal calore e dalla strettezza del corpo di Lucas intorno a lui.

Osservò la faccia di Lucas mentre aspettava di adattarsi alla sensazione, con gli occhi chiusi e la bocca aperta.

Jack raggiunse uno dei suoi capezzoli mentre l'inglese cominciava lentamente a muoversi su e giù.

Dischiudendo leggermente gli occhi, Lucas sorrise. «Sembri così serio, ma mi fai sentire così bene, Jack... così bene... Non so nemmeno da che parte cominciare...» Il giovane mise dolcemente la mano sul volto dell'uomo, accarezzandogli teneramente la guancia e le labbra mentre continuava a muoversi.

Jack vide con stupore come Lucas si stesse lentamente lasciando andare intorno a sé. Si sentiva così splendidamente avvolto e Jack iniziò a rendersi conto di cosa avesse perso in tutti quegli anni. Aveva ingannato se stesso convincendosi che fare l'amore con un uomo non sarebbe stato molto diverso dal fare l'amore con una donna. Solo che Jack non aveva mai provato per nessuna donna quello che stava sentendo per il giovane che ora era tra le sue braccia.

Lucas spostò i suoi movimenti finché il pene duro colpì il punto giusto. Prese la faccia di Jack fra le mani e lo baciò. «Oh Dio, Jack, sono così vicino... per favore, dimmi che verrai insieme a me... Per favore!» implorò, con la bocca contro quella di Jack.

Jack poté solo annuire. La sensazione che stesse dando al suo giovane amante un tale piacere gli faceva affluire il sangue verso l'inguine. Spinse verso l'alto, per quanto riusciva a farlo in quella posizione, sentendo ondate di estasi fluire dentro di sé. La sua testa era leggera e gli occhi umidi mentre affondava profondamente nel corpo di Lucas. Continuò a spingere, cavalcando il suo intenso orgasmo, desiderando che continuasse in eterno. Lucas si accarezzava fra i loro addomi finché Jack lo sentì stringersi intorno a sé, abbandonando chiaramente ogni controllo. I movimenti di Lucas erano scoordinati e irregolari mentre premeva contro Jack, che restò fermo, tremante e quasi senza respirare, lasciando che il godimento scorresse nel suo amante.

Rimasero uniti così, tenendosi l'un l'altro per parecchio tempo mentre lentamente si calmavano. Dopo un po', Jack si accorse che Lucas stava tremando, così si allungò, afferrò uno degli asciugamani e lo avvolse intorno alle spalle del giovane. «Va meglio?»

Lucas annuì, con lo sguardo un po' confuso. «Ho freddo, ma non voglio lasciarti andare. Voglio tenerti dentro di me, Jack.»

«Dovremo muoverci prima o poi.»

«Lo so.» Lucas lo baciò dolcemente. «Lo so.»

Jack cullò Lucas nelle sue braccia, scivolando fuori da lui mentre si sdraiava sulla schiena. Tolse il preservativo e si alzò, sentendosi un po' instabile sulle gambe. Recuperò un asciugamano umido e caldo dal bagno e ritornò a sedere sul letto. Mentre puliva dolcemente il ventre di Lucas, riuscì ancora a leggere la parola *MIO*, ora molto sbavata, e sorrise. Lucas era suo tanto quanto lui era di Lucas e non aspettava con impazienza che arrivasse domenica.

CAPITOLO
UNDICI

JACK fu svegliato da una mano calda sulla schiena e qualcosa di ancora più caldo al suo fianco. Era sdraiato sulla pancia e, quando sbirciò attraverso le palpebre semichiuse, vide che lo spazio accanto a lui era vuoto. Mentre voltava la faccia sul cuscino, poté sentire ancora l'odore di Lucas sulle lenzuola. In realtà, era certo che l'intera stanza odorasse di sesso. Il ricordo della notte precedente gli fece fremere l'inguine e, alla fine, aprì completamente gli occhi. Si trovò a fissare quei bellissimi occhi color cioccolato che gli erano divenuti così familiari.

«Ehi, dormiglione,» disse Lucas, con l'espressione tenera e premurosa. «Sorgi e splendi, ho procurato qualcosa per colazione.»

Mentre Lucas cercava di alzarsi dal letto, Jack gli afferrò la mano. «Non andartene.» Rotolò sulla schiena per fargli spazio e vide il giovane allontanare una larga tazza piena di liquido bollente giusto in tempo per evitare che si rovesciasse.

«Ehi, ho pensato 'sveglialo con una bella tazza di caffè appena preparato e pasticcini', ma tutto quello che vuoi è il mio corpo.»

Lo stomaco di Jack gorgogliò e lui pigramente si accarezzò l'addome mentre stiracchiava la schiena. «Penso che potrei mangiare qualcosa.»

Lucas piazzò uno dei sacchetti di carta che teneva in mano sul ventre di Jack e si diresse alle ampie portefinestre che conducevano in terrazza. Tenendo in equilibrio il caffè e l'altro sacchetto di dolci, aprì la portafinestra e uscì, lasciando che il sole irrompesse nella stanza. Jack percepì che i pasticcini erano ancora caldi nel sacchetto ed emanavano un dolce profumo di cannella e miele. Si alzò velocemente e scivolò in un paio di jeans, seguendo il suo giovane amante sulla terrazza. Lucas era seduto su una delle sdraio e mangiava.

«Vieni qui. Ho degli involtini dolci, cannella, uvetta…»

«Sei uscito per andare a comprare questi?» Jack si avvicinò a Lucas e lo baciò sulla testa.

«Beh, avrei potuto chiamare il servizio in camera, è che stavo morendo di fame. Oltretutto c'è una panetteria proprio vicino all'hotel.» Lucas inclinò la testa indietro per baciare Jack sulla bocca.

«Sai di mandorle.»

Lucas sollevò il panino dolce che stava mangiando. «Ne vuoi un po'? Si chiama *Frangipane* ed è dolcissimo, ma molto buono.»

Jack prese un morso del dolce offerto e arricciò il naso per l'eccessiva dolcezza prima di spostarsi intorno a Lucas e sistemarsi a gambe incrociate sul pavimento davanti a lui. Prese la tazza di caffè e bevve un bel sorso, poi scelse un croissant e ne addentò un pezzo.

«Allora, cosa vuoi fare stamattina?» chiese Lucas, socchiudendo gli occhi leggermente per la luce del sole.

Jack guardò il cielo. «Credo che ci siamo persi 'stamattina', ma perché non facciamo una passeggiata per la città questo pomeriggio? Tu la conosci, giusto? Allora mostrami tutti i luoghi non turistici.»

Lucas sorrise. «Non credo che mi terrai per mano intanto che camminiamo.»

Jack sollevò un sopracciglio. «Cosa sei? Una ragazzina?»

Lucas mostrò la lingua a Jack, sentendosi molto immaturo, ma il gesto li fece ridere entrambi. «Bene, sarà la prima cosa non professionale che facciamo e saremo all'aperto, tra la gente.»

«Già,» meditò Jack. «Potremmo imbatterci in un americano o due, che potrebbero riconoscermi o un inglese che potrebbe riconoscere te. Non fraintendermi, Lucas, ma non posso spiegare esattamente come mai siamo così intimi, giusto?» Sperava che Lucas non l'avrebbe presa nel modo sbagliato, ma aveva bisogno di essere onesto con il suo amante.

«Lo so,» rispose Lucas dolcemente. «So di non poterti toccare in pubblico, ma vorrei comunque uscire con te oggi.»

Jack gli lanciò un'occhiata obliqua. «Cosa suggerisci?» Vide comparire sul volto del giovane un'espressione maliziosa.

«Ti sto chiedendo un appuntamento,» rispose Lucas compiaciuto. «Non l'abbiamo mai fatto veramente. Così forse potremmo cominciare dall'inizio. Ti porterò fuori a cena. Offro io, quindi non aspettarti niente di grandioso.»

Jack lo guardò, cercando di capire se fosse serio. «Bene, ma cerchiamo di non fare troppo tardi stasera.»

Lucas ridacchiò. «Oh, non preoccuparti! Se dovrò tenere le mani lontano da te tutto il giorno, sarà una cena veloce!»

ENTRAMBI uscirono dall'hotel a cinque stelle vestiti in jeans, camicia, berretto da baseball e occhiali da sole. Il tempo era soleggiato e tiepido abbastanza da girovagare per la città in maniche di camicia.

Lucas assicurò a Jack che avevano tutto quanto potevano desiderare a pochi passi dall'hotel, così si fecero strada attraverso la piazza fino al quartiere della moda e finirono per rubarsi baci e carezze nel camerino della boutique Dries Van Noten, mentre sceglievano uno per l'altro abiti da ufficio firmati. Si accordarono per farsi consegnare i completi direttamente a casa loro e continuarono, passeggiando fra librerie dell'usato e negozi di musica di vario genere.

In uno dei negozi di libri, Jack e Lucas stavano discutendo se comprare un vecchio libro sulla storia di Antwerp quando Jack sentì una voce vagamente familiare dietro di sé. «George, te l'avevo detto che era lui!» Poi sentì una mano sul braccio. «Signor Ambasciatore, è gentile da parte sua venire nella nostra bella città. Avrebbe dovuto chiamarci, così avremmo potuto organizzare un vero e proprio benvenuto, invitandola a casa nostra!»

Jack si voltò e sorrise timidamente, tendendo la mano. «Reverendo, signora Wallace. Felice di rivedervi!» Notò che la signora Wallace fissava Lucas, aspettandosi chiaramente di essere presentata. Jack esitò per un breve istante prima di aggiungere: «Questo è il signor Carlton, rappresentante dell'Ambasciata britannica.»

La signora Wallace strinse la mano di Lucas con molto fervore e gli occhi spalancati. «Lieta di conoscerla.» Ancora stringendo la mano di Lucas si girò di nuovo verso Jack. «Si fraternizza con i britannici... Sono sicura che avete un mucchio di cose importanti di cui parlare...»

Stava smaccatamente indagando. Lucas rispose per primo. «Sì, signora, ma tutte riservate temo.»

Fortunatamente per loro, il reverendo Wallace era meno entusiasta e presto scostò la moglie. «Signor Ambasciatore, adesso la lasceremo in pace, sono certo che è un uomo molto occupato!» E poi a sua moglie: «Andiamo, Clarice, non vedi che questi uomini hanno affari importanti da discutere?»

Entrambi gli uomini guardarono la coppia più anziana uscire dal negozio. Lucas sentì Jack sospirare appena la porta si chiuse dietro di loro e mise la sua mano su quella dell'amante. «C'è mancato poco.»

«Non riesco a crederci. 'Riservate'! Ci hai fatto sembrare due spie,» rimbeccò Jack, visibilmente agitato.

Lucas sogghignò. «Beh, non potevamo certo dirle la verità!»

Jack si guardò attorno per accertarsi che nessuno li stesse osservando, ma il negozio era vuoto. Avvolse le braccia intorno a Lucas e lo tirò vicino. «Mi spiace, mi ha innervosito.»

Lucas si scostò un po' indietro. «Possono capirlo solo guardandoci, lo sai.»

Jack chiuse gli occhi, sospirò e sorrise. «Già, lo so. Andiamo.»

VICINO al 'Grote Market' davanti al Municipio, era stato montato un palco e una grande folla stava guardando uno sconosciuto gruppo musicale. I bar attorno al mercato erano gremiti, così i due uomini presero delle bevande in uno dei chioschi e si avviarono tra la gente. La musica caraibica era vivace e la gente canticchiava insieme al gruppo. Lucas individuò uno spazio leggermente meno affollato vicino a uno dei piccoli alberi in vaso a un lato della piazza e afferrò la mano di Jack per guidarlo attraverso la folla. Jack ebbe la sensazione che tutti gli occhi fossero puntati su di loro, ma quando si guardò attorno, si rese conto che nessuno stava realmente prestando attenzione.

Quando raggiunsero lo spiazzo libero, Jack fu anche sorpreso di vedere un sacco di persone con le braccia uno intorno all'altro e non solo coppie eterosessuali. Aveva anche visto uomini passeggiare mano nella mano.

Avvicinandosi a Lucas, che stava in piedi davanti a lui osservando il gruppo musicale, mise il braccio attorno alla vita del suo amante e agganciò il pollice alla cintura dei jeans del giovane. Lucas sorrise e guardò sopra la sua spalla. C'erano due uomini in piedi poco lontano da loro e non stavano nascondendo di essere una coppia, baciandosi persino brevemente alla fine di una canzone particolarmente romantica.

«Sono molto liberali qui, vero?» sussurrò Jack nell'orecchio di Lucas.

«Oh, non so. Il sole brilla e stanno suonando della bella musica allegra,» rispose Lucas con un ampio sorriso. Si mosse più vicino, facendo indietreggiare Jack. «Non preoccuparti,» bisbigliò Lucas, «avrei voglia di baciarti proprio ora, ma so che non possiamo.»

Jack sorrise timidamente, ritrovando la padronanza di sé. «Beh, anche se non fossi sposato, non mi vedrei a fare questo con te neanche negli Stati Uniti.»

Lucas ritornò al suo posto davanti a Jack e afferrò la sua mano per portarsela intorno alla vita. «Anche questo è bello, e nessuno può vederlo,» sussurrò in tono pratico.

Jack si rilassò. La folla era ammassata e quindi la sua vicinanza a Lucas non sembrava sospetta. In ogni caso, la maggior parte della gente guardava il palco e in questo modo poteva sentire il delizioso corpo di Lucas vicino a sé e riusciva ad annusare l'odore del balsamo che usava e del dopobarba Grey Flannel che si era messo appena prima di lasciare la stanza dell'hotel.

«Perché non ceniamo presto e torniamo nella nostra stanza?» suggerì Lucas, inclinandosi leggermente all'indietro e guardando da sopra la spalla.

Jack stava cominciando a pensare che il ragazzo riuscisse a leggergli il pensiero.

IL PICCOLO ristorante che Lucas aveva scelto era in una piccola strada secondaria che fiancheggiava la cattedrale. Odori di aglio e coriandolo venivano dalla cucina e aveva una terrazza esterna, circondata da alcuni arbusti in vaso. Era rimasto un solo tavolo libero, in un angolo, il che li obbligò a dividere una panca piuttosto stretta, ma i due uomini assicurarono alla cameriera che a loro non dispiaceva affatto.

Dopo che ebbero ordinato *falafel* e *pita*, la cameriera portò un vassoio con ciotoline colme di salse differenti.

«Ooh, la salsa all'aglio!» Lucas si illuminò, ma prontamente la sua faccia cambiò. «Okay, cosa ne dici? O la mangiamo entrambi o non la mangia nessuno dei due.»

Jack immerse il dito nella salsa e poi lo leccò: «Affare fatto.»

In quel momento, due uomini con il braccio uno intorno all'altro passarono vicino alla terrazza. Appena furono fuori portata di orecchio, Jack sussurrò: «Questo è il primo Paese in cui noto chiaramente quanto sono tolleranti.»

Lucas rise. «Siamo solo nella parte giusta della città giusta. Non generalizzerei però per tutto il Paese, poi immagino sia perché adesso lo noti maggiormente.» Diede a Jack un'occhiata misurata. «Sembri proprio Lucy; lei continua a vedere donne incinte dappertutto.»

Jack aspettò che la cameriera posasse i loro piatti e se ne andasse prima di continuare. «Avete parlato di avere dei bambini?»

Lucas scosse la testa. «Non proprio. Suo padre probabilmente la ucciderebbe se rimanesse incinta prima di sposarsi. Già ora lui le parla a malapena perché viviamo insieme 'nel peccato'.»

Jack ridacchiò. «Maria e io abbiamo fatto lo stesso in Danimarca per quasi tre anni. Anche suo padre non era felice.»

«Come mai tu e Maria non avete figli?» Lucas era conscio del fatto che si trattasse di una domanda estremamente personale, così aggiunse: «Non sei obbligato a rispondere.»

Jack sorrise. «Maria mi disse già prima di sposarci che pensava che ci fossero troppi bambini senza genitori al mondo, così abbiamo concordato che, se fossimo stati inviati in un Paese del terzo mondo, avremmo adottato un orfano là. Lei voleva una vera famiglia globalizzata, sai, un bambino dal Guatemala, uno dall'Etiopia e uno dal Vietnam.»

«E tu?» chiese Lucas. «Non volevi un bambino tuo?»

«Non ho mai sentito la necessità di trasmettere i miei tratti genetici.» Jack distolse lo sguardo da Lucas e lo posò sulla gente che passava. «Vorrei solo che non avessimo aspettato così tanto. Per Maria non era mai il momento giusto e abbiamo sempre finito per essere assegnati in Europa, mai in un Paese del terzo mondo, comunque. Qualche volta penso che le vada bene come stanno le cose in questo momento.»

Lucas appoggiò la mano su quella di Jack. «Hai tempo. Forse dovresti parlarne con lei.»

«Non parliamo di Maria, okay? Sono qui con te, non con lei.»

Finirono di cenare, pagarono, diedero la mancia alla cameriera e si diressero verso l'hotel in silenzio.

JACK entrò nella suite e si diresse direttamente verso la terrazza. Si sentiva improvvisamente colpevole per il suo tradimento, colpevole perché stava godendosi quel tempo con Lucas, gustandolo così tanto che stava considerando l'idea di rinunciare a tutto per dare una possibilità alla sua relazione con il giovane. Poteva lasciare Maria? Era una donna straordinaria, ma ciò che provava per Lucas era molto più forte di quello che aveva mai provato per lei.

Si appoggiò alla ringhiera, guardando giù nella piazza, quando udì la voce esitante di Lucas. «Jack? Tutto bene? Scusami… Non avrei dovuto sollevare l'argomento, io… non stavo pensando. Potresti allontanarti dal bordo, per favore?»

Jack fece un passo indietro, ma non si voltò. Sentì Lucas avvicinarsi e fermarsi vicino a lui.

«Pensavi che avessi intenzione di buttarmi?» chiese Jack senza guardare il suo amante.

«Non so. Solo… dopo che abbiamo parlato, sembravi così distante e…»

Jack riusciva a sentire le emozioni trattenute nella voce di Lucas. «Cosa vuoi da me, Lucas?»

«Questa è una domanda molto vaga, Jack. Cosa voglio da te?»

Jack sentì i begli occhi di Lucas scavargli dentro e abbassò lo sguardo. «Perché siamo qui? Intendo dire, la nostra vita è tanto brutta che dobbiamo scappare dalle nostre donne per alcune notti di passione in un hotel elegante in un'altra città? Amo la mia vita, Lucas. Mi piace il mio lavoro e, per quanto mi riguarda, tutti i sacrifici valevano la pena di essere fatti.»

«È valsa la pena di vivere per una bugia?» chiese Lucas onestamente.

Jack prese del tempo per pensare alla risposta. «Non sto vivendo una bugia.»

«Cosa sono io, allora? Un maledetto esperimento?»

Jack riusciva a vedere Lucas con la coda dell'occhio, ma non osava voltarsi a guardare.

«Sono solo un ardente giovane apparso dal nulla che puoi usare per capire se le sensazioni che provavi per il tuo compagno di liceo erano reali o no?»

Jack alla fine si girò verso Lucas mentre quest'ultimo rientrava nella stanza. «Lucas!» gridò dietro al giovane.

«Lascia perdere. Nell'hotel c'è una stanza inutilizzata qualche piano più sotto.»

Jack lo raggiunse davanti alle finestre della terrazza e gli prese la mano. Mentre Lucas cercava di spingerlo via, Jack implorò: «Lucas, per favore, scusami.» Jack lo attirò vicino a sé e lo prese tra le braccia. «Lucas, mi dispiace di averti fatto sentire così. Nessuno ha il diritto di farti questo.»

Rimasero in piedi vicino alle porte della terrazza, le braccia di Jack intorno a Lucas, il suo mento sulla spalla del giovane. Lucas appoggiò la propria schiena al suo amante, indeciso sul fidarsi abbastanza di lui da credergli.

Jack baciò la nuca di Lucas. «Non ho mai provato per nessuno quello che sento per te, Luke.»

«Lo so,» rispose Lucas, con la voce piena di emozione. «So cosa intendi. Per tutto il tragitto fin qui, ieri, ho pensato a quale tipo di lavoro avrei potuto fare e dove non importi se sono sposato o no. Se sono gay o no. Ho anche continuato a pensare se ci fosse un modo per convincerti a cercare un altro lavoro...» Lucas inspirò profondamente. «È sciocco, lo so, per non dire ingenuo, ma ...» Appoggiò le sue mani su quelle di Jack e le accarezzò dolcemente.

Jack spinse entrambi finché non furono all'interno della stanza e baciò il collo di Lucas fino a quando non sentì il suo amante rilassarsi tra le sue braccia. Fecero l'amore sul letto rifatto finché le lenzuola e i cuscini non furono sparsi per tutta la stanza. Si esplorarono a vicenda, lentamente e con attenzione, portandosi all'apice del piacere per poi raffreddarsi di nuovo, toccandosi lentamente, leccandosi, annusandosi e baciandosi per riattizzare poi ancora il fuoco, finché Lucas venne tra i loro addomi e sulle mani del suo amante e Jack liberò il suo seme profondamente dentro il giovane. Passò parecchio tempo prima che uno dei due riuscisse a muoversi per andare a pulirsi.

«NON capisco perché no.»

Lucas stava lavando i capelli di Jack nella larga vasca vicino alla cabina della doccia della suite. La schiena e la testa di Jack erano posate sul petto di Lucas dietro di sé e Jack stava cercando di fare il solletico alle ginocchia del britannico, che stavano ai lati del suo corpo. Stava cominciando a pensare che fosse uno dei pochi posti dove il giovane amante non soffriva il solletico.

«Beh, solo se lo vuoi. Cioè, mi piace vederti diventare gelatina e mi piace la sensazione che provo quando sono dentro di te, ma vederti diventare completamente incoerente mi fa chiedere cosa si prova. Vorresti?»

Lucas versò una tazza d'acqua sulla testa di Jack. «Beh, è stupefacente sentirti dentro di me, ma non mi dispiacerebbe restituire il favore. Anzi, è bello rovesciare la situazione di tanto in tanto.» Lucas sorrise maliziosamente. «Il tuo culo è mio, signor Ambasciatore.»

Jack ridacchiò e spruzzò un po' d'acqua sul viso di Lucas, ma le farfalle avevano già iniziato a svolazzare nella sua pancia.

A LUCY e Maria il pranzo della domenica fu servito nella carrozza ristorante del treno Thalys fra Amsterdam e Bruxelles. Avevano passato due giorni ad Amsterdam facendo spese e visitando musei e ora erano sulla via del ritorno.

«Mi dispiace solo che sia finito tutto così in fretta. Mi sono divertita, Maria, grazie per avermi portato con te. Ovviamente mi è mancato Lucas, ma lo vedrò di nuovo oggi pomeriggio.» Lucy si stava chiaramente godendo il viaggio in treno, ma il suo viso divenne un po' triste. «Cioè … se non starà ancora lavorando.»

Maria non poté fare a meno di pensare quanto fosse strano che questo fosse il primo viaggio in treno della giovane donna, come pure che il suo soggiorno in Belgio fosse la sua prima volta fuori dagli Stati Uniti.

«Odio far scoppiare le tue bolle di sapone, ma il fatto che Lucas lavori a tutte le ore per quasi sette giorni la settimana sarà la costante della tua vita con un diplomatico d'ora in avanti.»

«È così per te e Jack? Voglio dire, vi ho visti insieme, vi amate. Lui è premuroso e attento e…» Lucy lanciò a Maria uno sguardo disperato.

«L'unica volta che ho Jack tutto per me è quando lo rapisco per andare in qualche isola caraibica per una settimana, e anche allora lui si porta dei documenti da leggere e devo strapparlo dalla CNN. Sono passati quasi tre anni dalla nostra ultima vacanza, Lucy. I miei ultimi due tentativi sono stati mandati all'aria da un incendio in un nightclub in cui sono stati uccisi tre americani e dall'ordine di trasferirci in Belgio.» Mise la sua mano su quella di Lucy per mostrarle comprensione. «Ho sempre saputo che Jack era sposato al suo lavoro. Impari a farti la tua vita e a godere dei momenti passati insieme, anche se quei momenti sono i banchetti o i ricevimenti. Ci sono un sacco di bei lavori che puoi fare, cara, devi solo trovare la tua nicchia e costruirti una reputazione. Credimi, sono abbastanza realista da sapere che non potrei mai fare il lavoro che faccio se non fossi la moglie dell'Ambasciatore. Il lavoro di Lucas ti porterà dei benefici veramente interessanti; solo non aspettarti un matrimonio romantico.»

Lucy sospirò, chiaramente non confortata dalle parole di Maria. «Probabilmente sembro una bambina piagnucolosa, ma mi aspetto almeno che voglia passare un po' del suo tempo con me. Mi sento come un... un ornamento!»

«Ascolta, perché non ti aggreghi a me? Posso portarti all'associazione benefica dove lavoro io e così potrai capire se piacerebbe anche a te fare qualcosa di simile. Poi butterò lì qualche accenno a Jack sul fatto che ti senti un po' trascurata da Lucas. Lui probabilmente lo riferirà a Lucas e, come beneficio collaterale, potrebbe farlo sentire abbastanza in colpa da portarti in vacanza. Cosa ne dici?»

Il volto di Lucy si illuminò e Maria annuì graziosamente, felice di come le cose si stavano mettendo.

  CAPITOLO
DODICI

LUCAS si svegliò e si ritrovò da solo. Quello che realmente voleva era dormire ancora un po', giacché né lui né Jack avevano voluto passare la loro ultima notte insieme dormendo, ma improvvisamente si insinuò in lui la sgradevole sensazione che forse Jack se ne fosse già andato. Saltò fuori dal letto e afferrò l'orologio dal comodino. Un quarto alle undici. Avevano deciso di andarsene intorno a mezzogiorno e quindi Jack doveva essere ancora lì. Tolse le lenzuola dal letto e se le avvolse intorno, poi si precipitò fuori in terrazza. Jack non c'era. In bagno, forse?

Lucas si bloccò sulla porta del bagno quando intravide Jack in piedi davanti all'ampio specchio. L'uomo indossava solo i boxer ed era chino in avanti, mentre si radeva con attenzione.

«Sembri una di quelle statue greche,» osservò Jack, fissando Lucas.

Togliendosi il lenzuolo, Lucas si spostò per avvolgere le braccia intorno a Jack. Appoggiò il mento sulla sua spalla e guardò il loro riflesso nello specchio. «Vorrei solo che potessimo stare qui e non tornare mai nel mondo reale.»

Jack mise le mani su quelle di Lucas. «Sai che non possiamo, Luke.»

«Lo so.» Lucas sospirò, stringendo forte Jack. «Solo non voglio lasciarti andare subito.»

Jack si girò in modo da afferrare la testa di Lucas e lo baciò appassionatamente. «Andrà tutto bene, Luke,» gli promise poco saggiamente. «Troveremo un modo per farlo funzionare.»

MENTRE rimettevamo insieme le loro cose per lasciare l'albergo, Lucas percepì la tensione aumentare. Non avevano parlato seriamente del futuro e, anche se era sicuro che Jack trovasse piacevole il loro rapporto, era anche certissimo che l'americano non avesse intenzione di lasciare la moglie per lui. Era uno sciocco a pensare che potessero veramente avere un futuro insieme? Si sarebbe accontentato di essere solo un amante? Anche se avevano passato solo due notti insieme, Lucas sapeva che per lui non era solo un'avventura, sapeva che quello che provava per Jack non era neanche lontanamente simile a quello che aveva provato per i suoi precedenti ragazzi. Questo era amore, almeno per lui.

Jack era già sceso per saldare il conto e, mentre Lucas esaminava la stanza un'ultima volta prima di andarsene, gli occhi caddero su alcuni preservativi rimasti sul comodino. Tornò velocemente indietro e se li ficcò nella tasca della giacca, vicino al portafoglio.

TORNARONO insieme in macchina a Bruxelles, in silenzio, entrambi rendendosi conto che dovevano fare alcune scelte, ma tutti e due spaventati all'idea di discuterne. Jack lasciò Lucas al suo appartamento nel quartiere europeo e poi si diresse verso casa, a Tervuren. Rimase seduto nel vialetto per più di un'ora, rivivendo gli eventi del weekend, prima di sentirsi pronto a entrare in casa.

«LUCAS?»

Lucas sentì Lucy che lo chiamava dall'ingresso mentre stava preparandosi un tè nella piccola cucina. «Sono qui!» urlò lui di rimando, facendo un profondo respiro. Il weekend era definitivamente finito. Sentì Lucy lasciar cadere le borse e poi il suono scandito dei suoi tacchi alla moda sul pavimento di legno.

«Non riesco a credere che tu sia davvero a casa!» squittì lei.

Cercò di non irrigidirsi mentre lo abbracciava e lo baciava sulla guancia. Sì, *lei* era a casa.

«Ehi, Lucy.» Lucas le sorrise, cercando di sembrare felice perché era tornata. «Com'era Amsterdam? Vuoi una tazza di tè?»

Lei scosse la testa. «Amsterdam era straordinaria! Tutti quegli edifici antichi e i canali e tutti quei bar pittoreschi. È così diversa da Bruxelles; è difficile immaginare che sia a sole tre ore di treno. Anche il treno era bello, molto lussuoso.»

Lucas la lasciò farneticare su come tutto fosse stato meraviglioso e sul fatto che Maria le avesse fatto vedere così tante cose, come il Museo Van Gogh e il Rijksmuseum. Il giovane sentì la mente allontanarsi a poco a poco, pensando a quanto fosse stato straordinario il suo di weekend anche se non avrebbe mai potuto parlargliene.

«…e siamo entrate in questa caffetteria e stavano fumando marijuana, proprio davanti a noi, beh, veramente davanti a tutti. Dopo essere state sedute lì per un po', giuro che l'aria era così spessa che sembravamo fatte quando ce ne siamo andate.»

«Sono più tolleranti con le droghe leggere nei Paesi Bassi,» spiegò distrattamente Lucas per far vedere che la stava ascoltando.

«Lo so, ma era… oh, beh. E il tuo fine settimana come è andato?»

«Bene,» rispose cercando di sembrare annoiato.

Lei si avvicinò ancora più, mettendogli le braccia al collo in modo seducente. «Povero piccolo, hai un aspetto davvero stanco. Spero che lui non ti abbia spremuto troppo, caro.»

«Già, beh, sai come vanno queste cose.» Lucas cercò di non mentirle completamente. Aveva voglia di dirle la verità però. *Veramente, Lucy, mi ha spremuto. Sul materasso. Abbiamo scopato nel bagno e sul divano davanti alla finestra aperta. Mi ha fatto urlare il suo nome, mi diventa duro solo pensando a lui.* Ma non poteva ferirla così.

Lei si chinò per baciarlo, ma lui girò la testa e le sue labbra finirono sulla tempia di Lucas. «Perché non prendi la tua tazza di tè, metti un film nel videoregistratore e ci spaparanziamo sul divano? Raduno tutta la roba da lavare e possiamo ordinare una pizza o qualcos'altro stasera, va bene?»

Era davvero dolce e lo amava, così Lucas le sorrise e la baciò sulla fronte. «Grazie, Lucy. È fantastico, ma ti aiuterò con la roba da lavare se vuoi.»

«Non essere sciocco. Hai lavorato molto più di me. Rilassati e io mi occuperò di tutto.» Sfregò le mani sul suo petto e poi si spostò nell'ingresso dove stavano ancora le borse che aveva usato nel weekend.

Cinque minuti dopo che aveva iniziato a guardare il film scelto, Lucas era profondamente addormentato sul divano.

LUCY sorrise quando sentì il familiare respiro lento e leggero e chiuse le tende delle finestre del soggiorno per oscurare la stanza. Le piaceva prendersi cura di Lucas; se

Maria poteva farlo con Jack, poteva farlo anche lei. I Christensen erano sicuramente un buon esempio. Aveva intenzione di accettare la proposta di Maria e di occuparsi di beneficenza mentre stava studiando. Così non si sarebbe sentita sola, seduta a casa ad aspettare il ritorno di Lucas, e avrebbe incontrato un sacco di gente nuova, oltre a conoscere un po' meglio il Paese. Se non altro, avrebbe figurato bene nel suo curriculum e l'avrebbe aiutata a sentirsi più a proprio agio con le persone che non conosceva. Ammirava Maria e il suo modo di apparire sempre bella e sicura in ogni situazione possibile. Niente poteva turbare quella donna.

Mentre stava smistando la roba sporca, notò che mancavano tre bottoni a una delle belle camicie di Lucas. Di solito avevano in dotazione un bottone extra, ma tre bottoni mancanti erano parecchi. Si fece un appunto mentale di controllare le altre camicie se c'erano dei fili allentati anche su quelle. Era probabilmente un difetto di fabbrica.

Dopo aver acceso la lavatrice, cominciò a recuperare i suoi articoli da toeletta, mettendo ancora insieme i loro spazzolini nella piccola tazza verde sulla mensola sopra il lavandino del bagno e mettendo il rasoio e la crema da barba di Lucas dietro lo specchio. Nessuno dei due aveva preso troppa roba per la loro gita del weekend, ma controllò comunque tutte le tasche laterali delle loro borse.

MARIA entrò, seguita da vicino dall'autista che stava spingendo la sua valigia.

«È tutto, signora?»

«Sì, grazie, Paul.» Diede la mancia all'uomo e poi andò da Jack che era seduto al bancone della cucina e leggeva il Sunday Times.

«Ehi, straniero.» Mise le braccia attorno alle spalle di Jack. Lui alzò lo sguardo e lei lo baciò velocemente sulla bocca. «Ti sono mancata?»

«Nooo,» rispose Jack, la sua mano ancora sulla guancia mentre tornava ostentatamente a leggere il giornale.

«Oh, bene, suppongo allora che tu non voglia neanche il tuo regalo.» Maria si allontanò tornando verso le valigie, lanciandogli un'occhiata canzonatoria mentre sollevava le sue borse e si dirigeva verso il vestibolo.

Jack si sentì di nuovo in colpa. Lui aveva scopato alle sue spalle mentre lei era stata via per due notti e gli aveva pure portato un regalo. Per un momento, avrebbe voluto tornare indietro nel tempo, ma poi pensò a Lucas e alle sensazioni che l'inglese evocava in lui. Lasciò riposare il viso sul palmo delle mani, ricordando come lui e Lucas avevano fatto l'amore la notte precedente. Non era stato solo sesso. Era stato molto più bello che indulgere semplicemente nel loro desiderio uno per l'altro; avevano dedicato un sacco di tempo a scoprire i loro corpi. Poteva ancora sentire il torace e le spalle splendidamente tonici, i capezzoli scuri che si indurivano quando li toccava. Riusciva ancora a sentire il sapore della pelle di Lucas. Come poteva anche solo pensare di rinunciare a tutto quello? Come poteva allontanarsi dalla persona che lo aveva fatto sentire vivo per la prima volta in… per la prima volta nella sua vita?

«Lavori troppo, Jack.»

Jack sobbalzò quando la voce di Maria nell'orecchio lo riscosse dalle sue fantasticherie. Non si era accorto che era tornata nella stanza.

MARIA aveva notato che aveva un aspetto stanco quando era entrata. Sembrava che avesse dormito a malapena da venerdì e lei si fece una nota mentale di prendersi cura di lui quella sera, giacché il giorno seguente era l'inizio di quella che sarebbe stata senza dubbio un'altra settimana lavorativa frenetica. Sapeva che suo marito era uno stacanovista ed era persino peggio quando lei non c'era. Accattivava la sua benevolenza, pensò, il fatto che Jack si sarebbe sempre seppellito nel lavoro. Aveva davvero bisogno di un hobby.

Dopo essere scesa di nuovo al pianterreno, con il regalo che gli aveva comprato sotto il braccio, aveva deciso di ordinare qualcosa da mangiare. Dopo cena l'avrebbe sfidato a una partita a Scarabeo, cercando di distrarlo dal lavoro.

Al piano superiore era scivolata in un paio di jeans e una T-shirt ed era a piedi nudi, quindi Jack non l'aveva sentita entrare. Aveva il viso appoggiato sulle mani. Batterlo al loro gioco di parole preferito sarebbe stato un gioco da ragazzi!

«Lavori troppo, Jack.»

Jack sollevò lo sguardo su Maria. «Ehi.»

Dopo aver raccolto momentaneamente i pensieri, guardò dietro la schiena di Maria il pacchetto di forma cilindrica che teneva in mano. «Posso vedere?»

«Eh eh.» Lei scosse la testa, tenendolo lontano da lui.

«Sei dispettosa, Maria Francesca!» Era solito usare il suo nome intero quando voleva punzecchiarla, sapendo perfettamente bene che funzionava ogni volta.

Lei increspò le labbra. «Sì, lo sono.» Tenne lontano il tubo del poster, proprio fuori dalla sua portata. «So che ti piace.»

Jack aspettò un momento, poi balzò in avanti e afferrò il tubo prima che Maria potesse allontanarlo. «Preso!»

Lo scosse in modo canzonatorio prima di aprirlo e srotolare due manifesti. Mentre lasciava che si aprissero sul bancone, mormorò con tono di apprezzamento: «Dalì e Miró.»

Lei si avvicinò. «So quanto ti piace Dalì, ma penso che quel tuo ufficio cupo e triste abbia bisogno di un po' di arte allegra e quindi un Miró è forse più appropriato.»

Jack la guardò con affetto. «Credo in ufficio possa andare anche il Dalì.»

Maria girò attorno al bancone e sorrise. «Benissimo! Li farò incorniciare e portare all'Ambasciata allora.»

Jack ritornò al suo quotidiano. «Grazie, Maria.»

Lei si rese conto che doveva essere molto stanco, visto che aveva smesso di stuzzicarla così alla svelta. Lo guardò seduto lì, un po' preoccupata che non stesse dormendo a sufficienza, ma sapendo che le cose si sarebbero sistemate. E se non fosse successo, era certa che Jack le avrebbe girate a modo suo, sebbene proprio ora la sua stanchezza era probabilmente causata da una crisi di coscienza. Maria era intelligente abbastanza da capire che persuadere i belgi ad aggiungere truppe allo sforzo di pulizia post-bellico andava contro tutto ciò in cui Jack credeva. Avevano parlato dell'eventualità che potesse presentarsi quel tipo di situazione prima che Jack decidesse di assumere l'incarico e lei era sicura che Jack avrebbe trovato un modo di convivere con se stesso pur riuscendo a fare il suo lavoro.

Maria raccolse i giornali e le riviste che sembravano sempre essere sparsi in ogni angolo della casa dove Jack sceglieva di cominciare a leggere e pensò al loro pasto. Avrebbe chiamato il piccolo ristorante dove spesso cenavano e chiesto di prepararle un menu del giorno per due. Uno degli autisti poteva andare a ritirarlo e loro avrebbero potuto godersi una tranquilla serata insieme.

«Spiegami questo, Lucas!»

Lucas fu bruscamente svegliato dalla mano di Lucy sbattuta sul tavolino del caffè. Era in piedi davanti a lui, le braccia incrociate in segno di sfida e una tempesta si addensava nei suoi occhi. In modo esitante Lucas lasciò vagare lo sguardo per capire cosa lei avesse buttato sul tavolino e si sentì immediatamente sveglissimo quando si rese conto che aveva trovato i preservativi.

«Non credo che tu abbia bisogno di quelli, Lucy,» provò a dire lui.

Lei scosse le spalle, poi sospirò. «Non riesco a crederci. Davvero pensi che sia stupida? Volto le spalle per due notti. Solo due notti e tu vai a scopare qualcun altra.»

Lucas capiva che lei stava ribollendo di rabbia. Non riusciva a credere che li avesse trovati. Erano nella tasca della sua giacca. Cosa stava facendo? Aveva frugato nelle sue tasche?

«Chi è lei, Lucas? La conosco?»

No, ma conosci lui. «Lucy, non è come sembra…» La sua voce si spense mentre la guardava voltarsi e dirigersi verso la cucina.

Chiuse gli occhi. A essere completamente onesto con se stesso, voleva che lei sapesse, ma avrebbe anche voluto sapere chi fosse l'amante e l'ultima cosa che Lucas voleva era che lei scoprisse di Jack.

Si alzò e lentamente entrò in cucina, dove una scatola chiusa per la pizza era posata sul tavolo.

«Hai ordinato la pizza,» affermò molto timidamente.

«Non cambiare discorso.» Lei stava guardando il pavimento, le braccia ancora incrociate al petto. Poi Lucas sentì i suoi occhi su di sé, lo sguardo acuminato abbastanza da perforargli la pelle. «Ti ho seguito per mezzo mondo, abbandonando tutto quello che conoscevo per venire in questo... questo... *paese impossibile*. E ora scopro che non posso nemmeno fidarmi di te abbastanza da lasciarti da solo per due fottuti giorni. Hai detto che dovevi lavorare, dovevi passare il weekend lavorando con Jack e...»

Stava respirando affannosamente quando si fermò a metà della frase e Lucas riuscì a vedere la sua mente che lavorava. Cercò di sembrare inespressivo, tentando di non mostrare paura, ma sapeva che lei stava facendo due più due. E questo assolutamente non doveva succedere; non poteva scoprire di Jack. Avrebbe dovuto raccontarle una bugia bella e buona.

«Per favore, dimmi che non è... Oh, Lucas, per favore dimmi che non hai... tu e lui... l'hai *corrotto*? È un uomo sposato, Lucas, e tu l'hai sedotto, vero?» La sua rabbia si trasformò in qualcosa di diverso. Qualcosa che non riusciva a decifrare. Era pietà? Disgusto?

«No,» rispose lui. «Non è quello che pensi. Non essere sciocca, Lucy.»

«Pensavo che fosse finita, Lucas. Pensavo che non corressi più dietro agli uomini. Ma tu... Ti ho visto con Jack e ho visto il modo in cui lo guardavi. Non riuscivo a crederci, non volevo crederci, perché stavi con me, e i ragazzi... gli uomini erano acqua passata. Tu mi hai detto che erano acqua passata!»

«Lucy, per favore, devi credermi. Jack non ha niente a che fare con questo.» La sua voce era pacata, tesa nello sforzo di mantenersi calmo.

«Beh, lo stai coprendo, no? Il tuo prezioso Ambasciatore americano. Mi chiedo cosa penserebbe di questo la sua moglie perfetta. Mi domando cosa succederebbe se dicessi a Maria cosa ha fatto suo marito per tutto il weekend.»

Lucas riguadagnò la padronanza di sé. Se pensava di ricattarlo, l'avrebbe fatto per qualcos'altro. «Non riesco a crederci, Lucy. Devo congratularmi con te per la tua immaginazione. Trovi dei preservativi e immediatamente presumi che io mi scopi Jack. Lo sai quanto suona ridicolo? Potresti allo stesso modo saltare alla conclusione che mi sto fottendo la sua perfetta moglie. Ci sono esattamente le stesse probabilità, Lucy!»

La guardò, sperando di vedere il dubbio sul suo viso. Il respiro di Lucas si normalizzò quando la vide calmarsi.

«Cercavo degli spiccioli, per il ragazzo della pizza,» disse lei. «Non aveva il resto di cinquanta euro... ed eccoli lì, Lucas, proprio vicini al tuo portafoglio. Perché avresti dovuto averli nella tua tasca? Perché compreresti dei preservativi se non avessi intenzione di usarli?»

Lui mise la mano sul suo braccio, ma lei lo respinse.

«Era tardi ed ero stanco. Mi mancavi, e, ok, lo ammetto, sono andato a caccia, ma non è successo niente, Lucy, mi sono tirato indietro.» Odiava mentire, ma aveva in ogni caso mentito per tanto tempo. Non così sfacciatamente come adesso, ma comunque...

«Ma volevi ancora un uomo.» Lei sospirò e chiuse gli occhi per un momento. «Perché, Lucas? Perché non ti basto più? Perché adesso?»

Sfiorò Lucas passandogli a fianco per uscire dalla cucina. Lui sentì il rumore dei cassetti e delle ante aperte nella loro camera da letto e la seguì.

«Lucy? Cosa stai facendo?»

Lei chiuse la sacca che stava riempiendo e cercò di andare oltre Lucas, ma lui la bloccò. «Se credi anche solo per un secondo che dividerò ancora un letto con te... Ora, per favore, spostati.»

«Lucy...»

«Sei... sei disgustoso. Mio padre ha sempre avuto ragione. Stammi lontano, mi fai venir voglia di vomitare!»

Lucas fece un passo indietro, lasciandola passare.

«Prenderò il resto delle mie cose domani quando sei al lavoro.»

«Dove stai andando, Lucy?» chiese Lucas, sorprendentemente calmo.

Lei socchiuse gli occhi mentre lo guardava. «Come se ti importasse.»

Sentì sbattere forte la porta di casa e si lasciò cadere sul letto. Si passò le mani tra i capelli e richiamò alla mente ogni parola che lei aveva detto. Era certo che non sarebbe tornata. Sembrava timida, ma lui sapeva che era una donna determinata ed era una cosa che aveva dimostrato all'inizio della loro relazione accompagnandolo in Belgio.

Potevano venire tante cose brutte da questo, ma lui era veramente spaventato da una sola. Che Lucy chiamasse la sua nuova amica Maria.

Doveva mettersi in contatto con Jack, almeno dargli un avvertimento in anticipo.

CAPITOLO
TREDICI

«LO SA, Jack.»

Merda.

Jack sentì Lucas sospirare all'altro capo del telefono.

«Stai bene?» Jack non sapeva come reagire. «Lei è ancora lì?»

«È appena uscita, porte sbattute e compagnia bella. Puoi immaginare, era parecchio incazzata.»

«Come…?» Jack stava tastando il terreno per capire come Lucas si sentisse in merito alla faccenda.

«Ha trovato i preservativi. Non le ho detto niente, Jack… ma è venuto fuori il tuo nome molto presto e temo che lo dirà a Maria.» Lucas sembrava calmo, nonostante si capisse che era a disagio e un po' spaventato e preoccupato. Era completamente diverso dall'uomo sicuro che Jack aveva sempre visto.

Ora era il turno di Jack di sospirare. «Esattamente, come è saltato fuori il mio nome? Voglio dire, ha tirato a indovinare, giusto?» Ricordò l'osservazione di Lucas sul fatto che la gente riuscisse a capire che stavano insieme solo guardandoli. Forse Lucy era più sveglia di quanto pensava.

«Mi conosce, Jack. Sa che ho avuto degli uomini come amanti prima di lei. Io ho negato, non le ho dato ulteriori dettagli.»

«Bene,» Jack fu veloce a rispondere. Troppo veloce. Aggrottò le sopracciglia, prendendosi mentalmente a calci. «Non volevo dire questo. Intendo che forse ti ha creduto e non dirà niente a Maria.»

Lucas rimase sorprendentemente calmo, ritrovando chiaramente la sua *verve* abituale. «Già, è quello che ho pensato anch'io. Volevo solo che tu fossi preparato nel caso venga a piangere sulla spalla di tua moglie.» E dopo qualche secondo di silenzio: «Sono dispiaciuto, Jack.»

Questa era una complicazione di cui Jack non si preoccupava, ma non poteva dirlo. Parlò ancora. «Non esserlo. Chi lo sa? Lucy potrebbe tornare domani, una volta che si sarà calmata e si sarà resa conto di quanto sei irresistibile.»

«Non è divertente, Jack.»

«Beh, potrebbe farlo. Inizialmente pensavi ti avesse creduto, no? C'è ancora speranza.»

«Speranza per cosa, Jack? Sembra davvero che tu voglia che io continui questa finzione con Lucy. Inoltre, la conosco, lei non torna indietro sulle sue decisioni. Anzi, è quello che mi piace di lei. Se n'è andata, Jack, io volevo… volevo solo che tu lo sapessi. Stai in guardia.»

Se Lucy era realmente decisa a lasciare Lucas, le probabilità che lo dicesse a Maria erano alte e questo lo preoccupava. Quella stupida ragazza poteva rovinare non solo il suo matrimonio, ma anche la sua carriera. Appena questo pensiero gli attraversò la mente, si rese conto che era ingiusto biasimare Lucy per la sua decisione, ma doveva fare qualcosa. Non era il tipo d'uomo che stava seduto ad aspettare gli eventi.

«Ascolta, credo di poter sistemare la cosa. Posso passare dal tuo appartamento stasera? Dobbiamo parlare ed è più facile farlo guardandosi in faccia.»

«No,» rispose Lucas in tono deciso. «Non so dove è andata Lucy. Nel caso in cui lei dovesse davvero chiamare Maria per qualche ragione, sembrerebbe sospetto se tu improvvisamente avessi qualcosa di urgente da sbrigare dopo che la mia ragazza mi ha lasciato. Sto bene, veramente. Parleremo domani, okay?»

Jack sentì il clic dall'altro lato della linea e mise giù la cornetta. Era seduto nel suo ufficio a casa, dove si era ritirato quando aveva sentito la voce di Lucas. La partenza di Lucy complicava di parecchio le cose. I pettegolezzi viaggiavano velocemente attraverso la comunità diplomatica e avrebbero dovuto stare ancora più attenti di prima.

Si prese il volto tra le mani.

Per come la vedeva lui, c'erano un paio di cose che Lucy poteva fare e nessuna delle due gli piaceva. La mossa più probabile era che chiamasse Maria e le chiedesse consiglio. Le due donne erano diventate amiche intime e quindi questo sarebbe stato il passo più logico. Conosceva le donne, ci sarebbero state lacrime e alla fine Lucy si sarebbe lasciata scappare che sospettava che Lucas avesse una relazione e che l'altra donna era in realtà un uomo. L'uomo di Maria.

L'altra cosa che Lucy poteva fare era parlarne.

Dare l'avvio a una diceria era facile. Sarebbe bastato un commento ben piazzato, fatto alle persone giuste, dicendo che aveva lasciato Lucas perché lui era un amico intimo dell'Ambasciatore degli USA. Jack sapeva che smentire le chiacchiere avrebbe peggiorato la situazione e avrebbe avuto bisogno di Maria al suo fianco per mostrare alla gente che era una sciocchezza. Conoscendo Maria, avrebbe dovuto convincerla che era tutta una menzogna o lei non l'avrebbe sostenuto.

Jack si rese conto che però non sapeva come avrebbe reagito sua moglie. Maria non era un tipo emotivo, ma avrebbe potuto sentirsi ferita e, sapendo essere abbastanza spietata, la vendetta sarebbe stata dolce, almeno per lei.

Dannazione. Ne era valsa la pena? Amava il suo lavoro; non era preparato a perderlo per una scappatella. Cosa sentiva per Lucas? Lo amava? O era solo desiderio? Paragonare quello che provava per Lucas a quello che sentiva per Maria era come paragonare mele e arance. Era amore in entrambi i casi, ma per Lucas, era struggente, passionale, da capogiro, mentre il suo amore per Maria era comodo, affidabile e prevedibile. Da lì a dieci anni quale dei due tipi di amore avrebbe retto? Vedeva se stesso amare ancora Lucas? Il loro amore sarebbe sopravvissuto a due carriere distrutte? E se questo avesse causato la sua rovina professionale? Lo avrebbe rinfacciato a Lucas?

Jack si grattò la testa con entrambe le mani, cercando di mettere ordine nella mente. Lucas non voleva vederlo. Forse era la cosa migliore. Forse dovevano mantenere un basso profilo per un po'. Lo avrebbe sicuramente aiutato a mettere ordine nei suoi pensieri.

IL RESTO della settimana passò col consueto ritmo frenetico: correndo da una riunione alla successiva, mostrando il suo volto alle varie conferenze commerciali, Scuole Internazionali e nei comitati che stavano preparando il disegno di legge sul matrimonio gay. Jack era felice di avere così tanto a occupargli la mente. Di solito non andava agli incontri da solo; c'era sempre qualcuno del personale dell'Ambasciata ad accompagnarlo, o a informarlo durante il tragitto per poi presentarlo alla controparte con cui avrebbe trattato.

Le notti, però, erano un'altra cosa. Anche se si sforzava di non pensare a Lucas, si trovò a evitare Maria. Non avevano mai avuto un'intensa vita sessuale, ma ora accampava scuse per non essere nella camera quando lei andava a letto. Se non riusciva a evitarla, allora fingeva di dormire. Continuava a ripetersi di farla finita e scoparla ancora, dissipando ogni dubbio che potesse avere. Così come stavano le cose ora, se lei sapeva oppure sospettava qualcosa, il fatto di evitarla l'avrebbe fatto sembrare ancora più colpevole.

Solo che non ci riusciva. Qualche volta la guardava quando gli dava le spalle, quando sapeva che lei non se ne sarebbe accorta, ma per quanto si sforzasse, non riusciva a provare nessun desiderio. Quando era solo era facile, la sua mente tornava naturalmente a Lucas e a lui veniva duro. Doveva solo immaginare gli occhi pieni di lussuria di Lucas e quanto scuri sarebbero diventati fissando i suoi e gli era veramente difficile non toccarsi.

Giovedì non riuscì più a trattenersi. Non si erano parlati da domenica sera e Jack odiava lasciare le cose in sospeso, così sollevò la cornetta per chiamarlo. Aveva già composto metà del numero dell'ufficio di Lucas quando si bloccò. Non potevano parlare di quella questione al telefono; riguardava loro, la loro relazione. Dovevano decidere se quello che avevano vissuto insieme valeva la pena chiamarla relazione o considerarla solo una bella scopata. Invece di chiamare, Jack decise che sarebbe andato a trovare Lucas quella sera dopo il lavoro.

Fu necessario un lavoro di persuasione per far capire a Mark, il suo sempre coscienzioso uomo del servizio segreto, che Jack poteva andare in macchina a casa senza sorveglianza e che non c'era bisogno di chiamare gli uomini a casa per dare loro un'ora precisa per il suo ritorno. Naturalmente non poteva entrare nei dettagli, ma alla fine concordò che avrebbe chiamato per dire che era arrivato sano e salvo.

Aveva lasciato Lucas davanti a casa domenica, ma non era stato dentro l'appartamento. Trovò la strada e salì di corsa le tre rampe di scale, facendo una pausa davanti alla porta, completamente senza fiato. Mentre tendeva il braccio verso il campanello, riuscì a leggere i nomi sull'etichetta sopra di esso: 'Lucas Carlton – Lucy Marsh' e sorrise. Questo rispondeva alla prima domanda.

Non era però sicuro di come avrebbe reagito Lucas. E se si fosse arrabbiato con lui? Jack l'aveva lasciato a se stesso per quattro giorni e poteva essere successa qualunque cosa, inclusa l'ipotesi che Lucas avesse deciso che non ne valeva la pena.

Jack si girò, esitando, spaventato da ciò che avrebbe trovato dietro la porta. Passeggiò lungo il piccolo corridoio cercando di decidersi e, mentre lui era di spalle, la porta si aprì.

«Vuoi smetterla di consumare le piastrelle ed entrare?» Lucas teneva la voce bassa e Jack pensò che avesse un aspetto meraviglioso nella sua maglietta rossa sbiadita e nei pantaloni da marinaio color cammello.

Jack cercò di leggere la sua espressione, di capire se era di cattivo umore o se era arrabbiato con lui, ma gli occhi di Lucas erano caldi e invitanti e un piccolo sorriso stava comparendo sulle sue labbra.

«Entra prima che i vicini inizino a parlare. È già abbastanza brutto che continuino a chiedermi dov'è Lucy.» Lucas uscì e gli afferrò il braccio, trascinandolo dentro e chiudendo la porta.

«Perché sei qui?» chiese Lucas con voce dolce, senza tono di accusa.

«Come facevi a sapere che ero fuori sul pianerottolo?» replicò Jack, fissandolo con sospetto.

Il giovane inglese sorrise, passando lo sguardo tra Jack e una macchia sul pavimento dietro di lui. «La porta ha uno…» agitò il dito verso la porta, «… spioncino? E ho sentito dei passi, così…»

«Dobbiamo parlare, Luke.»

«Già, suppongo di sì.»

«Lucy se n'è andata davvero?»

«Se n'è andata.»

Lucas guardò Jack dritto negli occhi.

«Ha detto qualcosa sul fatto che lo racconterà a Maria?»

«Non credo.»

Rimasero lì in piedi, fissandosi, chiedendosi cosa provava l'altro, cercando un indizio negli occhi del partner, ma fu Jack che fece la prima mossa, facendo improvvisamente un passo avanti verso Lucas, afferrando la testa del giovane tra le mani e baciandolo appassionatamente.

Lucas boccheggiò per la sorpresa, anche se rispose avidamente al bacio, aprendo la bocca per invitare Jack a entrare, succhiando e mordicchiando voracemente le labbra dell'americano.

Era meraviglioso avere le braccia del suo amante avvolte intorno a sé. Jack si girò, con Lucas ancora fra le sue braccia, e lo spinse contro la porta, baciandolo con maggiore determinazione ora che aveva una superficie stabile contro cui premerlo. Aveva bisogno di respirare, ma non voleva perdere il contatto che faceva esplodere brividi di desiderio nel suo corpo, così la sua bocca iniziò a tracciare un sentiero lungo la mandibola e il collo del giovane uomo.

Lucas cercò di togliere la giacca a Jack, sorridendo per la frenesia che c'era nelle sue azioni.

Dopo aver buttato la giacca, Jack si strappò la cravatta, lasciandola cadere a caso sul pavimento, e piazzò le sue mani contro la porta ai lati della testa di Lucas. Si spinse contro il giovane, strofinandosi contro di lui con tutto il suo corpo finché questi gemette contro la sua bocca. Erano rimasti separati solo per quattro giorni, ma era come tornare a casa dopo anni di lontananza. Anche solo immaginare di rinunciare a tutto quello era superiore alle sue forze.

Lucas sollevò la camicia di Jack, facendo scorrere le calde mani morbide sulla sua pelle. Jack infilò la mano fra i loro corpi incollati, facendo saltare i bottoni dei suoi pantaloni. Quando le mani di Lucas scesero lungo la sua schiena per afferrargli il culo sotto i suoi indumenti, seppe esattamente cosa voleva.

Jack sollevò leggermente la testa.

«Voglio...»

Mordicchiò il labbro inferiore di Lucas.

«Sentirti…»

Tirò il labbro tumido con i denti facendo gemere Lucas.

«Dentro di me.»

La voce di Jack era roca. Quando si spinse lontano dal suo giovane amante, vide il sorriso di Lucas, quelle labbra gonfie e i deliziosi occhi scuri, e seppe che avrebbe ottenuto quello che voleva.

«Era ora,» rispose Lucas quietamente, stringendo le natiche di Jack per avvicinare ancor più il suo inguine.

«Camera da letto?»

Lucas scosse la testa lentamente. «Non è la stanza giusta.» Si spinse via dalla porta, si allontanò per sfuggire alle mani predatorie di Jack e poi lo guidò all'indietro.

«Dove stai andando?» chiese Jack, non volendolo lasciare tanto facilmente. «Non andare.»

Lucas lo baciò ancora e gemette quando si spinse via. «Così bisognoso… resta così.»

Sparì nella camera da letto e ritornò quasi immediatamente. «Adesso sono tutto tuo, per tutto il tempo che mi vorrai.»

«Cosa…» mormorò Jack, ma fu interrotto perché Lucas assaltò ancora la sua bocca. Fu condotto verso il divano e si rese conto a cosa era servita la breve escursione di Lucas in camera quando sentì il rumore di una confezione di preservativi che veniva aperta.

Inciamparono l'uno nell'altro e nei mobili, quasi cadendo durante il percorso, perché stavano cercando di liberarsi reciprocamente dei vestiti senza smettere di toccarsi e baciarsi.

Lucas spinse Jack giù sul divano e gli strappò pantaloni e boxer in un colpo solo. Quando Lucas si alzò ancora, lasciò cadere i suoi cargo, rivelandosi a Jack in tutta la sua gloria. L'americano non riuscì a trattenersi dal piegarsi in avanti per catturare l'orgogliosa erezione di Lucas in bocca, ma questi lo fermò, lasciandosi cadere sulle ginocchia. «Non farlo,» disse dolcemente. «C'è solo un posto dove voglio venire stasera ed è sprofondato dentro di te.» Baciò Jack teneramente. «Lasciami fare le cose con calma e nel modo migliore.» Lucas prese Jack per le spalle e lo spinse gentilmente contro i cuscini. «Sdraiati e rilassati, perché vedrai le stelle quando avrò finito con te.»

Entrambi gli uomini trattennero il respiro, guardandosi reciprocamente negli occhi mentre Lucas afferrava il retro delle ginocchia di Jack e lo trascinava in un affossamento del divano. L'americano ansimava trepidante, stringendo forte gli occhi per un momento, timoroso che la vista degli occhi affamati e del sorriso malizioso di Lucas potesse farlo venire immediatamente. Era appena riuscito a riacquistare il controllo quando sentì il calore del corpo del suo amante sopra il suo, i loro cazzi umidi che sfregavano l'uno contro l'altro.

«Ho bisogno che ti rilassi, Jack,» sussurrò Lucas nel suo orecchio. «Respira con la bocca. Chiudi gli occhi. Lascia semplicemente che le sensazioni ti conducano dove vogliono. Non pensare, goditi le emozioni. Non ti farò del male, prometto.»

Jack poté solo annuire mentre Lucas si spostava indietro e spremeva un po' di lubrificante sulle sue dita. Lo voleva così tanto che gli sembrava quasi di stare per scoppiare. Lucas gli aveva detto di chiudere gli occhi, ma lui voleva vedere. Ricordava la faccia di Lucas con un'espressione di assoluta beatitudine la prima volta che l'aveva preparato e voleva godersi tutte le sensazioni.

Jack boccheggiò quando il suo amante prese in bocca il suo pene, leccandolo sapientemente. Spalancò gli occhi e sperò che Lucas capisse che questo non l'avrebbe aiutato a durare. Neanche parlare in quel momento era una scelta praticabile, mentre Lucas lasciava andare il cazzo di Jack e con un dito freddo e umido faceva dei cerchi intorno al suo buco.

Allungò la mano, ma Lucas la spinse via.

«Non stuzzicarmi, Luke, per favore, ho bisogno di te...»

Lucas introdusse il dito nel muscolo contratto, fermandosi alla prima nocca. Stava facendo con calma, non per stuzzicare, ma per permettere a Jack di adattarsi mentre lentamente lo allargava e spingeva il dito più a fondo.

«Rilassati, Jack, sei molto stretto.«

La vista offuscata di Jack registrò chiaramente il sorriso di apprezzamento dell'inglese e l'uomo aprì ancor più la bocca, mentre sentiva un altro dito unirsi al primo. Bruciava un po', ma Lucas non stava muovendo il dito adesso e Jack si sforzò di rilassarsi.

«Più a fondo,» ansimò, guardando fisso il suo compagno.

Il giovane ridacchiò. «Se puoi ancora parlare, chiaramente non mi sto sforzando abbastanza.» Divaricò un po' le dita e sfiorò una zona liscia dentro Jack. L'americano urlò e contrasse i muscoli. Lucas si piegò in avanti, senza muovere le dita. «Calma, rilassati, non lo farò più.»

«No!» Jack sospirò. «No... fallo ancora.» Vedeva già le stelle e Lucas non era ancora dentro di lui. Almeno non come lui lo voleva dentro di sé. Si morsicò il labbro inferiore e accolse con piacere la freschezza del lubrificante che Lucas aggiunse insieme a un terzo dito.

«Dio, Luke, non posso aspettare... più.»

«Sei quasi pronto, amore,» sussurrò Lucas un po' senza fiato. Cercò di non sfiorare ancora la prostata di Jack, temendo che potesse davvero essere troppo per l'americano, ma sentì Jack rilassarsi e lentamente tolse le dita. Frugò sotto il cuscino per trovare il preservativo che ci aveva fatto scivolare e velocemente tolse l'involucro. Era ancora duro e dolorante per l'eccitazione e si carezzò un po' di volte prima di infilare il preservativo.

«Dio, sei eccitante quando ti tocchi.»

Jack lo osservava con desiderio e impazienza e Lucas sorrise. «Voglio essere bello duro per te, amore.» Si versò una quantità generosa di gel sulle mani e si lubrificò l'erezione, sporgendo le labbra verso Jack in modo provocante prima di chinarsi e baciarlo avidamente.

«Sei pronto?»

Jack annuì, schiudendo di nuovo le labbra. Afferrò il retro del divano per sostenersi mentre sentiva la punta del pene di Lucas violarlo. Il bruciore aumentò e cercò di non resistergli, mentre Lucas scivolava lentamente dentro di lui.

Lucas ansimava pesantemente sul collo di Jack, cercando di trattenersi. «Cazzo, Jack, sei così stretto.» Quello che davvero voleva era spingere dentro il suo amante, ma sapeva che gli avrebbe fatto male ed era l'ultima cosa che voleva, così aspettò, una mano sul retro del divano vicino alla testa di Jack e l'altra che accarezzava lievemente il petto del suo amante.

«Dimmi quando sei pronto,» chiese Lucas dolcemente.

«Vai!» rispose Jack, con voce tesa. «Solo... muoviti piano.»

Lucas fece proprio così. Oscillò avanti e indietro lentamente, osservando la reazione del suo amante, prendendo spunto dai suoi gemiti involontari.

L'americano si stava abituando a essere penetrato e, mentre Lucas si chinava per baciarlo, lo spronò. «Più forte, Luke, per favore. Voglio di più.»

Questo era tutto l'incoraggiamento di cui Lucas aveva bisogno e, mentre Jack alzava istintivamente le ginocchia cambiando l'angolazione delle spinte, l'intensità dei suoi gemiti aumentò. Lucas usciva quasi completamente ogni volta, solo per rituffarsi più profondamente, sbattendo pelle contro pelle. Stavano entrambi ansimando pesantemente, vicini all'orgasmo.

«Vieni... con me... Luke,» urlò Jack, arcuando la schiena e spalancando gli occhi.

Lucas incontrò lo sguardo del suo amante e vide l'estasi invadere il volto di Jack mentre sentiva il proprio inguine contrarsi, segnalando il punto di non ritorno. Mentre Lucas cavalcava il suo orgasmo, continuò a spingere a fondo dentro Jack, finché sentì il suo amante indurirsi intorno a lui e un fluido caldo e appiccicoso spruzzare tra i loro ventri. Quando, alla fine, crollò sul corpo languido di Jack, si accorse che l'uomo era ancora scosso dai sussulti dell'orgasmo. Si rese anche conto che a un certo punto avevano intrecciato le loro dita; le loro labbra quasi si toccavano, proprio come la prima volta che aveva fatto venire Jack nella loro stanza d'hotel ad Anversa. Lucas lasciò che le sue labbra vagassero sulle guance di Jack e assaporò il gusto salato delle lacrime. Districò una mano e le asciugò. «Stai bene?»

Jack si prese del tempo prima di dare la risposta, aprendo languidamente gli occhi. «Ti amo, Lucas. Perché non dovrei stare bene?»

DOPO essersi puliti, i due uomini finirono ancora sul divano, mai sazi di toccarsi, mentre tornavano poco a poco alla realtà.

Jack si era preso un minuto per chiamare Mark come aveva promesso, in cambio di quelle ore personali lontano da tutto. Gli fu detto che Mark l'aveva coperto con Maria, dandole il messaggio che Jack era in una riunione che sarebbe presumibilmente durata parecchie ore.

«Quindi hai fiducia che Mark mantenga il segreto?» chiese Lucas, un po' a disagio.

«Mark non conosce i dettagli precisi. Gli ho solo detto che avevo bisogno di un po' di tempo per me e che non potevo comunicargli dove sarei stato.»

«Sì, ma i tuoi ragazzi del Servizio Segreto sono molto accurati. Probabilmente ti ha seguito qui, solo per essere sicuro che tu stia bene, e chi ti dice che non è seduto nella sua macchina fuori da questo condominio aspettando finché non esci?»

«Stai diventando paranoico, Luke,» rispose Jack dolcemente, ma nel profondo sapeva che il suo amante poteva benissimo avere ragione. Mark probabilmente sapeva che stava succedendo qualcosa. Jack e Lucas potevano solo sperare che Mark fosse anche bravo a tenere l'informazione per sé.

Lucas si sdraiò al suo fianco con la schiena contro il divano, Jack si mise tra sue braccia e amoreggiarono. Erano ancora nudi, ma il calore afoso della città si stava appena disperdendo e quindi avevano abbastanza tepore solo stando vicini.

Jack inclinò un po' la testa all'indietro. «Dobbiamo parlare, Lucas. Dobbiamo affrontare la realtà.»

Udì il suo giovane amante sospirare e sentì le labbra tiepide del britannico sul retro della sua spalla. «Lo so. È solo che… Mi piace la nostra piccola realtà qui e, se parliamo, faremo entrare tutto il mondo cattivo.»

Jack sorrise. «Lo so. Possiamo ancora averla, Lucas, la nostra piccola realtà personale, solo noi due.» Appoggiò le mani su quelle di Lucas e si tenne le braccia del giovane più strette intorno al corpo. »Ma credo che entrambi abbiamo bisogno di sapere a che punto siamo.»

Jack sentì Lucas annuire quando gli baciò ancora il collo. «Anch'io ti amo, Jack.»

L'americano sospirò. «Ho bisogno di tempo per dirlo a Maria, Luke. Non posso semplicemente far scoppiare la bomba. Lei ha investito tanto quanto me nella mia carriera e, se tutto quanto salta in aria, ha bisogno anche lei di alternative. Le devo almeno questo.»

«Non voglio che tu rinunci alla tua carriera, Jack. So quanto significa per te! Possiamo aspettare, vedere dove questo ci porta.»

Jack si girò sulla schiena, volendo capire l'espressione del suo amante. «Intendi dire continuare a nasconderci, a incontrarci furtivamente come ora?»

Lucas si piegò in avanti finché la sua fronte toccò quella di Jack. «Se riveliamo la nostra omosessualità, non avremo più una carriera, Jack. Nessuno dei due. Non so tu, ma io non saprei cosa fare se non questo tipo di lavoro.»

Jack scostò un ricciolo dal sopracciglio di Lucas e piazzò un bacio sulla fronte del giovane. «Non intendo tenere in piedi questa finzione per sempre, Luke. Voglio che tu lo sappia.»

«Lo so.» Lucas sorrise a Jack. «Ora faresti meglio a vestirti e ad andare a casa.»

«Sei già stanco di me, eh?» scherzò Jack.

«Già, vecchietto. Torna da tua moglie. Prima che si insospettisca.»

Solo per un momento, Jack si chiese se non ci fosse un fondo di verità in quell'affermazione, ma Lucas non riuscì a mantenere a lungo l'espressione seria e scoppiò a ridere. Poi il suo volto tornò grave, ma questa volta con uno sguardo più dolce. «Si sistemerà tutto, Jack. Qualcosa succederà, qualche opportunità che ci porterà da qualche parte lontano dall'attenzione pubblica, dove andrà bene anche se non avrai la moglie perfetta.»

Jack annuì, sapendo bene che stavano ingannando loro stessi. Ma almeno adesso avevano un po' più di tempo.

E Lucas aveva detto che l'amava.

CAPITOLO
QUATTORDICI

ALL'APICE della resistenza europea contro la guerra, Lucas era nell'ufficio di Jack e si stava preparando al loro incontro di Parigi con i ministri di Germania, Belgio e Francia. Avevano appena terminato una teleconferenza con gli ambasciatori americani di Francia e Germania e avevano convenuto di essere pronti a rigide trattative.

Lucas raccolse i documenti mentre Jack chiudeva la ventiquattrore piena di lavoro da fare a casa.

«Fino a che ora hai detto a Maria che avremmo lavorato questa sera?» chiese Lucas, non senza un secondo fine.

«Intorno alle otto,» rispose l'altro, mentre un sorriso gli incurvava le labbra.

«Questo ci lascia…» Lucas controllò l'orologio, «circa due ore.»

«Sì,» rispose Jack, sbirciando il corpo asciutto del suo amante. «Due ore.»

Entrambi gli uomini furono distolti dalle loro fantasticherie quando un agente del servizio segreto irruppe nell'ufficio.

«Signor Ambasciatore? L'Ambasciata è stata chiusa.» L'uomo diede un'occhiata a Lucas. «Signor Carlton? Mi dispiace ma non possiamo lasciare uscire neppure lei. Farebbe meglio a chiamare il suo ufficio per avvertire. Potremmo rimanere qui per un po'.»

«Cosa è successo, Mark?» chiese Jack, sinceramente preoccupato.

«Allarme bomba, signore. I tunnel sono stati rastrellati per circa un chilometro su entrambi i lati per la ricerca del veicolo sospetto. Non è ammessa la circolazione nel raggio di due chilometri.»

«Hanno bloccato anche tutte le strade?»

«Sì, signore. Potrei chiedere a lei e al signor Carlton di rimanere nel suo ufficio per il momento? Renderebbe più facile il conteggio dei presenti, signore. E per favore, allontanatevi dalle finestre.»

Jack guardò Lucas e sospirò. «Molto bene, non c'è molto altro che possiamo fare comunque, suppongo? È vicina questa macchina?»

«Probabilmente riesce a vederla da qui, signore, all'uscita del tunnel.»

Era la prima volta che Lucas ricordava di aver sentito un tono meno che professionale nella voce dell'agente del servizio segreto. Chiaramente la minaccia era seria.

«La lascio ora, signore. Devo avvisare anche il resto del piano. Se ha bisogno di qualcosa, sa dove trovarmi.» Con ciò, l'incaricato del servizio segreto lasciò l'ufficio.

Jack e Lucas si guardarono da un capo all'altro della stanza, non sapendo cosa fare. Lucas andò alla finestra per guardare la macchina.

«Lucas! Mark ha detto di rimanere lontano dalla finestra. Se quella cosa esplode, non rimarrà una lastra di vetro intera nell'edificio.»

La tensione nella stanza era palpabile e Lucas rise nervosamente mentre si allontanava dalla finestra e si avvicinava a Jack. «Devo dire che di sicuro sai scegliere gli uomini del servizio segreto. Cosa dovrei fare qui per essere malmenato da Mark?»

Jack reagì un po' sbigottito alla domanda di Lucas, ma si riprese velocemente e afferrò il polso del giovane britannico, facendolo girare immediatamente. Mentre

Lucas stava superando la sorpresa, Jack usò il suo corpo per spingerlo con la faccia contro la porta.

Lucas si rese conto che non poteva muoversi, neppure quando Jack liberò una delle mani in modo da poter chiudere la porta a chiave. «Ehi, che addestramento di auto-difesa fanno a voi ambasciatori?»

«Beh, volevi essere malmenato,» gli sussurrò Jack nell'orecchio. «Non penso che Mark dovrebbe avere il piacere.»

«Oooh, Jack,» lo stuzzicò Lucas con un tono di voce acuto, un po' incerto su quello che stava succedendo poiché era ancora contro la porta, ma voleva andare avanti. Era davvero una bella differenza per Jack, di solito gentile e passivo, e il corpo di Lucas stava reagendo alla situazione.

Improvvisamente sentì che la giacca gli veniva tolta trascinandola dalle spalle fino ai gomiti, rendendogli più difficile muovere le braccia. Jack lo tirò via dalla porta con una mano sul collo mentre con l'altra lo teneva fermo, facendolo procedere verso la scrivania.

Jack era rude e Lucas sentì il sangue affluire verso il suo sesso mentre veniva spinto contro la parte anteriore della scrivania. Jack gli lasciò il collo per spingere via alcuni oggetti personali che erano in cima alla scrivania, facendo cadere documenti da entrambi i lati. Lucas lo sorprese mentre disponeva la classica foto di famiglia a testa in giù prima di rimettergli la mano sul collo.

Entrambi respiravano in modo udibile quando Jack allontanò i fianchi di Lucas dal bordo della scrivania e frugò prima in una tasca dei calzoni e poi nell'altra. Il giovane sapeva cosa Jack stava cercando e decise di essere collaborativo. «Ventiquattrore, tasca della calcolatrice,» borbottò.

«Rimani fermo,» ordinò l'americano. La sua voce risuonò un po' aspra, mentre andava a prendere la ventiquattrore di Lucas.

Lucas non aveva intenzione di muoversi. Tenne persino le mani dietro la schiena.

In un attimo, Jack fu di nuovo dietro di lui. Mise il preservativo e il lubrificante sulla scrivania mentre sbottonava i calzoni del giovane e tirava giù con decisione, non preoccupandosi di farglieli levare quando raggiunsero le gambe divaricate.

Il britannico sentiva l'erezione di Jack sfregare contro il suo fondoschiena mentre la confezione di lubrificante veniva aperta. Stava per essere scopato rudemente sulla solida scrivania di quercia dell'Ambasciatore, mentre un pazzo fuori stava cercando di far esplodere una macchina. Benvenuto al servizio diplomatico!

Lucas inalò bruscamente quando il lubrificante freddo venne spalmato sul suo muscolo anale. Quasi immediatamente un dito entrò. «Vai avanti, posso prenderne un altro, Jack,» gemette Lucas, respirando a bocca aperta e sforzandosi di rimanere il più rilassato possibile. «Oh, signore, ti voglio dentro di me, Jack.»

Improvvisamente, un colpo alla porta. Poi un altro, con più urgenza del precedente. «Signor Ambasciatore?»

La voce di Mark. Stava cercando di aprire la porta.

Lucas chiuse gli occhi e storse le labbra. Fortunatamente Jack aveva avuto la lungimiranza di chiudere a chiave.

I colpi cessarono. Sentirono le voci attutite dietro la porta. «Se ne sono andati?» «No, signore, sono sempre stato alla mia scrivania. Sono probabilmente concentrati sulle loro discussioni come al solito. Giuro che quell'uomo diventa completamente sordo quando sta lavorando.»

Lucas temeva che Jack si fermasse, ma sentì le sue dita allargarsi a forbice dentro di lui e aprì di nuovo la bocca per respirare.

Jack si piegò in avanti per sussurrargli all'orecchio. «Se vuoi che mi fermi, lo farò.»

«Dannazione, no!» rispose Lucas, probabilmente un po' troppo ad alta voce. Rendendosi conto di ciò, sussurrò: «Sono pronto Jack, posso prenderlo.»

Jack aprì la chiusura lampo dei pantaloni, prese il preservativo e quello che rimaneva nella confezione del lubrificante dalla scrivania, abbassò i boxer di Lucas e lo penetrò in un solo duro colpo.

Stavano entrambi ansimando. Lucas cercava di adeguarsi a quell'improvvisa sensazione bruciante e Jack tentava di non muoversi per dare tempo al suo amante di adattarsi.

Poi squillò il telefono.

«Maledizione!» farfugliò Jack.

«Cazzo, sì!» fu tutto ciò che Lucas riuscì a dire. La sensazione bruciante si stava attenuando e Lucas voleva che Jack iniziasse a muoversi. Arcuando un poco la schiena, spinse indietro le natiche in modo provocante.

Jack ricevette il messaggio e iniziò a spingere. «Ignoralo…»

«Stavo… per… farlo,» rispose l'inglese con un tono di voce un po' teso. Jack stava assestando delle forti spinte e, cribbio, era bello. Lucas riusciva a stento a muoversi e il bordo della scrivania si conficcava nelle ossa delle sue anche, ma non se ne curava.

Jack gli lasciò libero un polso e Lucas afferrò la scrivania, rovesciando un portamatite, facendo quasi finire la lampada sul pavimento.

Il telefono stava ancora squillando e udirono la voce di Mark che gridava ancora una volta dietro la porta.

«Aspettate solo un minuto… Sto venendo!» esclamò Jack, con la voce tesa.

Lucas sapeva che non sarebbe durato a lungo. Jack stava colpendo i punti giusti e il suo cazzo duro come la pietra era incastrato tra il ventre e il piano della scrivania. La sua lunghezza dolente stava ricevendo una notevole frizione, ma era solo questione di tempo prima che l'agente del servizio segreto riuscisse ad aprire la porta.

Uno squillo del telefono, colpi incessanti alla porta, una spinta del pene di Jack che colpiva la sua prostata, mentre l'americano stava ancora trattenendo una delle sue mani dietro alla schiena. Lucas era così vicino.

«Vieni per me, Lucas, vieni, baby!» gemette Jack nel suo orecchio.

«Dio, sì!»

I movimenti di Jack divennero più pressanti e allo stesso tempo meno coordinati e Lucas sentì che l'addome si tendeva. Quando percepì l'eiaculazione di Jack accompagnata da un profondo gemito, arrivò anche lui al limite e all'orgasmo, soffocò un grido, mentre le gambe cedevano. Il respiro di Jack era caldo contro il suo collo e l'americano si accasciò sulla sua schiena.

Mentre si afflosciava sotto Jack, tolse il suo braccio che era tra di loro e si rese conto che le sue spalle sarebbero state doloranti il mattino seguente. Un piccolo prezzo da pagare per tanto piacere.

Il telefono smise di suonare.

«Grazie al cielo,» Jack mormorò mentre si sollevava.

Andò all'altro lato della scrivania, non ancora completamente saldo sui piedi e mise una scatola di fazzoletti di carta sul tavolo davanti a Lucas. «Dobbiamo sembrare presentabili quando irromperanno qui,» spiegò in tono di scusa, ancora un po' senza fiato mentre si lasciava cadere sulla sedia.

Lucas sorrise a Jack sperando che la sua camicia fosse stata più o meno fuori dalla traiettoria dell'eiaculazione. Mentre si allontanava dalla superficie della scrivania, riusciva a capire dal viso di Jack che le sue speranze erano vane.

«È buona cosa che tu faccia il bucato ora, Luke.» Jack ridacchiò mentre Lucas incominciava a pulirsi con un fazzoletto.

Neppure la scrivania ne era uscita incolume e Jack le diede una pulita mentre Lucas infilava la camicia nei pantaloni.

«Allora come sembriamo?» Lucas chiese mentre si sistemava la cravatta.

Jack si alzò dalla scrivania e afferrò Lucas in modo da potergli dare un bacio appassionato. «Assolutamente scopabili.» Sorrise mentre lo lasciava andare e si dirigeva verso la porta. «Farò entrare Mark, okay?»

L'agente era proprio lì quando Jack aprì la porta.

«Tutto okay?» chiese l'ambasciatore nel suo tono di voce più professionale.

Il viso di Mark mostrava una certa insicurezza riguardo alla risposta. «DOVO[4] ha inviato un messaggio per dirci che la bomba è stata disinnescata, signore. La chiusura dell'Ambasciata è stata revocata… naturalmente con il suo permesso, signore.»

Entrambi gli uomini osservarono Mark che si guardava intorno nella stanza in modo sospettoso.

«È tutto, Mark?» Jack chiese con una mano ancora sulla porta.

«Sì, signore,» rispose Mark, riluttante, senza muoversi dalla sua posizione.

---

[4] Acronimo per Dienst voor Opruiming en Vernietiging van Ontploffingstuigen, Reparto artificieri per la bonifica degli ordigni esplosivi. (N.d.T.)

Lucas capiva che l'agente del servizio segreto non si fidava completamente della situazione, così gli lanciò una domanda.

«Ci è consentito lasciare l'ufficio ora?»

«Sì, signore.»

«Molto bene. La ringrazio per essersi assunto l'incombenza ed essere rimasto a capo della situazione. Stupendo lavoro!» dichiarò Jack, chiudendo la porta in faccia a Mark.

Lucas si mosse dietro di lui e infilò la parte posteriore della camicia di Jack. «Sono felice che tu non ti sia girato.»

Jack si voltò e sorrise a Lucas. «Pensavo che non se ne sarebbe mai andato.»

«Stava solo facendo il suo lavoro,» lo stuzzicò Lucas.

«Scommetto che si sta chiedendo perché sono io che ti scopo sopra la scrivania e non lui,» sparò Jack di rimando.

«Oh perbacco, spero di no!» rispose Lucas. «Pensi che lo… sappia?»

Anche il viso di Jack ridivenne serio. «Spero che la sua immaginazione non vada così lontano.»

«Beh, potrebbero aver sentito i gemiti.»

Jack apparve leggermente preoccupato. «Penso che possiamo fidarci di Mark e della signora Claessens. Terranno queste cose per loro.»

Lucas arricciò le labbra. «Penso che la tua segretaria sia dalla nostra parte, ma non sono sicuro di Mark. Naturalmente non lo conosco come lo conosci tu.»

Jack baciò velocemente il suo amante. «Non preoccuparti così tanto.» Seguì le linee sulla fronte di Lucas. «Sei più carino quando sorridi.»

CAPITOLO
QUINDICI

SOLITAMENTE, quando gli ambasciatori degli Stati Uniti si incontravano in diverse nazioni, l'Ambasciata ospitante forniva loro l'alloggio. In questa particolare occasione, però, l'Ambasciata di Parigi stava subendo radicali interventi di ristrutturazione, così agli ospiti vennero gentilmente offerte stanze in albergo.

Mentre Jack e Lucas confrontavano le loro tessere magnetiche durante il percorso verso le rispettive stanze, si resero conto di non essere semplicemente situati sullo stesso piano, ma sembravano essere anche in camere adiacenti. Quando entrarono nelle loro suite, la cosa migliorò quando notarono che le porte erano comunicanti.

«Questa può solo essere opera di Gertje, vero?» chiese Lucas.

«Beh, non riesco a immaginare che al personale dell'Ambasciata venga l'idea che l'Ambasciatore e il rappresentante del Regno Unito praticamente dividano una stanza. Sono sicuro che con il suo francese perfetto, Gertje ha chiamato l'albergo non appena ha scoperto dove avevano intenzione di metterci, per trasmettere le precise esigenze del 'suo' Ambasciatore. Peccato che non saremo quasi mai qui.» Jack ovviamente si rammaricava che quello sarebbe stato un weekend lavorativo.

Lucas notò che il suo compagno sembrava stanco e sciupato. Dopo aver appeso il suo abito di ricambio e le camicie, si diresse verso la stanza di Jack in tempo per coglierlo mentre inseriva due piccole pastiglie in bocca e le inghiottiva senz'acqua.

«Dovresti davvero bere qualcosa con quelle, Jack,» disse mentre si dirigeva verso il mini bar e afferrava una bottiglia di Evian. «Non ti senti bene?»

Jack alzò le spalle. «Sono solamente stanco, immagino. Può darsi che mi stia venendo un raffreddore. Ho un mal di testa tremendo.»

Lucas si avvicinò un po' e circondò con le braccia il suo amante. «Potresti chiamare e chiedere di iniziare con le trattative informali domani mattina?»

«No, prima mettiamo le carte in tavola, più facile sarà parlare alle autorità che ci saranno domani pomeriggio. Queste trattative di solito durano più a lungo di quanto si pensi e, se procedono senza problemi, potremo dormire fino a tardi domani.» Jack diede al suo giovane amante un'occhiata canzonatoria, ma la cosa non arginò le preoccupazioni di Lucas. C'era senza dubbio qualcosa di strano e quello non era certamente il weekend adatto per ammalarsi.

In pochi minuti furono nei loro abiti da ufficio, mentre una macchina li aspettava per portarli all'Ambasciata americana.

Come Jack aveva previsto, le trattative furono difficili. Ogni Ambasciatore aveva le sue ragioni per preferire una tattica piuttosto che un'altra per persuadere i loro rispettivi governi a cambiare idea. A un certo punto, Lucas suggerì che forse avrebbero dovuto parlare con le nazioni ospiti separatamente. La proposta fu accolta dallo sguardo molto chiaro di quattro persone attorno al tavolo che diceva 'tu sei troppo giovane e inesperto per capire'.

Quando Lucas guardò Jack per avere sostegno, vide che l'americano stava chiaramente lottando contro qualcosa. Era pallido e sudato e i suoi occhi erano rossi e spenti.

All'una di notte, si decise che avrebbero dovuto riposare e riprendere le trattative alle nove del mattino seguente. Quando Jack si alzò dalla sedia, Lucas notò che barcollava un po' e afferrò il suo braccio per mantenerlo saldo.

«Stai bene?» sussurrò con uno sguardo preoccupato sul viso.

Jack si riprese velocemente e liberò il braccio non appena notò che alcuni degli altri ambasciatori guardavano nella loro direzione. «Sto bene,» gracchiò, con voce rauca e incerta.

Lucas si preoccupò durante il tragitto verso l'albergo e poi ancora di più quando entrarono nella stanza di Jack e l'americano non volle farlo rimanere.

«Va' nella tua camera, Lucas. Abbiamo solo poche ore di sonno e ti terrei solo sveglio.»

Lucas non sapeva come persuadere Jack a farlo rimanere. «Voglio prendermi cura di te, Jack. Per favore non mandarmi via. Sono preoccupato. È evidente che sei malato.»

L'appello di Lucas fu accolto dallo sguardo severo di Jack. «Lucas, sto bene, ho solo bisogno di dormire. Mi sembra di avere il cervello che fa a pugni per uscirmi dal cranio.»

Lucas sospirò e ammise la sconfitta, ma non aveva intenzione di rinunciare completamente.

Andò verso il suo letto e rimase sdraiato ascoltando i suoni nella stanza accanto.

Un po' di tempo dopo si svegliò sentendo un rumore sordo e una imprecazione indistinta. Lucas non volle alzarsi immediatamente, ma quando sentì Jack tossire e poi il rumore di un bicchiere che si rompeva, decise di dare un'occhiata. Sapeva che era meglio non accendere alcuna luce, temendo che questo avrebbe aggravato il mal di testa di Jack. Fu comunque in grado di trovare la strada per il bagno, dove riuscì a distinguere l'americano appoggiato contro il lato della porta.

«Non avvicinarti. C'è vetro ovunque.» La voce di Jack risuonò bassa e rauca.

Lucas si fermò immediatamente, rendendosi conto di essere scalzo. «Va bene se accendo la luce?»

Un grugnito fu tutto ciò che riuscì a ottenere come risposta. Retrocesse e accese comunque la luce nella sua stanza, sperando che ciò fornisse abbastanza visibilità, senza peggiorare il mal di testa di Jack. Infilò anche le scarpe in modo da non tagliarsi i piedi.

Quando alzò gli occhi, vide Jack ancora appoggiato contro lo stipite della porta: gli occhi serrati e la faccia girata. Lucas sentì le schegge di vetro crepitare sotto le scarpe mentre vi camminava sopra.

«Rimani lì, Jack, ti vado a prendere le scarpe.»

L'americano lo spinse via. «Va' via, Lucas,» disse gesticolando per allontanarlo, «lasciami in pace.»

Lucas, che non si scoraggiava facilmente, disse con voce calma e confortante: «Lascia solo che ti accompagni a letto tutto intero. Toglierò il vetro e poi ti lascerò dormire. Cosa stavi facendo comunque?»

Jack, con gli occhi ancora chiusi, emise un sospiro seccato. «Stavo prendendo un maledetto bicchier d'acqua, cosa volevi che facessi?» Jack sobbalzò mentre la sonorità della sua voce echeggiava nel piccolo bagno.

«Bene, ti prenderò un bicchiere d'acqua, ma lascia che ti aiuti a…»

«Vattene, porca miseria; non sei la mia fottuta moglie. E non ho bisogno di una cazzo di babysitter!»

Lucas inalò profondamente, cercando di mantenere le emozioni sotto controllo mentre si muoveva nella stanza debolmente illuminata per trovare le scarpe di Jack. Anche se non gli piaceva esattamente essere paragonato a Maria, cercò di rimanere calmo, immaginando che si sarebbe incavolato anche lui se fosse stato così male. Quando si rivolse di nuovo a Jack, si schiarì la gola prima di parlare, così la voce sarebbe apparsa morbida ma decisa. «Ascolta. Le tue scarpe sono davanti a te. Sono sicuro che non sei abbastanza ostinato da camminare a piedi nudi su dei vetri rotti.»

Si diresse verso la sua stanza per prendere un bicchiere pulito e dell'acqua e, quando ritornò, Jack era seduto sul letto, la testa tra le mani, ma indossava le scarpe.

Lucas gli porse il bicchiere. «Bevi, poi lo riempirò di nuovo per dopo.»

Jack bevve l'acqua avidamente, facendone scivolare un po' lungo la mascella, ma si rifiutò di restituire il bicchiere.

Lucas aggrottò le sopracciglia di fronte al comportamento di Jack. «Se vuoi comportarti da idiota e farti ancora del male quando ti alzerai assetato fra un'ora, bene! Vedrai come m'interessa!»

Con ciò Lucas se ne uscì infuriato dalla stanza e tornò nella sua.

Il mattino seguente, la porta di comunicazione era chiusa a chiave. Lucas si accasciò sul letto e sospirò. Questa era quella parte della relazione cosiddetta 'in salute e in malattia', non dicevano così? Forse non era così per loro, forse Jack gli stava dicendo che era solo un compagno di scopate e, quando la scopata era fuori questione, non era più necessario. Ciò nonostante Lucas era ancora preoccupato per l'americano, così bussò alla porta di comunicazione.

«Jack? Jack, mi fai entrare, per favore?» Sospirò quando non ricevette risposta. «Almeno dimmi se sei sveglio, se stai bene?»

Ancora nessuna risposta.

Pensò di forzare la porta, ma si rese conto che forse era eccessivo. Jack era probabilmente al piano di sotto a fare colazione.

Non rivide il suo amante fino a quando non arrivò nell'atrio per aspettare il conducente. Jack sembrava non aver dormito affatto e stava trattenendo un colpo di tosse.

«Stai bene?» chiese Lucas con esitazione

«Sì, sopravvivrò,» dichiarò Jack in modo assente. Il viaggio in macchina trascorse in un silenzio spiacevole, mentre Lucas si domandava cosa passasse per la testa di Jack. Era solo malato e stanco o era stanco di lui? La relazione che stavano portando avanti stava diventando troppo pesante? Decise di lasciar perdere, sapendo molto bene che potevano affrontare l'argomento della loro vita privata solo all'interno della loro stanza.

Le trattative con gli altri ambasciatori sembrarono leggermente più semplici quella mattina, poiché la maggior parte di essi aveva goduto di una buona notte di riposo. Così furono presto perfettamente pronti per l'incontro con i capi delle nazioni che evitavano di unirsi agli americani e ai britannici nella loro 'alleanza'. Lucas fu colpito dalla capacità di ripresa di Jack. Sapeva esattamente quanto poco avesse dormito, quanto si sentisse indisposto, ma l'americano era concentrato e andava al sodo.

Come al solito le trattative non erano condotte con i leader delle nazioni, ma con i rappresentanti di minore importanza, i vice ministri degli esteri e più tardi i ministri stessi, ma i progressi erano inesistenti. Si continuava a dibattere sulle stesse questioni. L'America era troppo intraprendente, aveva agito in modo irrazionale durante l'invasione e ora chiedeva aiuto per restaurare la pace in una nazione che aveva gettato nel caos. I rappresentanti di Belgio, Francia e Germania non erano disposti a inviare truppe in una nazione dove la possibilità di incidenti era alta, per aiutare a risolvere un problema che ai loro occhi era causato dall'arroganza dell'America che si attribuiva il ruolo di organizzazione mondiale di polizia.

Lucas era già abbastanza bravo a leggere il linguaggio del corpo di Jack da sapere che quest'ultimo concordava con quel punto di vista e che tutto ciò stava rendendo il lavoro molto più difficile. Notò inoltre che Jack incominciava ad aver problemi di concentrazione, ma sapeva che era meglio non intervenire. Gli occhi dell'americano apparivano più iniettati di sangue a ogni minuto che trascorreva. Era sempre più pallido e sudato man mano che le cose si avviavano al termine.

Il Primo Ministro belga, il Cancelliere tedesco e il Presidente francese furono introdotti all'ultimo minuto per discutere i dettagli delle trattative.

A Jack, che aveva i seggi dell'Unione Europea e della NATO nella 'sua' nazione, fu data l'ultima parola con il consenso degli ambasciatori. La sua voce era tesa e roca ma, da consumato professionista qual era, apparve calmo e controllato e Lucas si domandò se fosse il solo a rendersi conto di quanto Jack stesse male. L'americano parlò della necessità di mostrare un fronte unito, di quanto queste tre nazioni, anche l'Unione Europea, avessero indebolito la posizione delle nazioni occidentali contro il fondamentalismo islamico che si stava impadronendo del mondo.

Fu inutile, come ci si aspettava.

Quando Jack si alzò dal tavolo per stringere le mani alla controparte, Lucas lo vide sobbalzare e riprendersi velocemente. Fu solo quando i capi politici ebbero lasciato la stanza e rimasero solo i sei ambasciatori e i funzionari esteri del Regno Unito che Jack collassò letteralmente. Lucas era all'altro lato del tavolo della conferenza quando vide l'americano farsi grigio in volto. L'Ambasciatore in Germania fu abbastanza veloce a intervenire con una sedia per evitare che Jack cadesse a terra dopo aver sbattuto contro di lui. «Bene, sembra che se ne siano andati appena in tempo,» ridacchiò il corpulento americano. «Christensen non sembra lasciarsi sconfiggere molto facilmente,» disse al loro ospite.

Lucas fu veloce a raggiungere quella parte del tavolo e si accovacciò davanti a Jack, studiandone il viso pallido. «Non vede che sta male? Le dispiacerebbe chiamare un dottore?» L'Ambasciatore in Francia sollevò un sopracciglio e chiamò uno dei suoi assistenti.

Jack alzò la mano. «No, nessun dottore."

Lucas mise le mani sulle ginocchia del suo amante. «Jack, per favore, stai chiaramente male, hai bisogno…»

Jack scosse la testa. «Ho il raffreddore, forse l'influenza, nient'altro. Torniamo in albergo così posso dormire.»

Un uomo giovane e alto con un marcato accento francese si chinò sui due. «La vostra macchina sarà qui a breve, signori.»

Lucas notò le sopracciglia alzate e gli sguardi insicuri negli occhi degli altri uomini mentre aiutava Jack ad alzarsi dalla sedia e a mettere il braccio intorno alla sua spalla.

ARRIVATI nella camera dell'albergo, Lucas aiutò Jack a togliersi il completo. Mentre metteva la mano sulla schiena del suo amante, si rese conto che la sua camicia era bagnata fradicia. «Jack, stai bruciando, lascia che ti aiuti.»

Jack era troppo esausto per lottare e lasciò che Lucas gli togliesse la camicia. Lucas spinse l'americano nel bagno, inumidì una pezzuola e gli pulì il viso, le spalle e il torace, prima di trascinarlo nella stanza dell'albergo debolmente illuminata.

«Ecco, siediti qui,» sussurrò e ritornò poco dopo con boxer asciutti e una T-shirt pulita. Prima di aiutare Jack a cambiarsi gli offrì un bicchiere di acqua fredda.

«Non sei allergico all'aspirina, vero?»

Jack non rispose immediatamente.

«Amore, è importante. Aiuterà la febbre a scendere e forse calmerà anche il mal di testa, così potrai dormire.»

Jack scosse la testa e sorrise debolmente. «L'aspirina va bene. Grazie.»

Lucas gli porse due compresse. «Ora prendile e bevi tutto il bicchiere. Hai bisogno di bere, Jack, perché a giudicare dalla tua camicia, hai perso molti più liquidi di quelli che erano nel bicchiere.»

Jack fece quello che gli era stato detto. Dopo aver restituito il bicchiere vuoto, volle sdraiarsi.

Lucas vedeva dal viso di Jack che gli doleva tutto, così lo aiutò a sistemarsi nel letto. Quando Jack toccò le lenzuola fresche, Lucas lo vide rabbrividire e gli sfilò in fretta sia i boxer che la t-shirt.

«Dio se fa freddo…» gemette Jack.

«Lo so, amore, aspetta, sono qui.» Lucas avvolse la coperta intorno a Jack ed entrò nel letto con lui, cingendolo a sua volta. Lentamente i brividi e il battere dei denti calarono e il respiro di Jack si calmò.

Il mattino seguente Lucas si svegliò con il delicato suono di una sveglia. Era su un fianco, con Jack addormentato tra le sue braccia. La pezzuola per il viso, che aveva inumidito in continuazione per metterla sul collo di Jack fino a quando gli analgesici avevano incominciato a fare effetto, era ora abbandonata sul pavimento. Sorrise sentendo i rumori congestionati che il suo amante faceva russando. Almeno gli analgesici gli avevano dato alcune ore di sonno e Jack non era più così caldo come era stato durante la notte.

Lucas scivolò velocemente fuori dal letto e si diresse verso il suo bagno.

Quando uscì dalla doccia, si avvolse un asciugamano intorno ai fianchi e tornò nella stanza di Jack, dove trovò il letto vuoto.

«Jack? Stai meglio?» chiese, mantenendo un tono di voce basso.

Anche Jack stava uscendo dalla doccia e Lucas non poté fare a meno di indugiare sul corpo magro e muscoloso del suo amante, ma poi si soffermò sugli occhi, segnati da profonde occhiaie.

«Sì, meglio. Non troppo, però.» Jack tossì forte, appoggiandosi al lavandino.

«Forse dovresti chiamare un dottore quando ritorni a casa,» suggerì Lucas.

Jack alzò le spalle e sorrise debolmente. «Starò bene. Mi sento molto meglio dell'altra notte, grazie a te.»

Lucas si avvicinò e cinse Jack con le braccia, ma l'americano lo allontanò.

Vedendo l'espressione confusa di Lucas, Jack giustificò: «Non voglio che ti ammali anche tu»

«Hai dormito tra le mie braccia, Jack. Se potevi infettarmi, sono sicuro che il danno sia già stato fatto.» Lucas sospirò e fissò lo sguardo sul pavimento. «Oppure è semplicemente una scusa? Se vuoi finirla, basta che tu me lo dica. Posso fare un sacco di cazzate, Jack, ma in una relazione… una relazione vera, desidero onestà. Non ho rotto con Lucy per buttarmi in un altro legame illusorio.»

«Non era una scusa, Lucas. Mi dispiace di averti allontanato. Vieni qui.» Jack allungò il braccio e fece cenno a Lucas di avvicinarsi. «L'onestà è un po' difficile. Ti ho detto che ho bisogno di tempo per dirlo a Maria.»

Lucas si avvicinò, guardando lo specchio, e lasciò che Jack lo abbracciasse. «Non è per Maria, Jack, è per noi.» Il viso di Lucas si rilassò un po' quando intravide loro stessi, seminudi, che si abbracciavano davanti allo specchio. «Hai un aspetto di merda, Jack.»

«Sì, immagino di sì, ma mi sento meglio di ieri. Non in forma, ma sono arrivato fino a qui.» Tossì per sottolineare il punto.

Lucas gli sorrise di rimando allo specchio in modo provocatorio. «Peccato... Mi sarebbe piaciuto scoparti davanti a questo specchio.»

Anche Jack sorrise. «Credimi, non è così divertente come puoi pensare.»

Lucas si girò con un'espressione scherzosa in viso. «Vuoi dire, tu e... Maria... davanti allo specchio?»

Jack annuì timidamente, facendo roteare gli occhi.

Lucas fece una risatina. «Me la sono sempre immaginata come una donna complessa. Ora perché non chiamiamo il servizio in camera e ci facciamo portare la colazione qui prima di andare a casa, amore?» Baciò la fronte di Jack e lo abbracciò forte prima di lasciare il bagno.

Jack si guardò le occhiaie intorno agli occhi. Perché aveva detto a Lucas cosa lui e sua moglie avevano fatto davanti allo specchio? E ancora più stranamente, non c'era alcuna gelosia negli occhi di Lucas mentre parlavano di Maria. Lucas sapeva che non c'era competizione?

Sospirò. La sua unica consolazione era che aveva un aspetto migliore rispetto a come si sentiva.

CAPITOLO
SEDICI

LA VITA ritornò alla normalità dopo il meeting di Parigi e Lucas e Jack trovarono una routine. Si incontravano nell'ufficio di Jack almeno una volta a settimana per discutere tutti i tipi di attività legati al lavoro e cercavano di tenere la loro passione dopo l'orario di lavoro, quando facevano l'amore nell'appartamento di Lucas prima che Jack tornasse a casa da Maria.

Jack, tuttavia, non aveva detto ancora niente alla moglie e Lucas non premeva sull'argomento. Le loro vite professionali stavano andando bene ed erano piuttosto sicuri dei loro reciproci sentimenti.

VENNE programmato che il consulente della sicurezza nazionale americana trascorresse esattamente ventidue ore sul suolo belga per fare un discorso all'Unione Europea, così Maria era stata occupata a organizzare l'aspetto sociale della visita. Si sarebbe tenuta una colazione in piedi all'Ambasciata dopo un benvenuto ufficiale all'aeroporto: questo richiedeva che Maria trascorresse diverse ore al giorno all'Ambasciata.

Gertje entrò nell'ufficio di Jack con i dettagli relativi alla sicurezza della visita da firmare.

«Sarò felice quando questa visita sarà finita,» sospirò.

Jack fece una risatina. «Così Maria starà fuori da piedi?»

«Perché dice una cosa del genere?» chiese la donna, con ostentata innocenza.

«Voi due, lei e Maria, vi strofinate l'un l'altra contropelo. Non c'è nessun bisogno di nasconderlo,» Jack le rispose in modo divertito.

«Bene, non mi deve piacere, non sono sposata con lei,» disse scherzando, «ma non voglio negare che sarà bello, per entrambe, quando tutto questo sarà finito.»

Stava separando i documenti che erano sparpagliati a casaccio sulla scrivania di Jack come al solito. «La sua agenda è vuota per il resto della giornata. Andrebbe bene se me ne andassi un po' prima questa sera? Mio marito ha un appuntamento con il medico e vorrebbe che ci fossi anch'io. Annemarie sarà qui al mio posto, se ha bisogno di qualcosa.»

Jack alzò gli occhi da quello che stava firmando. «Sì, certamente. In realtà, posso andarmene presto anch'io. Non mi capita molto spesso.»

Quando tornò a fissare i documenti, la donna gli sorrise in modo materno. Sapeva che non stava andando a casa da sua moglie, ma poiché non erano affari suoi, sapeva che era meglio tacere. Desiderava solo poter essere in ufficio a coprirlo come aveva già fatto molte volte.

«Bene, vorrebbe controllare il calendario per domani ora o preferisce che lo facciamo domani mattina?» chiese dopo che lui le restituì i documenti firmati.

«Domani va bene, grazie, Gertje. Vada pure e mi saluti Eddy.» Le sparò un sorriso a trentadue denti e lei uno riconoscente mentre lasciava l'ufficio e chiudeva la porta dietro di sé.

Era preoccupata per lui. Maria non era una stupida e tutto quell'agire di nascosto sarebbe sicuramente arrivato all'attenzione di sua moglie, presto o tardi.

JACK aveva chiamato Lucas per combinare di incontrarsi un po' prima, ma fu il primo ad arrivare. Fortunatamente aveva la chiave del suo appartamento ora.

Lucas irruppe in casa solo pochi minuti più tardi e arrivarono a malapena in camera da letto mentre questi si toglieva in fretta gli abiti aggredendo affamato la bocca di Jack. Quando si rese conto che Jack era meno entusiasta, si fermò.

«Cosa c'è?»

Jack gli fece un sorriso divertito. «Avevo intenzione di dire che abbiamo tutto il tempo che vogliamo, stasera. Maria non sarà a casa fino a mezzanotte circa, così possiamo prendercela comoda.»

«Mi stai dicendo che ti sto consumando, vecchio mio?» rispose Lucas scherzando.

«No, ti sto dicendo che abbiamo tempo per cenare insieme, forse guardare un film…»

Lucas gettò a Jack uno sguardo di finto disappunto.

«Ma, dal momento che sei già praticamente nudo…» Jack guardò Lucas con aria canzonatoria, sapendo che un attento esame avrebbe reso nervoso il suo giovane amante, prima di buttarsi su di lui. Lo abbracciò e circondò con le mani le natiche dell'inglese, attirandolo verso il suo rigonfiamento crescente. «Puoi avere da me quello che vuoi.»

Lucas non sprecò tempo mentre afferrava Jack, avvolgendo le gambe intorno ai fianchi dell'americano. I due uomini caddero sul letto ed entrambi risero mentre scricchiolava sotto quell'assalto furioso.

«Per un momento ho pensato che saremmo finiti sul pavimento,» ammise Lucas.

«Beh, visto che non ci siamo schiantati nella stanza del vicino del piano sotto, non mi interessa dove atterreremo.»

Jack spostò gentilmente i ricci dalla fronte di Lucas e il giovane smise di ridacchiare. «Dio, ti amo.»

Lucas sorrise serenamente mentre Jack spostava il suo peso in modo da essere completamente sopra di lui.

IL SUONO del cellulare svegliò Lucas. Si rese conto che il corpo caldo che abbandonava le sue braccia era quello di Jack che si alzava per rispondere al telefono; si rese anche conto che si erano addormentati e che non aveva idea di che ora fosse.

Avevano fatto l'amore lentamente e facilmente, ormai erano così abituati al modo in cui i loro corpi interagivano che era confortante, ma lungi dall'essere noioso. Jack sottoponeva Lucas a una lenta e stuzzicante fellatio, fino al punto in cui Lucas pensava che non sarebbe stato in grado di farcela, poi lo lasciava in attesa, a strisciare fino a lui, chiedendogli di essere scopato. Lucas non riusciva mai a resistere a Jack quando lui era così bisognoso, perché Jack non mancava mai di lasciarsi completamente andare alla sensazione di essere posseduto dal suo amante. E Lucas avrebbe fatto assolutamente qualsiasi cosa per far tremare e rabbrividire il corpo dell'americano per la potenza dell'orgasmo. Poi rimanevano vicini, godendosi la sensazione di brividi e sussulti, finché i loro corpi si scioglievano e cedevano al sonno.

Jack si stese accanto a Lucas di nuovo, scuotendo il giovane uomo dalle sue piacevoli fantasticherie.

«Mi vuoi sposare?»

Lucas corrugò la fronte e sorrise. «Di cosa stai parlando?»

Jack guardò Lucas con così tanto amore negli occhi che sapeva di poter solo annuire, ma era curioso di capire cosa avesse provocato quella domanda improvvisa.

«Gertje ha appena chiamato,» spiegò Jack. «È su tutti i notiziari. La legge è approvata, Lucas. Tutto ciò che devono fare è pubblicarla e le persone dello stesso sesso si potranno sposare in questo paese»

«Bene, se così fosse, non penso che tu mi possa sposare prima di divorziare da Maria»

Jack si piegò in avanti per baciare teneramente il suo giovane amante. «Lo so, ma… è stato bello chiedertelo, ecco tutto.»

«Che ore sono?» Lucas chiese tranquillamente, portando entrambi di nuovo sulla terra.

«Ora di andare, temo.»

JACK arrivò a casa poco prima delle undici, sperando di avere tempo per farsi una doccia e trascinarsi a letto, prima che Maria arrivasse a casa dalla visita fatta con i Club delle donne americane al festival del film di Gand. Non ebbe una tale fortuna.

Quando entrò, vide la luce accesa in biblioteca e questo poteva solo significare che Maria era arrivata prima di lui. Per un momento, pensò di cavarsela tranquillamente andando di sopra, ma si rese conto che avrebbe solo ritardato l'inevitabile, perciò si diresse dove Maria era seduta,vicino a una lampada da tavolo con un libro tra le mani.

«Sei in anticipo.» La sua voce risuonò forte nella stanza tranquilla.

«… e tu sei in ritardo, signor Ambasciatore.»

Ogni volta che usava quel termine, la sua voce era di solito morbida e scherzosa, ma non lo fu in questo caso.

«Sì, sono stato trattenuto.» Cercò di rimanere vago.

«Riunione?» chiese Maria con voce di ghiaccio.

«Sì, qualcosa del genere.» Jack capiva che stava camminando sul ghiaccio sottile.

«Secondo la tua segretaria, te ne sei andato in anticipo oggi. Dovresti rendere i tuoi racconti attendibili se hai intenzione di mentirmi, Jack.» Sollevò lo sguardo osservandolo con i suoi occhi scuri e penetranti.

«A dire il vero la signora Claessens se n'è andata prima di me, così non poteva saperlo.» Jack tentò.

«Non ho parlato con la tua piccola adorante fan, Jack, ma con la ragazza giovane, Annemarie.»

Jack si chiese per un momento se doveva dirglielo e basta, ma lei sembrava arrabbiata e sconvolta, e il solo modo per avere una conversazione civile dipendeva dal fatto che lei fosse calma e rilassata. Doveva solo improvvisare.

«È solo una segretaria generica; non poteva conoscere il mio calendario. Stai facendo di una mosca un elefante, Maire. Sono stanco, vado a letto.»

«Non così velocemente, furbone. Pensi davvero di poter nascondermi il tuo piccolo patetico segreto, vero? Non essere ridicolo.»

Jack sorrise, cercando di placare la situazione. «Di cosa stai parlando?»

«So di te e del tuo... amichetto.» Socchiuse gli occhi guardandolo e disse con violenza le ultime parole. «In realtà, lo so da settimane.»

Jack alzò le sopracciglia e le diede uno sguardo che significava *cosa stai farneticando?*

«Non riuscivo proprio a credere che tu fossi così stupido da mettere in pericolo le nostre vite in questo modo.»

Jack sapeva che non stava scherzando. Stavano facendo un gioco duro e Maria giocava solo per vincere, ma non aveva intenzione di negare l'esistenza di Lucas.

«Non riesco a vedere cosa sia cambiato nelle nostre vite, Maria,» disse in modo ragionevole. «Tu vai ancora al tuo Club delle donne americane. Organizzi ancora gli eventi mondani dell'Ambasciata. Sei ancora la moglie dell'Ambasciatore.»

Capiva che lei stava riacquistando il suo sangue freddo.

«Ho visto come guardi gli altri uomini, mi sono persino domandata...»

«Cosa?»

«Dove vanno a parare i tuoi veri interessi. Ma non me ne curavo.»

Ora stava mostrando la sua vera personalità.

«Naturalmente non ti interessava. Finché riuscivi ad ottenere quello che volevi da questa relazione, giusto?»

Maria si alzò dalla sedia e si appoggiò sulla scrivania tra di loro. «Non avrei mai pensato che fossi disposto a rischiare qualsiasi cosa per scopare alle mie spalle, Jack. Siamo una bella squadra, cosa diavolo credevi di fare?»

Jack sospirò, cercando di raccogliere i pensieri e di trovare il coraggio. Cosa sarebbe successo se le avesse semplicemente detto che amava Lucas? Che non poteva più vivere senza di lui, che avrebbero dovuto semplicemente divorziare, così almeno avrebbe potuto salvare la faccia?

Capì che lei si stava ammorbidendo un po', inclinando la testa su un lato, come faceva sempre quando cercava di costringerlo a vedere le cose a modo suo. «Abbiamo tutto quello che vogliamo qui, perché stai rischiando in questo modo?»

Non poteva retrocedere, ora. «Bene, forse *tu* hai tutto quello che vuoi.»

Lei alzò le spalle e incominciò a guardarlo di nuovo sulla difensiva. «Oh, così non sono più abbastanza attraente per te? È così? Dopo tutto quello che ho fatto per la tua carriera!»

«Maria, sai che non è così.»

«Questo è tutto il ringraziamento che ottengo? Il mio meraviglioso, affidabile Ambasciatore e marito sta scopando a mia insaputa e, tra tutte le maledette persone che potrebbe avere, sceglie di scopare un giovane gigolò dell'Ambasciata britannica.»

«Non sai di cosa stai parlando. Non ha dovuto persuadermi.» Jack cercò di rimare calmo e finse di non averla udita mentre lanciava una coltellata a Lucas.

«Non ti chiederò cos'ha che io non ho, dal momento che è dannatamente ovvio, ma Cristo, Jack, perché ora? Perché lui?» Si stava addolcendo di nuovo, il tono era meno arrabbiato. Proprio ora, lui odiava il fatto che si conoscessero così bene. Odiava il fatto che poteva leggerla come un termometro e sapeva che lei poteva fare altrettanto con lui.

«Magari lo sapessi, Maire. Vorrei sapere perché. Sarebbe più facile spiegare perché ho tenuto a bada questi sentimenti così a lungo, ma ora non ci riesco più.»

«No, non volevi sapere, non è così?» Maria disse con violenza, furiosa, udendo Jack usare il suo soprannome durante un litigio. «Se tu l'avessi fatto, avresti pensato con la testa anziché lasciare che il tuo maledetto cazzo lo facesse *per* te! HAI FOTTUTO LE NOSTRE VITE, rendendomi ridicola, E TU NON TE NE RENDI CONTO?» Maria si lanciò contro Jack e lui le afferrò le mani, impedendole di colpirlo.

Chiuse gli occhi, respingendola ciecamente, cercando di impedire di essere attaccato. Non voleva perdere il controllo.

«Maria, è… Lo amo.» Era fatta. Jack non aveva detto il nome di Lucas, ma lui sapeva che lei aveva capito. Non poteva negare il suo amore per Lucas, non a lei. Meritava la verità da lui.

Maria indietreggiò, respirando forte, lo chignon che portava sempre così ordinato si era disfatto e i suoi capelli si erano sciolti.

«Amore? Non parlarmi d'amore. Tu mi hai usato e questo è tutto il ringraziamento che ricevo?»

Jack inalò profondamente, cercando anche di prendere fiato. «Ti ho usato non più di quanto tu abbia usato me. La mia posizione ti ha messo esattamente dove volevi essere, Maria.»

«E con ciò? Col tempo, scoprirai che anche il tuo piccolo vagabondo ti sta solo usando!»

Era tempo di difendere Lucas, poiché Lucas non era lì a farlo per sé. «Perché mi userebbe, eh? Non è che lui possa trarre beneficio da questa situazione. I miei contatti non aiuteranno la sua carriera, non come hanno aiutato la tua comunque.»

«Non essere ingenuo, Jack. Probabilmente colleziona ambasciatori come trofei, poi si trasferisce in un'altra nazione ed ecco un altro eccellente *culo proibito*,» disse con quell'aspetto di beffarda superiorità sul viso che Jack aveva sempre detestato.

«Non è così, Maire. Non lo conosci.»

«E tu invece sì, dopo poche settimane che lasci che sia il tuo cazzo a parlare? Raccontamene un'altra...» Stava fremendo di rabbia.

Jack si rese conto che, se non avesse mantenuto il suo sangue freddo ora, sarebbero finiti sui giornali.

Maria non stava tuttavia retrocedendo. «Non riesco credere che tu sia così egoista! Cosa ti ha fatto? Se tu avessi pensato a me almeno una volta, non lo avresti mai fatto. Sei uno sciocco, Jack.»

Jack inghiottì. «Io pensavo a te. Volevo che tu fossi in grado di allontanarti da questo a testa alta.»

Maria sbuffò. «Allontanarmi? Puoi dimenticarlo! Tutto questo finisce qui e ora!»

«Chi lo dice?»

«Lo dico io, come al solito.»

«Non puoi più dirmi come devo vivere come hai fatto negli ultimi quindici anni, Maria.»

Maria gli gettò uno sguardo disgustato. «Cosa?»

«Sai cosa intendo.» Jack non voleva assolutamente retrocedere ora.

«Vuoi dire che non hai intenzione di smettere questa idiozia? Oh, per amor del cielo, Jack, svegliati!»

«Non posso più farlo. Non posso più continuare questa farsa.»

«Esattamente come la penso io. Liberati di lui.»

«E cosa? Ritornare a questa fandonia di matrimonio?»

«Jack, non è una fandonia; formiamo una bella squadra, tutti dicono…» Maria stava tornando di nuovo alla seduzione e lui non voleva.

«Siamo stati più amici che amanti per anni, Maire.»

Lei scosse la testa. «E cosa c'è di sbagliato in questo? È più di quello che molte coppie hanno.»

«Voglio di più. Ho bisogno di qualcosa di più. Maria... lo amo. Non posso ignorarlo.»

«È un'avventura, Jack, una stupida avventura. Ci può solo rovinare, se la lasciamo continuare.»

«Mi sono sentito più vivo con lui che negli ultimi vent'anni.»

Maria rise. «Per amor di Dio, ascoltati. Sembra che tu racconti la trama di un romanzo economico.»

«Maria, puoi andare avanti. Sono sicuro che puoi continuare la tua carriera. Hai un'ottima reputazione nel campo diplomatico.»

«FOTTITI, JACK! Io non voglio andare avanti, voglio quello che ho qui e lo voglio ora. Non pensare per un secondo che abbia intenzione di rendere le cose facili a te e al tuo piccolo vagabondo.» Serrò i pugni finché le nocche non diventarono bianche. Per un momento pensò che avrebbe cercato di colpirlo ancora. «Non ti rendi conto di quello che ci causerà tutto questo?»

«Non se lo trattiamo nel modo corretto, Maria. Molte persone divorziano.»

«Rovinerai tutto ciò per cui abbiamo lavorato. Tutti i tuoi successi verranno dimenticati.»

Jack cercò di placarla con un sorriso. «No, non lo saranno, no…»

«Tutti ricorderanno lo scandalo dell'Ambasciatore e del suo amichetto britannico.»

«Non se trattiamo l'argomento con cautela.»

«Con cautela? Non è assolutamente possibile; se pensi che lui ne uscirà pulito, ti aspetta un'altra sorpresa.»

«Lascialo fuori da tutto questo, Maria!»

«Farò in modo che le persone giuste all'Ambasciata britannica siano informate di questo.»

«Maria, non… non trascinare anche la sua vita nel fango.»

«E suppongo che Lucy fosse a conoscenza di questo?»

«Vuoi dire che non è stata Lucy a dirtelo?»

«No, affatto. Lucy è scomparsa senza una parola. Ma tu hai due persone che ti coprono, la tua segretaria e il tuo agente dei Servizi Segreti, che dovrebbero solo imparare a raccontare le loro storie in modo onesto.»

«Perché devi trascinarli dentro?»

«Perché pensano che io sia stupida. Pensano di potermi gettare fumo negli occhi.»

«Bene, ti posso assicurare che Gertje certamente non ti considera una stupida.»

«Oh, non riesce a vedere oltre il suo meraviglioso *signor Ambasciatore*.»

Non stavano andando da nessuna parte. «Maire, discutiamone quando saremo entrambi un po' più calmi, okay?»

«Non c'è niente da discutere. Tu dici al tuo amante che è finita e torniamo a lavorare. Altrimenti nessuno di voi sarà mai più benvenuto nei circoli quando avrò finito con voi.»

«Cerca di essere concreta, Maria. Bisogna uscire da questa situazione con grazia altrimenti neppure tu avrai più una reputazione.»

«Fammi sapere se vuoi il tuo piccolo vagabondo o me. La tua reputazione è la mia reputazione, stupido uomo, e ora...» guardò l'orologio, «andrò a letto... da sola. Ci vediamo a colazione.»

«Non contarci,» non poté fare a meno di dire Jack.

CAPITOLO
DICIASSETTE

ERA ormai trascorsa mezzanotte quando Lucas fu svegliato dal campanello. Non c'era una sola persona a cui potesse pensare che potesse avere l'audacia di suonare a quell'ora di un giorno lavorativo, a meno che l'edificio non fosse in fiamme o qualcosa di ugualmente terribile. Cercò nell'oscurità un paio di calzoni e scivolò dentro di essi a metà strada tra la camera da letto e il soggiorno.

Quando aprì la porta, si coprì gli occhi con la mano riparandoli dal bagliore delle luci del corridoio.

«Jack, cosa…»

«Gliel'ho detto, Luke.»

«Bene, non rimanere lì in piedi. Entra! Ti ha buttato fuori?» Lucas stava strofinandosi gli occhi per il sonno, cercando di mettere a fuoco le immagini. «Vuoi del tè?»

Jack si lasciò cadere sul divano e aspettò finché Lucas ritornò con due tazze fumanti.

«Era già a casa quando sono tornato. Ha detto che sapeva… di noi.»

Lucas, ora completamente sveglio, cercò di dare al suo amante uno sguardo comprensivo quando si sedette vicino a lui sul divano. «Glielo ha detto Lucy?» La sua voce era appena udibile.

Jack si appoggiò contro Lucas, scuotendo la testa mentre la riposava sulla spalla del giovane uomo. «Le ho chiesto il divorzio e lei ha detto di no.»

Il cuore di Lucas fece un balzo udendo la confessione di Jack. Odiava vedere il suo amante così

173

triste, ma allo stesso tempo stava quasi saltando di gioia per il fatto che Jack avesse scelto lui in modo così chiaro.

Cercò di mantenere la sua voce neutra, quando parlò. «Sono sicuro che ha solo bisogno di tempo per pensarci su, Jack. Una volta trascorsa la notte, si renderà conto che ti ha veramente perso, capirà che è meglio farlo in modo calmo e in una sorta di reciproca comprensione. Non sceglierà di litigare su questo e renderlo un grande spettacolo pubblico.» Appoggiò delicatamente la mano sulla coscia di Jack mentre questi si raggomitolava contro di lui. Aveva fatto ciò che il suo cuore gli diceva di fare e avvolse le sue braccia intorno al suo amante. Rimasero così per un attimo senza parlare e senza nemmeno guardarsi, rimasero solo vicini. Lucas sentì Jack rilassarsi tra le sue braccia e incominciò a pensare che poteva abituarsi a questo. «Puoi rimanere qui, Jack.»

Jack alzò lo sguardo verso di lui. «Ho bisogno di risolvere la questione, Lucas. Non posso lasciare che trasformi tutto questo in uno spettacolo da circo. Avremo bisogno di tenere un basso profilo per un po'. Possiamo farlo?»

Il cuore di Lucas fremeva per l'intensa tristezza negli occhi di Jack. «Non siamo sempre stati discreti?»

Jack si mosse per baciare Lucas. Aveva gli occhi chiusi e Lucas poté quasi vedere le lacrime che si formavano dietro le palpebre del suo amante. «Per favore... Dammi tempo e spazio per risolvere tutto, baby.»

Lucas poté solo annuire, mentre Jack lo lasciava seduto sul divano. Quando sentì la porta d'entrata chiudersi, tirò su le ginocchia e avvolse le braccia intorno a esse, sentendo improvvisamente freddo.

«GRAZIE per avermi incontrato qui.»

Alcuni giorni dopo la lite con Maria, Jack aveva chiamato Sean e lo aveva invitato a bere qualcosa dopo il lavoro. Andarono in un caffè nell'area interna di Bruxelles, abbastanza lontano dal quartiere europeo per non imbattersi in qualcuno delle altre ambasciate.

Erano entrambi alla loro terza, rilassante birra e avevano parlato dei vecchi tempi, quando erano ancora anonimi membri del personale subalterno e venivano mandati a qualsiasi Ambasciata avesse bisogno della loro particolare competenza.

Sean sapeva che, anche se lui e Jack erano vecchi amici, in quei giorni il tempo era troppo prezioso per entrambi per essere sprecato a ciondolare in un bar.

«Mi è difficile credere che tu mi abbia chiesto di venire qui solo per parlare dei vecchi tempi. Dai, spara: di cosa volevi parlare, davvero?»

«Bene, ho bisogno del tuo esperto consiglio su una cosa, Sean.» Jack sospirò. «Qualcosa di personale.»

Sean fece una risatina e bevve un sorso dalla pinta. «Così hai deciso, chiediamo a colui che ha fatto della sua vita privata un completo disastro. Sei tu quello che era solito darmi consigli, ricordi?»

Jack non sorrise. «Ho chiesto il divorzio a Maria.»

Sean alzò lo sguardo verso Jack e il sorriso lasciò il suo volto quando vide che il suo amico non stava scherzando. «Cristo, Jack! Ho sempre pensato che foste una coppia perfetta. Cosa è successo?»

Jack alzò le spalle. «Stavamo piuttosto bene insieme, ma eravamo ben lontani dalla perfezione, Sean.» Non sapeva quanto potesse dire a Sean. Il suo vecchio amico avrebbe capito?

«Beh, nessun matrimonio è perfetto, amico, ma tu e Maria facevate sembrare tutto facile; inoltre è una diplomatica migliore di tutte le mie tre mogli messe assieme.» Sean fece una risatina e aggiunse in modo più serio: «Cosa non ha funzionato?»

Jack sospirò. Non poteva spifferare tutto, non importava quanto intimi fossero. Non tutto subito, comunque. «Ho incontrato qualcun altro.»

«Dai, Jack.» Il sorriso di Sean ritornò. «È quella testa rossa che lavora alla reception? Deve avere qualcosa di speciale se hai intenzione di lasciare Signora Perfezione per lei.»

«Non è lei.» Jack tirò fuori il portafoglio per pagare le birre. «Senti, Sean, ho sbagliato a venire qui. Mi dispiace, ti ho fatto sprecare del tempo.»

Sean afferrò Jack per il braccio mentre quest'ultimo tentava di alzarsi. «Mi dispiace, non è stato molto intelligente da parte mia. Siediti un attimo. Tu ovviamente vuoi un consiglio e io sto chiaramente dicendo tutte le cose sbagliate...»

Jack si lasciò cadere di nuovo sulla sedia. «Mio Dio, sei un campione nel fare gaffe.» Un breve sorriso attraversò il suo volto.

«Uno dei miei molti talenti.» Sean mostrò il suo sorriso più disarmante. «Immagino che non fosse divertita quando le hai detto che c'era qualcun'altra?»

Jack scosse la testa, mentre fissava il tavolo. «Non vuole concedermi il divorzio.»

«Non può fermarti ora, vero? So che non può. La mia prima moglie tentò di farlo. Presenta un'istanza di divorzio, cita inconciliabili differenze e finisce così.»

Jack guardò il soffitto e sospirò. «Ci trascinerà nel fango e ce la farà pagare. La stampa avrà una giornata campale.»

Sean fissava con insistenza Jack, che stava ancora evitando i suoi occhi. «Noi? Tu e la tua ragazza? Farebbe meglio ad abituarsi a un attento esame se ha intenzione di prendere il posto di Maria, Jack.»

«Io e lui, Sean.» Jack si voltò a guardarlo, finalmente, e vide l'espressione sul viso di Sean passare dal divertimento allo stupore.

«Stai scherzando, vero?» Lo stupore di Sean crebbe, mentre Jack lentamente scuoteva la testa. «Sei serio? Jack! Un uomo? Cristo, sai come può seriamente fotterti la carriera, vero? Voglio dire, sei sicuro di questo? Hai pensato alle conseguenze?»

«Scusa, ma non pensi che, se lo avessi pianificato, lo avrei fatto in modo leggermente diverso?»

«Sì ma, diavolo, amico… un uomo? Voglio dire, non hai mai detto niente...»

Jack alzò le spalle. «Non è il tipo di cosa che racconti con disinvoltura al tuo migliore amico, giusto?» Divenne un po' più tranquillo e più pensieroso. «Dopotutto, non volevo perderti come amico, Sean.»

«Scordatelo, bello. Come se la cosa mi preoccupasse. Però… sei stato sposato per quanto? Quindici anni? Hai la moglie perfetta per un diplomatico e una qualifica molto alta nel servizio diplomatico.»

«Sembra perfetto, vero? Beh, non è così.»

«Ora, all'improvviso, hai deciso che ti piacciono gli uomini e stai per gettare via quindici anni di matrimonio *e* la tua carriera per uno di loro?»

Jack pensò che il tono di voce di Sean fosse un po' troppo forte, così abbassò il suo, non volendo attirare l'attenzione su di loro. «Non è all'improvviso e non è una cosa che ho *deciso*. Ascolta, Sean, dimentica tutto, va bene?»

«Dai, mi stai prendendo in giro, giusto? Chi diavolo è comunque? Uno dei tipi della sicurezza, ti fa sentire sicuro in questi momenti agitati o qualcosa del genere?»

«No, non è uno della sicurezza.» *Probabilmente pensa che mi piace Mark,* Jack realizzò.

«Ehi, magari è un sintomo di stress. Lavori troppo; hai bisogno di una pausa.»

«Oh, d'accordo, ho bisogno di una pausa. Dimentica tutto, Sean. Lo stress non ti fa piacere gli uomini. Mi sono sempre...» Sospirò. «Mi sono sempre piaciuti gli uomini, solo che non sono mai... passato all'azione.»

«E decidi adesso? Tempismo eccezionale, amico. E chi è, dannazione? Qualcuno che io conosco?»

«Non importa chi è, Gallagher.»

Sean socchiuse gli occhi e guardò il suo amico. «Io penso di sì.»

«Perché?» Jack si rese conto che stava costantemente aumentando il tono di voce e quindi lo abbassò. «Per soddisfare la tua curiosità?»

«Ti conosco troppo bene. C'è qualcos'altro sotto; stai nascondendo qualcosa.»

Jack sospirò e scosse la testa. Non poteva assolutamente dire a Sean che era Lucas. Sean era il suo capo e probabilmente lo avrebbe licenziato per questo. Forse non l'avrebbe fatto, ma non poteva dirlo adesso, non senza averne discusso con Lucas prima.

Sean socchiuse gli occhi. «È come quando sapevi che Shannon si vedeva con quel giornalista. Hai cercato di dirmelo, di avvertirmi, di prepararmi all'abbandono. Hai lo stesso sguardo sul viso, ora.»

«Beh, mi dispiace, Sean. Non posso... Fidati di me, okay?»

«Perché ho quella sensazione di déjà vu adesso, come se mi stessi perdendo ancora un punto importante? Almeno so che non ti stai scopando la mia maledetta moglie.»

«Questo è il Gallagher, che conosco! Eccezionale stratega, ma sempre all'oscuro, quando si tratta di sentimenti.»

«Okay, hai detto a Maria di questo tipo, perciò... penso tu sia serio?» Sean guardò il suo amico con aria comprensiva.

Jack desiderò di potersi fidare di lui, che adesso era al corrente che era innamorato e aveva una relazione.

«Sì. Immagino. Sono... serio. Non gliel'ho detto, però. Lo ha scoperto.»

«E ora è molto incazzata?»

«Come puoi immaginare... La conosci, Sean.»

«Cazzo, amico, hai fatto un casino. Cosa diavolo diranno a Washington?»

«Beh, posso senz'altro dire addio a questo lavoro. È l'ultima volta che scelgono un democratico, immagino. Siamo tutti un po' troppo progressisti per i gusti del Presidente comunque e qui glielo sto rendendo più che evidente.» Jack alzò le spalle.

Quando Jack guardò Sean, vide i suoi occhi brillare di malizia. «Anche se penso che una volta che il lavoro non c'è più... beh, Maria non resterebbe, vero? Presumo che tu voglia dare le dimissioni? Piuttosto che essere buttato fuori...»

Jack guardò Sean, con il viso serio. «Così, pensi mi lascerebbe se mollassi questo lavoro? Non sono un rinunciatario, Sean! Sono arrivato dove sono non mollando.» Jack sospirò mentre diceva queste parole.

«Dai, guardiamo le cose obiettivamente, amico. Maria è la moglie di un diplomatico pezzo grosso, questo è certo, ma nel momento in cui non lo sarai più, contando anche che da quello che mi stai dicendo le cose fra voi non vanno comunque bene, per quale motivo dovrebbe rimanere?»

«Per qualche motivo non penso che si preoccupi se le cose vanno male, Sean. Si sta tenendo stretta il suo stile di vita. Dice che questo è quello per cui ha lavorato tutta la vita e non ha intenzione di lasciare che io mi allontani da lei.»

«Lo so che non è il tuo stile, amico, ma un conto è abbandonare e un altro è essere gettato in pasto alla pubblicità che non vorresti avere.»

«Potrei senza dubbio fare a meno della pubblicità, ma Maria minaccia comunque di scatenare un circo mediatico.»

«Ascoltami. Se hai veramente delle intenzioni serie riguardo a questo *qualcuno*, te ne andrai ora mentre sei al vertice. Se te ne vai prima, i giornali si dimostreranno meno interessati a questa storia. Ritorna a Washington e trovati un lavoro, uno che non sia così eccitante. A quel punto Maria non sarà così entusiasta di ciondolare non pensi?»

«Non posso mollare tutto nel mezzo di questo casino, Sean. Ho delle faccende in sospeso di cui devo finire di occuparmi. Poi… non so. A volte penso di voler portare a termine ciò che sto facendo e altre penso che non posso fargli questo.»

«Cosa vuoi dire, *fargli* questo? Ti stai preoccupando per lui? Sei tu quello che perde il lavoro, la carriera, la moglie...»

«Non solo io, Sean.» Jack guardò il soffitto e mormorò tra sé: «Cazzo, tre matrimoni…» E poi direttamente a Sean: «Ci sono due persone in questa relazione!»

«Non mi stai dicendo che questo tipo è sposato con qualcuno che ha una carriera di tutto rilievo?»

«Non ho intenzione di dirti nient'altro, Gallagher!»

«No, infatti… ed è quello che mi preoccupa. Allora cosa hai intenzione di fare? E cosa posso fare io?»

«Dovremo riparlare di questo in un altro momento, Sean.»

«Perché non lo sai o perché non lo dirai?»

«Devo cercare di risolvere con Maria per prima cosa; poi se non riesco proprio a farle cambiare idea...»

«È una donna maledettamente determinata, Jack. Mi ricorda la nostra cara vecchia Maggie. La signora non è per il cambiamento e così via.»

«Probabilmente avrò bisogno del tuo sostegno nelle trattative con i belgi.«

«Sono sicuro che Lucas ti aiuterà in quel caso. È la stella nascente alla nostra Ambasciata, lo sai. Se solo avesse una moglie come Maria…»

Jack cercò di mantenere il viso immobile. L'ultima cosa che voleva era che Sean cogliesse la sua reazione a quest'ultima dichiarazione. «Ascolta, è meglio che vada a casa, prima che Maria cambi le serrature.»

«La Thatcher l'avrebbe fatto nel momento in cui te ne sei andato!»

«Beh, tecnicamente non me ne sono ancora andato.»

Jack si alzò e gettò dieci euro in direzione di Sean.

«Dieci maledetti euro? Non la prenderò sul personale, penso di aver sempre saputo di essere un tipo da appuntamenti economici.»

Jack non poté fare a meno di sorridere. Sean era un buon amico. Sperava solo che sarebbe rimasto così.

DURANTE tutta la settimana, Lucas era arrivato presto al lavoro. Aveva avuto problemi a dormire. Sentiva la mancanza di Jack e trovava che immergersi nel lavoro fosse preferibile a rimanere coricato e rimuginare sulla loro relazione. Non alleviava la pena, ma almeno occupava la mente.

Jack aveva detto a Lucas di amarlo e glielo aveva dimostrato in varie occasioni, ma ora Maria sapeva e i dubbi si insinuavano dopo che Jack gli aveva chiesto di tenere un basso profilo. Perciò questo era quello che succedeva a dormire con un uomo sposato.

Lucas finì una lunga relazione sui doveri del suo ufficio di collegamento e sull'alleanza angloamericana riguardo alla guerra e si rese conto che aveva tempo per una tazza di tè prima di presentare il documento a Sean. Il banco delle bevande era dietro tutte le segretarie e sopra a esso c'era uno schermo televisivo di solito tenuto senza audio ma invariabilmente sintonizzato per mostrare le trasmissioni della BBC World. Gli occhi di Lucas furono attirati dal logo della CNN e dal nastro scorrevole delle news. Benché le parole passassero lentamente e si stessero allontanando dalla sua vista, lesse 'SEQUESTRATO A BRUXELLES'.

Fissò la televisione domandandosi quanto ci sarebbe voluto perché il messaggio passasse di nuovo sullo schermo, ma quando non riapparve entro pochi secondi, si rivolse a una delle segretarie.

«Chi ha il telecomando? Si può alzare il volume, per favore?»

Una delle ragazze immerse la mano nel cassetto e tirò fuori il telecomando. «Non possiamo alzarlo troppo e a dire il vero dovrebbe essere sintonizzato sul canale della BBC World.»

La ragazza cliccò uno dei pulsanti facendo sparire l'animato schermo della CNN e venne visualizzato lo sfondo molto più calmo con le notizie della BBC World.

«No!» Lucas disse bruscamente alla ragazza. «C'era qualcosa sulle notizie della borsa volevo sapere qualcosa di più, torna all'altro canale!»

La donna lo guardò alzando il sopracciglio, palesemente poco colpita, ma sintonizzò di nuovo il televisore sul canale della CNN. Il volume era alto ora e i servizi erano tutti relativi a esplosioni di macchine in Iraq e attentati suicidi su autobus in Israele. Lucas osservò il nastro scorrevole delle news con attenzione, aspettando il dato su Bruxelles. Non era sicuro perché leggere quelle parole lo avesse reso così ansioso e cercava di dirsi che probabilmente non era nulla, ma qualcosa nella sua mente gli aveva ricordato che Mark gli aveva detto che c'era una ragione per tutta quella sicurezza intorno all'Ambasciata americana. Voleva solo essere sicuro, voleva poter ritornare al suo ufficio con la tazza di tè e ridere di ciò, forse più tardi raccontare a Jack al telefono quello che era successo.

Eccolo sullo schermo, mentre il conduttore televisivo stava ancora parlando di tutto il denaro extra che il Presidente degli Stati Uniti chiedeva al Congresso per sostenere lo sforzo della guerra:

AMBASCIATORE DEGLI STATI UNITI SEQUESTRATO A BRUXELLES.

Lucas boccheggiò in modo udibile. *Oh mio Dio, Jack!* Poi si voltò verso la ragazza e le strappò il telecomando dalla mano.

«Signor Carlton, insomma!»

Sentì lo stomaco rivoltarsi e tutto il sangue defluire dal suo viso mentre schiacciava i canali nel disperato tentativo di ottenere maggiori informazioni. La televisione belga-fiamminga stava mostrando repliche delle notizie notturne, ma niente di più. I canali valloni-belgi non mostravano alcuna notizia. Nessuna notizia neppure sui canali tedeschi, così ritornò alla BBC World, neanche consapevole che stava borbottando «fottuti, fottuti, fottuti» ogni volta che premeva il tasto senza trovare niente.

«...pochi minuti fa. Testimoni riportano che sono stati esplosi due o tre colpi di arma da fuoco. L'Ambasciatore era accompagnato dall'autista e da un agente del servizio segreto. Vi aggiorneremo durante la

mattinata quando maggiori informazioni saranno disponibili.»

Lucas era stordito, incapace di pensare chiaramente. Jack era stato rapito. Chi? Perché?

E se i colpi sparati fossero stati rivolti a lui?

Chiama l'Ambasciata americana.

Lucas si girò e afferrò un telefono, compose il numero di Gertje a memoria.

«Ambasciata americana come posso aiutarla?» Non era Gertje,era il centralino.

«Lei non è Gertje, eh… signora Claessens.»

La voce amichevole rispose: «No, signore. Tutte le chiamate sono indirizzate al centralino. Chi devo riferire?»

Lucas sapeva che doveva provare. Respirò profondamente, cercando di controllarsi. «Il mio nome è Lucas Carlton. Sono l'ufficiale britannico di collegamento per la vostra Ambasciata. Vorrei parlare con la segretaria di Jack… del signor Christensen, Gertje Claessens.»

«Sono spiacente, signore, ma non posso inoltrare la comunicazione. Posso prendere un messaggio?»

Era come parlare con una maledetta segreteria telefonica. «No, non può prendere un messaggio. Se lo scordi!»

Lasciò cadere il telefono sulla scrivania, facendo sobbalzare la segretaria più vicina a lui, mentre si allontanava precipitandosi in direzione dell'ufficio d'angolo che era di Sean.

Spalancò la porta ed entrò senza bussare. Sean lanciò uno sguardo ai lineamenti tesi dell'ufficiale di collegamento e si rese conto che c'era qualcosa di molto grave che non andava.

«Non mi hanno voluto parlare all'Ambasciata americana e neppure le notizie dicono niente di nuovo,» Lucas spiattellò senza preambolo.

Sean diede al giovane uomo uno sguardo severo e poi annuì agli uomini seduti intorno al tavolo. «Possiamo riprendere domani quando la vostra relazione sarà finita. Vi ringrazio, signori.»

Lucas si sentì gelare quando si rese conto che aveva fatto irruzione nell'ufficio di Sean durante una riunione.

Quando gli uomini lasciarono l'ufficio, Sean si rivolse a Lucas. «Chiudi la porta e farai bene a darmi una spiegazione dannatamente buona per aver disturbato questa riunione!»

Lucas inalò profondamente e si leccò le labbra prima di rispondere. «Qualcuno ha rapito Jack.»

CAPITOLO
DICIOTTO

«MARK?»

«Mark, stai bene?»

«Mark, svegliati.»

Jack si sedette vicino alla sua guardia del corpo sul pavimento sporco di quello che sembrava un garage. Si sentiva dolorante per essere stato bruscamente spinto a terra dopo che Mark era caduto contro di lui, incapace di difendersi con le mani legate dietro la schiena. Mosse le spalle e poi le mani per riattivare la circolazione, ma continuavano costantemente a pizzicare per mancanza di flusso sanguineo. Aveva dei problemi a respirare, ma non pensava fosse il problema principale. Se non respirava troppo profondamente, stava bene.

Per Mark era un'altra questione. L'agente del servizio segreto aveva cercato di slegarsi le mani e, quando i due uomini mascherati lo avevano notato, uno di essi aveva puntato la sua pistola. Jack era nella linea del fuoco e Mark aveva fatto quello che era stato addestrato a fare: era saltato davanti a Jack. Di riflesso l'assalitore più giovane aveva sparato e Mark si era preso la pallottola destinata al suo Ambasciatore. Jack poteva solo sperare che il giubbotto anti proiettile di Mark avesse ricevuto la maggior parte dell'impatto, ma era sicuro di aver visto schizzare del sangue dalla camicia perfettamente bianca dell'agente.

Inoltre… Mark non si muoveva, ma Jack sperava fosse ancora vivo. Non riusciva a sentire il suo respiro e questo lo preoccupava. Tutto era così silenzioso da poter sentire il battito del suo cuore. Jack cercò di muoversi in modo da poter mettere l'orecchio sul torace di Mark e respirò di sollievo. Poteva sentire un debole battito cardiaco e un veloce respiro superficiale. Mark era vivo.

Quando Jack sollevò la testa dal torace di Mark, l'uomo ferito si mosse e aprì gli occhi scuri. L'agente sembrò disorientato e spaventato e il suo respiro, ora nettamente udibile, era ancora molto veloce e superficiale.

Jack sapeva che, se rimaneva calmo, sarebbe stato più facile sistemare Mark. Dopotutto, era stato addestrato a reagire a situazioni come questa. «Calmo, Mark. Sei stato ferito, ma starai bene. Cerca di calmarti e respirare tranquillamente.»

Mark inghiottì e il suo viso si contorse per il dolore. «Non posso...»

«Okay, guardami negli occhi e respira con me. Puoi farcela.»

«Cosa...?» Mark stava facendo del suo meglio per rallentare il respiro, ma stava rabbrividendo violentemente.

Jack cercò di mantenere un tono pacato, ma non era un compito facile. «Siamo stati bloccati al semaforo rosso; due uomini sono saltati sulla macchina e ci hanno tenuto sotto tiro con la pistola. Hanno sparato in aria alcune volte e hanno detto all'autista di accelerare. Si sono sbarazzati di lui quando hanno visto che non faceva quello che volevano.» Si fermò, chiedendosi quanto potesse dire alla sua guardia del corpo. «Penso che ti abbiano sparato, Mark. Mi hanno legato le mani e quindi non posso controllare. Non riesci a muoverti?»

Mark scosse la testa, il suo respiro un po' meno rarefatto, ma ancora superficiale. «No...»

LUCAS e Sean guardavano le notizie della BBC World, che non era molto aggiornata con le informazioni.

Sean era stato messo in comunicazione con l'Ambasciata americana dopo che si era imbestialito e aveva fatto pesare il proprio grado alla giovane centralinista. Infine, la linea fu passata a qualcun altro.

«Stacey Tanner, ufficiale sottoposto del protocollo. Come posso aiutarla, signore?»

Sean sorrise nervosamente. «Stacey, tesoro, cosa sta succedendo?»

«Signor Gallagher, salve. Sono spiacente, non sappiamo molto di più di quanto stanno dicendo al telegiornale, signore. Due uomini armati sono saliti sulla macchina del signor Christensen. Mark Jones era con lui. L'autista è stato gettato fuori dalla macchina e lasciato a lato della strada. È in ospedale, ma sta bene. Non è stata rilasciata una dichiarazione, nessuna responsabilità rivendicata e non è stata fatta alcuna richiesta di riscatto. Siamo chiusi e stiamo cercando di portare il maggior numero di personale presso l'Ambasciata.» La sua voce sembrava nervosa, ma Sean sapeva che era addestrata a dovere.

«Maria?»

«La stiamo tenendo a casa e abbiamo inviato personale di sicurezza extra laggiù.»

Sean sospirò. «Sa cosa è successo?»

«È stata informata, signore.»

«Bene.» Sean rispose nel modo più professionale a cui poteva far appello. «Posso avere la linea diretta, per piacere?»

«Il centralino ora ha l'ordine di indirizzarla a me immediatamente, signore.»

«Grazie, Stacey.»

Sean appoggiò il telefono e si rivolse a Lucas. «Ora dimmi esattamente quanto intimi siete tu e Jack.»

«SO DI essere stato colpito, signore. Mi dispiace.»

Jack sospirò. Era preoccupato. Aveva intenzione di mantenere Mark calmo, ma vigile. «Penso che in questa circostanza faresti meglio a chiamarmi Jack. E smettila di scusarti. Mi hai salvato la vita.»

«Fa tutto parte del lavoro, signore…» Mark strinse i denti, chiaramente cercando di combattere il dolore. «Jack.»

Jack cercò di ricordare l'addestramento contro il terrorismo. «Dovremmo guardare ai nostri punti di forza qui. Le tue mani sono slegate.»

«Non riesco a muovermi, Jack» aggiunse Mark. «Non posso muovere niente.»

«L'AUTISTA belga dell'Ambasciatore è stato trovato sul lato della strada e portato all'ospedale. Stava abbastanza bene da essere interrogato dalla polizia, ma tutte le informazioni sono tenute sotto controllo alla luce dell'indagine.

Jack Christensen è un esperto Ambasciatore americano con precedenti incarichi in Europa e Sud America come pure nel Medio Oriente. Era accompagnato da un agente del servizio segreto che rimane anonimo, ma si dice essere un membro ben addestrato ed esperto del servizio.»

«Non stanno dicendo niente!» esclamò Lucas.

«Calmati, Carlton.» Sean non aveva mai visto il giovane uomo atterrito. Lucas era sempre sicuro di sé e controllato, ma il modo in cui si comportava ora suggeriva un coinvolgimento molto personale nel benessere di un certo Ambasciatore americano. Sean incominciava a rendersi conto perché Jack non era stato in grado di dirgli chi fosse l'uomo che gli aveva fatto pensare di lasciare sua moglie.

«Lucas. So di te e Jack,» iniziò Sean esitante.

Il giovane uomo volse gli occhi dallo schermo televisivo verso il suo superiore. Per un instante, Lucas sembrò intrappolato ma poi riguadagnò la sua calma. «Io… non so di cosa lei stia parlando. Jack e io abbiamo lavorato fianco a fianco, così sì, sono preoccupato per lui. Abbiamo trascorso molto tempo insieme e naturalmente siamo diventati amici…»

«E poi alcune cose me lo hanno fatto sospettare. Lucas…» Sean sospirò. Come poteva dire al giovane uomo che Jack aveva confessato tutto tranne questo? Ah, al diavolo. «Jack me l'ha detto.»

Lucas si accasciò sulla sedia, sconfitto.

«Non ha accennato al tuo nome, Lucas. È sempre stato discreto. Mi ha solo detto che stava pensando di lasciare sua moglie per un uomo, e io penso che quell'uomo sia tu.»

Lucas si prese la testa tra le mani. Sean si domandò se stesse piangendo, ma quando il giovane uomo alzò lo sguardo, un'emozione completamente diversa fu evidente sul suo viso. Era determinazione. L'atteggiamento intraprendente per il quale Lucas era stato assunto aveva sostituito il suo sguardo impaurito.

«Allora stiamo seduti qui e non facciamo niente?»

«Beh…» Sean rifletté. «Ho un amico nella polizia di Bruxelles, potrei chiamarlo.»

«Allora lo faccia!» ordinò Lucas, ricordandosi poi con chi stava parlando. «La prego, signore.»

Sean sollevò il telefono e compose il numero. Lucas lo sentì parlare con l'uomo all'altro capo del filo, spiegandogli la situazione. Dopo alcuni cenni e alcuni 'capisco' rimise a posto la cornetta.

«Mark ha con sé un dispositivo di segnalazione GPS. Se lui e Jack sono ancora insieme, allora dovrebbero trovarli entro un'ora.»

JACK venne svegliato di soprassalto a causa di un forte rimbombo nella stanza accanto. Gli facevano male i lividi, tutto gli doleva per essersi addormentato su un duro pavimento di cemento con il corpo di Mark appoggiato accanto al suo. La sua guardia del corpo non si muoveva e la paura che il giovane uomo fosse morto serpeggiò di nuovo nella sua mente. Come poteva essersi addormentato?

Una luce accecante entrò nella stanza, altrimenti completamente buia, mentre da una porta entrarono due uomini in assetto da combattimento che avevano forzato il dispositivo di entrata. Altri tre li seguirono mentre Jack li guardava con apprensione. O stavano per essere salvati o uccisi.

Gli occhi di Jack si stavano ancora adattando alla luce quando un uomo incappucciato con un fucile da assalto si accovacciò accanto a lui e parlò in perfetto inglese, ma con un forte accento francese. «Signor Ambasciatore? Sono il sergente Lefebvre, della polizia militare belga; siamo venuti a salvarvi. È ferito?»

Jack scosse la testa. «Prendetevi prima cura di Mark. Gli hanno sparato, non so se è ancora…»

«Non si preoccupi, signore, ci occuperemo di lui.» Un giovane uomo con una giacca fluorescente a strisce riassicurò Jack mentre esaminava Mark.

Jack fu trascinato via da quel corpo inerme e un dolore acuto gli trapassò il fianco, togliendogli il respiro.

LUCAS corse nella sala di emergenza dell'ospedale universitario e sbatté la mano sul bancone della reception. «Il signor Christensen,» abbaiò. «Ho bisogno di vedere il signor Jack Christensen, l'Ambasciatore americano. È stato portato qui poco fa!»

Le donne vestite di bianco sedute dietro il bancone lo guardarono seccate.

«Signor Carlton?»

Lucas si girò bruscamente e vide un uomo in abito scuro, le mani incrociate sul ventre, con un orecchino all'orecchio.

«Prego, mi segua, signore.»

Lucas fu scortato in un labirinto di corridoi e ascensori fino a una porta chiusa a chiave, che l'agente della sicurezza aprì con una scheda magnetica. La grossa targa sulla porta diceva 'Intensieve Zorgen'. Il tedesco di Lucas era abbastanza buono per capire che significava 'Cure Intensive', e la cosa lo fece fermare sui suoi passi, spaventato. Jack era gravemente ferito, altrimenti non sarebbe stato nell'unità di terapie intensive. Probabilmente gli avevano sparato. Il pensiero raggelò il sangue di Lucas.

«Signor Carlton.» L'uomo tenne la porta per lui e continuò in modo calmo, ma con una certa insistenza: «Per favore, non perda tempo.»

Lucas inspirò profondamente quando entrò nella corsia. Almeno Jack era vivo e avevano intenzione di farglielo vedere. Perciò, fu piuttosto deluso quando fu condotto in una piccola sala d'attesa. «Qualcuno potrebbe dirmi almeno se sta bene?» chiese all'uomo che lo aveva condotto lì.

«Qualcuno verrà a vederla presto, signor Carlton,» gli disse l'uomo prima di lasciarlo solo.

Lucas non riuscì a sedersi. Cercò di guardare attraverso le fessure delle imposte che coprivano le finestre, ma si ritrovò a fissare una parete sul lato opposto del corridoio. Infermiere e dottori entravano e uscivano da una stanza alla fine di quel corridoio; alcuni di essi trasportavano attrezzature. Lucas non poteva leggere le loro espressioni e la paura aumentava a ogni secondo che passava.

E se Jack fosse morto? L'ospedale talvolta lasciava le persone in corsia così i parenti potevano venire a porgere il loro ultimo saluto. Scosse la testa. No. Non poteva essere.

«Lucas?»

Si girò e vide Maria in piedi accanto all'entrata della sala d'attesa. Indossava calzoni e un maglione e i suoi capelli erano sciolti. Il viso sembrava preoccupato e c'erano profonde occhiaie scure sotto gli occhi.

«Maria… come…»

«Sta bene. Un po' ammaccato, ma niente che non possa superare,» rispose la donna velocemente. Lucas intuì che stesse cercando di non sembrare commossa e non lo guardava.

«Posso vederlo?» chiese Lucas con voce morbida.

«No,» dichiarò risoluta, «non penso che sia una buona idea, Lucas. È sufficiente che tu sappia che sta bene.» Incominciò a girarsi, ma Lucas fece alcuni passi verso di lei e le afferrò il braccio.

Lei lo strattonò e gli rivolse uno sguardo ostile. «Non hai alcun diritto su di lui.»

Lucas cercò di mantenere le emozioni sotto controllo. «Non pensi che spetti a lui decidere?»

«Lui ha deciso,» Maria disse in modo brusco. Poi chiaramente riconquistò la sua calma e socchiuse gli occhi. «Sai cosa succede ai diplomatici americani screditati, Lucas?»

«Jack non ha fatto niente di sbagliato, Maria. Si è innamorato, ed è tutto.» Lucas stava cercando di mantenere il respiro calmo, ma non ci riusciva molto bene.

«In questa amministrazione, ce ne sono parecchi, giovanotto,» continuò in tono altezzoso. «Non li licenziano, lo sai. Lui sa troppo riguardo ai meccanismi interni della diplomazia americana. Lo seppelliranno sotto una montagna di scartoffie a Washington, gli faranno scrivere relazioni su proposte di politica estera, usare la sua ampia esperienza straniera in ufficio con un lavoro senza sbocchi di carriera dove possono controllarlo. Questo sarà il suo futuro. E perché? Per una scappatella con un giovane diplomatico britannico. Ti odierà per questo, perché avrai rovinato ogni cosa che lui aveva sempre desiderato per sé. Ogni cosa che lui ha sempre desiderato sarà fuori portata. Hai una sola scelta possibile, Lucas. Vorrei vedere quanto lontano vi porterebbe quell'*amore*.» I suoi occhi erano grandi e scuri e fissavano intensamente Lucas. Poi sembrò calmarsi di nuovo. «Lui ne è consapevole.»

Il torace di Lucas si strinse. Aveva ragione. Il Presidente americano e il suo partito stavano cercando di sancire il divieto su matrimoni tra persone dello stesso sesso. Non avrebbero mai lasciato che un omosessuale mantenesse una posizione pubblicamente così visibile. Un Ambasciatore era un biglietto da visita per la nazione e doveva mostrare tutti gli elementi positivi relativi alla nazione stessa. Maria aveva ragione. L'amore di Lucas sarebbe costato a Jack ogni cosa per cui aveva sempre lavorato.

«Almeno lascia che lo saluti,» chiese Lucas, trattenendo le lacrime.

Maria lo guardò dritto negli occhi e inalò profondamente. «Bene. Seguimi.»

Lucas fu stupito che avesse intenzione di fargli vedere il suo amante, ma la seguì lungo il corridoio. Doveva essere forte per Jack.

Maria annuì verso la porta e lasciò che Lucas entrasse da solo.

Jack era nel letto, indossava il camice bianco dell'ospedale con il logo sopra. Sorrise a Lucas quando lo vide entrare. «Ehi. Sei una bella visione per questi occhi doloranti.»

Lucas sentì le lacrime sgorgare di nuovo, ma respirò profondamente. L'ultima cosa che voleva era piangere come una ragazzina. «Ehi.»

Prese la mano tesa di Jack e la strinse.

«Stai bene?» chiese Jack dolcemente.

Lucas sentì una sola lacrima rotolare sulla guancia e l'asciugò. «Perché me lo chiedi? Sei tu quello in ospedale.»

Jack cercò di fare una risatina, ma questo chiaramente gli faceva troppo male. «Sono solo un po' ammaccato, è tutto.»

«Sì, Maria me l'ha detto,» rispose Lucas.

«Hai visto Maria?»

Lucas annuì. «Allora, dimmi, quanto sei ammaccato?»

Jack sorrise. «Due costole incrinate, alcuni lividi, una clavicola rotta e la mascella contusa. Oh sì, e una commozione cerebrale quando mi hanno gettato a terra. I farmaci che mi hanno dato hanno attenuato il dolore. Mark, però, sta peggio. Si è preso una pallottola al posto mio. Mi dicono che sia vivo, ma stanno ancora lavorando su di lui.»

Lucas si sedette vicino al letto e avvicinò la mano di Jack alle sue labbra per baciarla. «Sono così felice che tu stia bene.» Inspirò alcune volte cercando di trattenersi e non commuoversi troppo.

Jack lo calmò. «Va tutto bene, Luke. Andrà tutto bene.» Aprì la mano per toccare la guancia di Lucas e rimasero così per un attimo, godendosi le loro mani intrecciate finché Lucas notò che Jack si era addormentato.

Gli baciò la mano ancora una volta e delicatamente la posò sulle coperte. «Non dimenticare mai che ti amo, Jack,» sussurrò al suo amante che dormiva, prima di uscire dalla stanza

Situazione di stallo

LE FUNZIONI erano il male necessario della sua carica pubblica.

Jack aveva sempre percepito il Natale all'Ambasciata come qualcosa di falso. Era una di quelle cose che dovresti festeggiare con la tua famiglia; tuttavia si supponeva che si facesse vivo a un ricevimento che Maria organizzava per tutti gli americani che non potevano festeggiare con i loro cari. Che ironia, pensò Jack, che avesse perso quasi tutte le persone che amava in quegli ultimi mesi. Prima era partito Lucas. L'ultima volta che Jack aveva visto il giovane uomo era stato all'ospedale. Nessun arrivederci, niente. Sean gli aveva detto che a Lucas era stato concesso un congedo didattico ed era partito per laurearsi presso l'Università di Stanford. Poi Jack aveva ricevuto una telefonata da uno dei suoi fratelli per dirgli che i suoi genitori erano stati uccisi in un incidente automobilistico in Namibia. I loro corpi erano stati trasportati con l'aereo a New York per la sepoltura e lui aveva sistemato tutti i loro affari, dividendo i loro beni equamente tra lui e i suoi due fratelli. Per un momento, aveva pensato di volare in California per tentare di mettersi in contatto con Lucas, ma sentiva che avrebbe solo peggiorato le cose.

Maria era ancora lì, naturalmente, la moglie sempre devota. Come se niente fosse successo.

Amava ancora la sua dedizione, il modo in cui poteva mettere totalmente da parte i sentimenti quando era necessario e fare quello che si doveva fare. Ma non l'amava più, non come moglie almeno. Si era trasferito nella stanza degli ospiti, non volendo dividere il letto con lei ora, e lei non aveva discusso. Le notti erano lunghe e solitarie. Gli mancava Lucas e spesso si svegliava nel mezzo della notte consapevole di aver sognato il suo giovane amante. Ex-amante. Non era niente di diverso. Non ora che aveva scelto di continuare la carriera diplomatica.

A breve sarebbero usciti per salutare i loro ospiti e si sarebbero senza dubbio complimentati di nuovo per la sua bella moglie. La farsa continuava.

«Allora, sei pronta?»

Maria appariva bella nel suo abito da sera blu, senza spalline, i suoi capelli acconciati con cura e appuntati dietro la nuca. Il trucco era perfetto e lei gli sorrise con calore mentre raddrizzava il bavero della sua giacca e toglieva qualche immaginario granello di polvere dalle sue spalle.

«Sei bellissima, Maria.»

«Grazie, anche tu.» Lei accettò con grazia il complimento mentre gli prendeva la mano e lo conduceva nel salone del ricevimento.

Era abbastanza affollato. Stacey aveva già fatto un grande lavoro dando il benvenuto ai loro ospiti e lui e Maria avrebbero presto fatto i loro giri, per salutare ministri presbiteriani e uomini d'affari. Ci sarebbero stati panini al tacchino, zabaione e un discorso sul significato del Natale nel mondo.

Jack sentì i propri occhi vagare verso l'entrata di tanto in tanto, nella speranza che un bell'uomo giovane con riccioli scuri entrasse di nuovo.

Ma sapeva che non sarebbe successo.

Ripresa delle trattative

CAPITOLO
DICIANNOVE

«LUCAS, ho bisogno di un grosso favore.»

Liz si inclinò sopra la scrivania nel suo solito modo civettuolo ma senza secondi fini.

«Ho veramente bisogno di questo pomeriggio libero, ma visto che sono l'ufficiale più anziano, mi hanno appioppato questo compito maledetto.»

Lucas sapeva che era un po' la regina del dramma, così non prese il *compito maledetto* troppo seriamente. «Quindi vuoi che me ne occupi io per te, lasciandoti il pomeriggio libero per andare a scopare quel tipo della delegazione italiana?»

«Lucas!» esclamò lei, fingendosi insultata. «Non scopiamo solamente. Sua moglie è sempre in Italia, mi ha detto che sta divorziando da lei.»

«Sì, questo è quello che dicono sempre, Liz, solo per metterti nel sacco. Ma non lasciano mai le loro mogli, credimi, lo so.» Scosse la testa e ammise. «Bene! Qual è il lavoro? Tu e Mister Italy andate a scopare come conigli; io rimarrò qui e lavorerò per vivere.»

«Tutto quello che so è che si tratta di un ex Ambasciatore americano che ha un colloquio di lavoro qui nell'edificio delle Nazioni Unite. Non devi lasciarlo gironzolare da solo. Dopo l'intervista, ti sarà detto se devi aiutarlo o no a compilare le richieste di sicurezza. Quindi o lo scorti fuori o lo aiuti a ottenere un tesserino di sicurezza.»

Liz era in stato di massima accelerazione, chiaramente desiderosa di andarsene il più presto possibile, perciò Lucas non sprecò altre parole. «Cartella portadocumenti?»

Liz gli porse un dossier blu scuro. «Troverai il tuo tipico diplomatico di mezza età e molto inquadrato, all'accettazione...» controllò il suo orologio, «fra dieci minuti.»

Lucas sapeva che gli sarebbero occorsi almeno quindici minuti per arrivare all'accettazione, quindi tecnicamente era già in ritardo. Fortunatamente conosceva l'interno dell'edificio delle Nazioni Unite come il palmo della sua mano e, con una corsa veloce attraverso l'arena pubblica, poteva farcela in tempo.

Con uno sforzo aprì la cartella, così avrebbe almeno saputo chi stava cercando, e il suo cuore si fermò.

La foto sul lasciapassare del visitatore era quella di Jack.

Si fermò dietro l'angolo dell'accettazione e si piegò contro la fredda parete di pietra. Poteva affrontarlo? Poteva andargli incontro fingendo che niente fosse accaduto tra loro due anni e mezzo prima? E se Jack non avesse voluto vederlo? Non poteva biasimarlo per il risentimento. Lucas non gli aveva neppure detto arrivederci dopo avergli fatto visita in ospedale.

Lucas spesso si domandava se avesse fatto la cosa giusta. Ripensandoci, sentiva che non avrebbe dovuto allontanarsi. Avrebbe dovuto aspettare che Jack decidesse e facesse quello di cui avevano parlato. Ora avevano entrambi carriere diverse, ma Lucas si domandava cosa sarebbe successo se Jack lo avesse visto lì. Si sentiva diviso. Da un lato voleva chiamare l'ufficio pubbliche relazioni e trovare qualcun altro che accogliesse Jack; dall'altro questa era una possibilità di chiudere le cose nel modo corretto. Per mettere fine ai vari 'E se' che c'erano nella sua testa da quella notte in ospedale. Inoltre, se Jack aveva cambiato lavoro, potevano incontrarsi più spesso.

Lucas respirò profondamente e rientrò nel suo ruolo professionale. Poteva farlo, poteva essere conciliante, piacevole e ospitale, non importava chi avesse davanti. Era un ufficiale addetto alle pubbliche relazioni delle Nazioni Unite, per l'amor di Dio!

Appena oltrepassò l'angolo, Jack era lì. Lucas riconobbe immediatamente il completo grigio chiaro, uno di quelli che avevano scelto insieme durante il primo weekend ad Anversa e sentì la gola diventare secca. Era come se il tempo non fosse mai trascorso, come se potesse ancora andargli incontro e vedere quella scintilla in quei magnifici occhi blu. Jack era così bello, un po' magro forse, ma ancora…

«Jack?» Lucas si schiarì la voce, cercando di sembrare professionale, ma non riuscì a liberare la sua voce dall'emozione.

I loro occhi si incrociarono e il viso di Jack impallidì.

«Lucas.» Un debole sorriso apparve sul viso dell'americano mentre i loro occhi si incrociavano brevemente. Jack respirò profondamente, scrutando l'atrio. «Non sapevo… lavori qui?» chiese in modo esitante.

Lucas annuì. «Sono alle pubbliche relazioni ora e ti farò da guida oggi pomeriggio. Se ti va bene, naturalmente.»

Entrambi gli uomini si fissarono per alcuni istanti, finché Lucas si ricompose, indicò a Jack di passare attraverso il metal detector e gli porse il lasciapassare del visitatore.

«Devi…» fece dei gesti verso il bavero della sua giacca perché non se la sentiva di fare una qualsiasi mossa in direzione di Jack, «… appuntarlo. Deve essere sempre visibile. Ti darò un tesserino personale più tardi.»

Jack annuì e attaccò il lasciapassare alla giacca.

«Allora, quand'è il colloquio?» chiese Lucas mentre continuavano a camminare verso gli ascensori.

«Alle quattro,» rispose Jack in modo assente, guardandosi intorno e spalancando gli occhi a quella vista maestosa.

«Sei in anticipo.» Lucas sorrise divertito. Il Jack che ricordava era sempre occupato e perciò sempre in ritardo.

CAMMINANDO in quel grandioso edificio accanto a Lucas, Jack si rese conto di non essere affatto nervoso per il colloquio. Ottenere il lavoro lì avrebbe reso la vita considerevolmente più facile, ma non era una necessità assoluta. Inoltre, avrebbe scoperto ancora una volta di essere troppo qualificato. Eppure ora, all'improvviso, il suo abito era diventato scomodo e si sentiva sudato e accaldato. Voleva un lavoro in un luogo dove senza dubbio si sarebbe imbattuto nel suo amante regolarmente? Anche se Lucas chiaramente non lo voleva più, i sentimenti di Jack per il giovane non erano cambiati. Non era certo di voler ascoltare i motivi per cui Lucas se n'era andato, ma forse la cosa poteva aiutarlo a chiudere per sempre quel capitolo della sua vita.

Jack guardò di lato e vide che Lucas stava ancora sorridendo per l'ultimo commento che aveva fatto. Qualcosa riguardo al fatto di essere puntuale.

«Beh, mi era stato promesso un giro,» rispose Jack bruscamente.

«Sei fortunato allora. Perché io ho cominciato qui come guida. Conosco il posto all'interno e all'esterno.» Lucas iniziò a sentirsi un po' più a suo agio all'idea di avere un'ora intera per parlare a Jack. Forse era bene chiarire, chiudere la loro relazione una volta per tutte.

«Allora, come sta Maria?» chiese esitante.

Jack alzò lo sguardo, ma non verso Lucas. «Ho sentito che... sta bene. Sta lavorando in Sudan, per l'UNICEF.»

Lucas si fermò e si girò verso Jack, sentendo il cuore perdere un colpo.

Notando che l'inglese non era più vicino a lui, Jack si fermò e si girò. «Abbiamo divorziato, Lucas.»

La voce di Jack sembrava senza emozione, ma fece comunque respirare Lucas più rapidamente. Ora avevano veramente bisogno di parlare. Se Jack aveva divorziato, forse la loro relazione poteva aver veramente significato qualcosa.

«Jack...» Lucas fissò il pavimento, aveva paura di guardare l'americano negli occhi. «Abbiamo bisogno di parlare riguardo... ad alcune cose.» Alzò lo sguardo. «Perché non andiamo nella sala delle PR e ci prendiamo un caffè? Lì potremo parlare con una certa riservatezza.»

LUCAS fu grato che la piccola sala fosse praticamente deserta quando vi misero piede.

«Non sapevo di te e Maria, Jack. Sono dispiaciuto.»

«No, non lo sei,» Jack fu veloce a confutare, sorridendo a Lucas. Cominciava a rilassarsi di nuovo con lui, ritornando al loro vecchio botta e risposta.

«Okay, forse non lo sono,» rispose Lucas chiaramente, ricordando come Jack riuscisse sempre a capire quando non diceva quello che pensava veramente. «Cosa è accaduto?»

Jack fece una risatina. «*Tu* sei accaduto, sciocco.»

Lucas sentì le lacrime sgorgare dagli occhi quando la potenza della dichiarazione di Jack lo colpì. *Smettila di comportarti come una ragazza, Luke.* Scosse la testa. «Allora mi dispiace ancora di più. Mi dispiace per averti lasciato in quel modo, mi dispiace per non aver avuto la pazienza di restare con te, mi dispiace per essere stato troppo spaventato per fronteggiare Maria e mi dispiace per aver messo le nostre carriere davanti a qualsiasi altra cosa.»

Sentì la mano di Jack coprire la sua e poi l'americano parlò sommessamente.

«Non è passato un solo giorno senza che io non ti abbia pensato, Luke. Dopo l'ospedale, quando Sean mi ha detto che eri partito, non capivo. Ma quando ho visto Maria comportarsi in modo così compiaciuto riguardo alla tua partenza e al fatto di voler salvare la mia carriera, ho capito che aveva qualcosa a che fare con te... Non mi avevi neppure salutato. Io non sapevo quanto di tutto quello fosse parte di un suo ricatto e quanto fosse una tua decisione.»

Jack prese la mano di Lucas e la baciò teneramente, facendo scorrere dei brividi lungo il corpo dell'uomo. «Non sto facendo alcuna supposizione. Sono sicuro che c'è qualcun altro nella tua vita ora, basta che tu me lo dica e ti lascerò in pace.»

Lucas aveva bisogno di essere onesto con Jack anche se non sapeva come. «Bene, c'è e non c'è. È un po' difficile da spiegare.» Aspettò un momento, cercando di decidere quanto avesse intenzione di dirgli. «Cosa ne dici se non ti faccio fare il giro e invece ti lascio nel luogo dove devi trovarti per il tuo colloquio? Poi vieni a trovarmi al secondo piano dell'edificio DC-2 e cercherò di spiegarti.» Lucas fece un profondo respiro. «Allora per quale posizione è il colloquio? Segretario Generale?»

Jack sbuffò. «No grazie. Non voglio più lavori di alto profilo. Sono felice di stare nell'ombra. Apparentemente hanno bisogno di un interprete anziano che parli correntemente tre lingue ufficiali delle Nazioni Unite e abbia esperienza di politica internazionale.»

Lucas sorrise. «Sembri proprio tu: inglese, spagnolo e francese, giusto? Assicurati di menzionare danese, svedese, norvegese e un po' di olandese. Magari non sono lingue ufficiali qui ma i delegati di queste nazioni possono aver bisogno anche di te. Non vedo perché non dovrebbero darti il lavoro, Jack: sei perfetto.»

Jack sorrise timidamente. «Bene, vedremo cosa dicono, okay?»

Il colloquio andò bene. Furono chiaramente impressionati che un uomo con l'esperienza di Jack fosse disponibile ad accettare un semplice lavoro da interprete.

Era stato franco e onesto con loro, spiegando loro la sua intenzione di tornare al college part-time, mentre cercava di ricostruire la sua vita dopo il divorzio con un lavoro meno pubblico.

Le persone che si occupavano delle assunzioni sapevano che sarebbero stati sciocchi a lasciarselo scappare. Dovevano assumerlo subito.

Sulla strada verso il luogo dove Lucas gli aveva chiesto di incontrarlo, Jack incominciò a domandarsi cosa avesse intenzione di mostrargli. Il britannico era stato piuttosto vago quando aveva risposto alle domande relative alla sua vita privata e questo rendeva Jack curioso. Naturalmente sapeva che non poteva avanzare pretese verso Lucas. Non era stato solo il suo matrimonio l'ostacolo da sconfiggere; ma il suo interesse ne era comunque stimolato.

L'ascensore al secondo piano si apriva su una piccola zona di attesa e molti corridoi, così Jack decise di aspettare proprio lì. Si rilassò ora che sapeva di avere ottenuto il lavoro e che sarebbe andato lì regolarmente. Questo significava che doveva però risolvere le cose con Lucas e capire i suoi sentimenti. Mentre pensava a ciò che era accaduto tra quella sfortunata notte all'ospedale e quel giorno, si rese conto che inconsciamente aveva deciso molto tempo prima. La fine della carriera diplomatica e il suo divorzio lo avevano condotto a quel momento, ma non sapeva se poteva sperarci troppo.

Erano da poco trascorsi dieci minuti quando Lucas emerse dall'ascensore, chiaramente di fretta. «Scusa, sono in ritardo.» Sorrise, un poco arrossato e senza fiato, come se avesse corso. «Allora, hai avuto il lavoro?»

Jack guardò il viso eccitato del suo ex amante e si domandò se potesse stuzzicarlo un po'. Decise di sì.

«Sì.»

«Lo sapevo! Sarebbero stati sciocchi a non assumerti!» Lucas afferrò le braccia di Jack, le strinse e poi le lasciò andare. Si inclinò avvicinandosi un po' e sussurrò: «Ho voglia di abbracciarti, ma non importa quanto aperti di vedute possano esser qui, è meglio di no.»

«Prenderò un buono per un abbraccio in data futura.» Jack sorrise, grato per la capacità di contenimento di Lucas. Non si sentiva completamente sicuro di se stesso. «Allora perché mi hai portato qui?»

Il sorriso radioso di Lucas si offuscò un po' quando chiese nervosamente a Jack di seguirlo.

CAPITOLO
VENTI

CAMMINAVANO in un corridoio abbellito da disegni di bambini e prima che tutto ciò iniziasse veramente a fare presa su Jack, udì una voce acuta proveniente davanti a loro. «*Papà, papà, papà.*»

Vide Lucas piegarsi a prendere una bella bimba che correva verso di lui con le braccia tese. Aveva un largo sorriso che rimpiccioliva gli stupendi occhi marroni e il suo viso era circondato dalla più sorprendente massa di riccioli castano scuro che avesse visto. Non c'era possibilità di sbagliarsi: era la figlia di Lucas.

«Allora, ti sei divertita, oggi?» chiese Lucas alla ragazzina. Lei annuì, facendo muovere i ricci intorno al viso e poi piantò un sonoro bacio sulle labbra di Lucas.

«Ti voglio presentare qualcuno, tesoro, va bene?»

La piccola guardò sopra la spalla del padre, verso Jack, e nascose il viso nell'incavo del suo collo.

Lucas si girò con la bimba in braccio e sorrise a Jack come per scusarsi. «Mi dispiace, ha solo due anni.» Le tolse i ricci dalla guancia, scoprendo un viso imbronciato. «Tesoro, questo è un mio amico, molto speciale, qualcuno che è molto importante per me. Di' ciao a Jack.» E quindi rivolto all'uomo: «Jack, questa è Ann Elise.»

Quando la bimba si girò di nuovo tra le braccia di Lucas, Jack colse il suo sguardo disperato e cercò di trasmettergli simpatia.

«Diventerà più socievole, Jack; ha bisogno solo di un po' di tempo, perché non è abituata agli estranei.»

Jack sorrise di nuovo, cercando di elaborare tutte le informazioni che aveva appena ricevuto. Aveva così tante domande per Lucas, ma sapeva che molte di esse non potevano essere rivolte in presenza di Ann Elise. Avrebbe dovuto pazientare.

Lucas sembrò in grado di leggergli nella mente. «Jack, voglio spiegarti tutto in modo dettagliato, ma capirò se tu non...» Era insicuro su come procedere. «Quello che mi piacerebbe veramente fare sarebbe potarti fuori a cena, ma perché non vieni a casa con me? Sarà a letto per le sette e mezza e poi ti preparerò la cena.»

Cercando di mantenere un'atmosfera leggera, Jack fu veloce a rispondere. «Oh, adesso cucini anche?»

Lucas sorrise, sembrando sollevato. «Qualcosa del genere. Sì, beh, ho della roba in casa da cucinare e talvolta faccio delle cose commestibili.»

«Perché non vediamo cosa posso fare per noi nella tua cucina, mentre ti occupi di Ann Elise e poi possiamo parlare quando lei va a letto, okay?»

Lucas annuì e Jack vide gli occhi del giovane uomo riempirsi di lacrime. Si guardò in giro per vedere se qualcuno stava guardando, ma nessuno stava prestando attenzione a loro così mise la mano sul collo di Lucas, proprio sopra il braccio di Ann Elise, e lo attirò per un veloce bacio. «Va bene, Lucas, abbiamo tante cose di cui parlare.»

JACK era nella minuscola cucina di Lucas, in un appartamento che comprendeva una sola camera da letto. Aveva aperto tutti gli armadietti e i cassetti, cercando di decidere cosa preparare per cena. Sorrise per il fatto che era in realtà una cucina piuttosto funzionale, con molti utensili, la maggior parte di essi abbastanza nuovi anche se usati. Lucas apparentemente cucinava veramente, di tanto in tanto.

Quando erano entrati, aveva scrutato il soggiorno e non aveva trovato prova di qualcun altro che vivesse lì. Era una casa un po' disorganizzata, con un sacco di giochi sparsi intorno. C'erano alcune foto appiccicate al frigorifero, per lo più di Ann Elise, alcune anche di Lucas, ma nessuna mamma. Era piuttosto sicuro che Lucas vivesse solo con sua figlia.

Li sentiva nel bagno, mentre chiacchieravano. Ann Elise usava soprattutto parole singole, ma era chiaramente molto brava ad accertarsi di essere stata capita.

Alcuni momenti più tardi, irruppe in cucina, vestita solo con un pannolino, ridendo forte, mentre Lucas la inseguiva con un asciugamano. «Vieni qui, piccolo mostro, dobbiamo asciugare quei ricci ancora un po'.» Quando la piccola vide Jack nella sua cucina si raggelò, scrutandolo con sospetto.

Questo diede a Lucas la possibilità di afferrarla e sollevarla. «Sei pronta per un panino?»

«Sì, papà!»

«Jack può prepararti un panino?»

Lei guardò Jack e chiaramente decise di dargli una possibilità quando un sorriso apparve sul suo viso.

«Cosa vuoi nel tuo panino, tesoro?» chiese Jack, tenendosi a distanza, ma apprezzando il fatto che la bimba stesse diventando più calorosa con lui.

«Carne da bimbi, *peppiacere*,» rispose decisa.

«Carne da bimbi?» chiese Jack a Lucas.

«Mortadella.» Lucas mimò la parola con le labbra, cosa che fece ridacchiare entrambi.

Jack le preparò un panino con la carne rosa affettata e sedette vicino a Lucas, che teneva Ann Elise in grembo mentre lei mangiava il panino con molto slancio. Si divertiva a vederla cercare di dividere la crosta con Lucas e si sentì riscaldare da quella scena di felicità domestica. Era troppo presto per sperare di fare parte di questo, un giorno? Sapeva di amare ancora Lucas. Non l'aveva mai dubitato, ma rivederlo gli aveva reso tutto più chiaro. Poteva sperare che Lucas lo amasse ancora? Ann Elise lo avrebbe accettato nella vita di suo padre?

Si svegliò dal suo sogno ad occhi aperti quando udì Lucas dire ad Ann Elise che era ora di andare a letto. «Vuoi dare a Jack il bacio della buonanotte?»

«'Ack?» chiese lei.

Lucas fece una risatina. «Sì, Jack.»

Si dimenò allontanandosi dal grembo di Lucas e camminò verso l'americano. «*Notte Notte*, 'Ack.» Allungò le braccia, atteggiando le labbra per il bacio e Jack non poté fare a meno di ridere. Ricevette il grosso bacio della bimba sulle labbra.

«*Notte Notte*, Ann Elise.»

QUANDO Lucas ritornò in cucina, circa quindici minuti dopo, Jack stava portando in tavola le Fettuccine Alfredo fumanti.

«Spero che tu sia affamato. Non cucino per due da secoli.»

Lucas si sfregò le cosce e si sedette. «Sto morendo di fame, davvero. Questo è un trattamento speciale.»

Sembrava strano, ma in modo particolare, sedere nella piccola cucina e mangiare insieme. La loro relazione era sempre stata un rubare tempo per poi trascorrerlo insieme in stanze d'albergo, oppure con Jack che andava all'appartamento di Lucas per una veloce scopata dopo il lavoro. Non erano mai stati così... domestici.

Lucas si trovò a guardare Jack mentre l'americano parlava del colloquio che aveva avuto quel pomeriggio e del perché voleva lavorare alle Nazioni Unite. Jack cercò di trovare le parole adatte e ci riuscì come al solito, ma nello sforzo di fare ciò, si concentrò su un invisibile punto sul tavolo, non su Lucas.

E Lucas scoprì che si stava innamorando di nuovo. Poteva sperare che i sentimenti che Jack aveva avuto prima per lui fossero ancora gli stessi? Jack aveva accettato di venire nel suo appartamento, ma forse era perché si sentiva solo, non abituato a una città diversa e desideroso di stare di nuovo con un vecchio amico. Non sapeva se poteva sopportare di essere solo un vecchio amico per Jack. E Jack non sembrava turbato nel vedere il suo precedente amante con due anni di più.

«Era veramente delizioso.» Lucas allontanò il piatto vuoto e si strofinò lo stomaco.

Jack sorrise, finendo gli ultimi fili di pasta dal suo piatto. «È bello essere ancora capace di cucinare per qualcuno.»

Allora si sentiva solo.

Jack incominciò a sparecchiare, ma Lucas lo fermò. «Ehi, tu hai cucinato, non devi anche fare i piatti! Possiamo metterli nell'acquaio e li farò domani mattina.»

«Papà!»

Lucas sorrise in segno di scusa. «Non si sveglia mai dopo cena, di solito.»

Jack gettò a Lucas uno sguardo comprensivo. «È meglio che tu vada a vederla.»

Lucas imprecò internamente quando si diresse dalla figlia.

ALCUNI minuti più tardi, Lucas tornò in cucina e trovò Jack al lavandino che lavava i piatti.

Andò verso di lui ma non poté resistere e gli mise la mano sulla schiena. «Veramente, non dovevi, Jack.»

«Non importa. Non posso lasciarti fare tutto questo da solo, Luke.»

Quando Jack girò la testa, Lucas vide la tristezza nei suoi occhi, così si mise dietro di lui, lo cinse con le braccia e gli mise il mento sulla spalla.

«Mi sei mancato.»

Sentì Jack inghiottire forte. «Anche a me. Dio, Luke, anche a me.»

Lucas cercò di non sentirsi deluso mentre Jack continuava a lavare l'ultima pentola. Afferrò lo strofinaccio dalla spalla di Jack e velocemente asciugò i piatti.

Quando mise l'ultima pentola nella credenza, vide Jack pulire il bancone e lo fermò.

«È abbastanza, Jack.» Lucas gli prese la mano e lo trascinò fuori dalla cucina. «Dobbiamo parlare, chiarire le cose, seriamente.» Alzò la testa e vide che Jack non aveva sorriso. Gli baciò le labbra velocemente. «Vieni.»

«Ehi, mi ricordo questo divano,» osservò Jack, cercando di alleggerire il clima.

«Spedito da Bruxelles per cortese concessione del corpo diplomatico britannico. Ora siediti!» ordinò Lucas. Ritornò alcuni minuti più tardi con due tazze di tè e si sedette accanto a Jack.

«Ti devo una spiegazione per Ann Elise.»

«No, non devi.» Jack roteò gli occhi. «Non lo voglio sapere. Non voglio che tu senta di dovermi qualcosa. È bella e nessuno potrebbe mai pensare che non è tua figlia.» Jack prese la mano di Lucas nella sua e la strinse.

«È di Lucy,» dichiarò Lucas, guardando le loro mani.

«E dov'é Lucy ora?» Jack chiese con cautela.

«Io veramente non l'ho più vista da quando mi ha lasciato a Bruxelles. Allora non sapevo neppure che fosse incinta.»

Jack sembrava confuso. «Allora come?»

Lucas sospirò. «Ho lasciato Bruxelles dopo la nostra… *tu sai cosa.*» Sorrise a Jack. «Avevo bisogno di andarmene, capire quali fossero le mie priorità. Così sono andato a Stanford, immaginando che immergermi nei libri mi avrebbe schiarito le idee e così avrei potuto conseguire la laurea di cui avevo veramente bisogno.»

Jack cambiò posizione e si girò un po' di più verso Lucas, non lasciandogli mai la mano.

«Sapevo che era futile cercare di mettermi in contatto con lei. Non era che la rivolessi indietro e sapevo che lei non voleva me. Una mattina ho ricevuto una telefonata da sua sorella. Voglio dire, quella donna non mi aveva mai sopportato quando frequentavo Lucy e ora mi chiamava?»

Lucas guardò il soffitto e inalò profondamente. «Mi disse di andare all'ospedale dell'università se volevo vedere mia figlia prima che fosse affidata in adozione.»

Jack sollevò le sopracciglia. «Wow, che modo di dire una cosa simile.»

Lucas sbuffò. «Beh, ti ho detto che non le piacevo.»

«Se tu non le fossi piaciuto, se ne sarebbe stata tranquilla riguardo a tutta la cosa.» Jack lo guardò come se cercasse di capire la situazione. «Sembra più che ti volesse ferire.»

«Penso di sì. Comunque puoi immaginare lo shock, ma andai là; cos'altro potevo fare? L'infermiera me la mostrò e seppi che avrei dovuto lottare per lei. Aveva intenzione di dare via *mia* figlia. Parlai a un medico e a un consulente per l'adozione e mi dissero che aveva messo 'padre sconosciuto' sul certificato di nascita.»

A Jack non sfuggì che Lucas avesse chiamato Lucy col suo nome solo una volta quella sera.

«Così ci vollero due test di paternità e un giudice, ma due settimane più tardi stavo acquistando indumenti da bambino come un pazzo.»

«E non ti sei mai pentito da allora?» Jack chiese con compassione negli occhi.

«Accidenti, è stata dura!» Lucas fece una risatina al ricordo. «Le notti in bianco che ho passato camminando nella stanza, cercando di calmarla! Mi domandavo spesso dove avessi lasciato il cervello quando ho firmato i documenti.»

«E ora?» Jack cercò di guardare il viso di Lucas, ma il giovane stava fissando il pavimento.

Quando Lucas alzò lo sguardo, Jack vide gli occhi brillare di lacrime. «È una grossa parte di me, Jack, una parte della mia vita. Tutti i sacrifici non sono niente rispetto a tutto l'amore che ricevo da lei. Mi vuole bene, Jack, anche quando è arrabbiata con me perché non le lascio fare certe cose, anche quando le dico di no e fa i capricci. Alla fine ritorna sempre da me, mi mette le sue piccole braccia intorno al collo e io mi sciolgo.»

«Beh, ho visto che ha quella capacità,» riconobbe Jack. Voleva prendere Lucas tra le braccia, ma aveva paura di farlo. Non erano esattamente seduti vicini, così tentò un approccio diverso. «Questo divano mi riporta a dei ricordi.»

Lucas fece una risatina. «Sì, è vero. Questo è il motivo per cui non ho potuto lasciarlo a Bruxelles. Ho venduto tutti gli altri mobili al mio sostituto, ma non potevo immaginare nessun altro seduto… qui.»

Stavano entrambi pensando al passato con un sorriso sui loro volti, quando un grido stridulo ruppe il silenzio.

«Era lei?» chiese Jack.

Lucas annuì e si alzò. «Non so cosa le succede stasera.»

Anche Jack si alzò. «Ascolta, farei meglio ad andare.»

VENTUNO

«NO!» Lucas sospirò. «Voglio dire, sarò di ritorno subito, sono sicuro che sta bene e io… Voglio salutarti come si deve.»

Jack non poté resistere al viso supplicante dell'uomo e sedette di nuovo. Quando Lucas si alzò per andare nella camera da letto, Jack ne sentì la voce mentre parlava ad Ann Elise, cercando di calmarla. Non riusciva a capire cosa Lucas stesse dicendo, ma il tono era calmo e affettuoso. Dopo un po', la voce si spense e Jack si domandò cosa stesse succedendo. Si alzò di nuovo, lentamente, e si avviò in punta di piedi verso la porta della camera aperta per metà. Quando guardò dentro, vide Lucas in piedi sopra il letto della bimba. La lampada di Ann Elise roteava lentamente, dipingendo elefanti, topolini e giraffe sul soffitto e su suo padre e Jack vide chiaramente il sorriso di Lucas.

Si mosse per trovarsi dietro di lui, attento a non farlo trasalire. Sentì il calore che si diffondeva dal corpo del britannico e cercò di non toccarlo, ma quando Lucas si piegò leggermente verso di lui, Jack si avvicinò abbastanza da permettere al suo torace di toccare la schiena di Lucas.

«È bellissima, non è vero?»

Jack si avvicinò ancora di più guardando, oltre la spalla di Lucas, Ann Elise che dormiva tranquillamente, con le mani ancora intrecciate dietro la schiena.

«Mmmh, sì, lo è.» Jack baciò la spalla di Lucas e poi il suo collo. «Proprio come suo padre.»

Lucas lasciò cadere indietro la testa, stese il braccio per mettere la mano sulla nuca di Jack e l'americano strinse le braccia intorno al suo corpo. Lucas girò la testa e gli offrì le labbra, così Jack fece quello che aveva voluto fare da quando i suoi occhi si erano posati sul britannico alcune ore prima, e ogni ora da quanto si erano separati: voleva sentire il sapore delle sue labbra, della sua bocca, della sua lingua.

Lucas ruotò nelle braccia di Jack e approfondì il bacio. Gli ultimi due anni e mezzo semplicemente scomparvero quando Lucas gemette durante il bacio appassionato, aprendosi completamente a Jack.

Tentarono di smettere di baciarsi quando Ann Elise si mosse, ma erano ancora uno nelle braccia dell'altro ed entrambi scrutavano il lettino. Ann Elise si agitò un po', ma rimase addormentata.

Lucas fece una risatina.

«Cosa?» Jack chiese, a bassa voce.

«Sento che c'è un tema ricorrente nella nostra relazione.»

Jack gli rivolse uno sguardo interrogativo.

«Passerai la notte qui, vero?» chiese Lucas sfacciatamente.

Jack annuì. «Mi piacerebbe.»

Lucas lo baciò velocemente, poi gli prese la mano e spense la lampada del comodino. «Vieni.»

Condusse Jack fuori dalla camera da letto e di nuovo sul divano. «Mi dispiace, ma non sono pronto a essere guardato da una bimba di due anni mentre lo facciamo.»

L'americano sorrise. «Beh, questo divano conserva dei ricordi molto piacevoli.»

Il divano aveva dei cuscini soffici e una profonda seduta che li ospitò facilmente entrambi mentre, stesi vicini, dedicavano un po' di tempo a familiarizzare di nuovo, toccandosi e, ogni tanto, baciandosi. Dopo tutto quell'appassionato e frettoloso fare l'amore del passato, era come se adesso avessero tutto il tempo che volevano.

«Allora, come sei riuscito a divorziare da Maria?» chiese Lucas, mentre la sua mano accarezzava lentamente la schiena di Jack. «Era stata molto chiara nel dire che non ti avrebbe mai lasciato andare.»

Jack baciò la fronte di Lucas. «Sì, mi dispiace per questo.» Roteò gli occhi. «Ho dovuto ricorrere ad alcune misure molto drastiche.»

«Oh?» chiese Lucas, leggermente divertito dall'espressione di disapprovazione di Jack.

«È una lunga storia.»

Lucas controllò il suo orologio. «Abbiamo circa sei ore prima che Ann Elise incominci a strillare per richiamare la mia attenzione. Fino ad allora, sono tutto orecchie.»

Jack fece una risatina. «Okay.»

«COSA stai facendo, Christensen?»

Gallagher era chiaramente furioso, ma a Jack non interessava per niente. Stavano facendo una breve pausa, un'altra riunione con il Primo Ministro belga e il Ministro della Difesa, cercando di convincerli a una comune prospettiva americana-britannica, e cioè che la NATO aveva bisogno di inviare una grossa quantità di truppe per il mantenimento della pace per aiutare lo sforzo di guerra, ma i belgi non si sforzavano di mostrare un fronte unito.

Jack era stanco, non si era ancora completamente ripreso da ciò che aveva subìto durante il tentativo di sequestro, costole rotte e mascella ammaccata, e stava lottando per qualcosa in cui non credeva.

«Pensi che dovremmo mandare centinaia di giovani uomini e donne in battaglia per questo?» Jack socchiuse gli occhi guardando il suo amico.

«Io credo che non importi quello che pensiamo, Jack. Il nostro lavoro è appoggiare le decisioni che prendono le nostre nazioni e sostenerle.» Sean si girò, le sue mani si sollevarono in segno di sconfitta. «Perché devo spiegarti questo?» Guardò l'americano e sussurrò: «Questo è tradimento, Jack! Quei tipi che ti hanno malmenato ti hanno fottuto anche il cervello?»

Jack sospirò e bevve un sorso dalla sua tazza di caffè. «Questa è la decisione di alcune persone egocentriche, Gallagher, e tu lo sai. Sono i motivi economici del mio Presidente e del tuo Primo Ministro leccaculo. Cristo, Gallagher, quell'individuo ha così tanto ascendente sul mio Presidente che ha voce in capitolo anche per quello che deve mangiare a colazione.»

Gallagher sbuffò e scosse la testa. «Ci sono vari modi di farlo, Jack, e questa non è la maniera diplomatica. Faranno cadere la tua testa per questo, e anche la mia se non sto attento.»

Il Primo Ministro belga e il tozzo Ministro delle Difesa ritornarono al tavolo e anche Jack e Sean si sedetterro.

Jack si schiarì la voce. «Signore, possiamo parlare per un momento senza mettere a verbale?»

Sean lo fulminò con un'occhiata mortale.

Il Primo Ministro fece cenno alle segretarie di lasciare la stanza e Jack si alzò di nuovo. Si diresse verso la porta per chiuderla dietro di loro e poi camminò verso la finestra.

«Mi rendo conto che il mio Segretario di Stato ha ricevuto istruzioni di minacciarvi con sanzioni se non ci aiutate a persuadere i francesi e i tedeschi a serrare i ranghi. Mi è stato anche chiesto di dirvi che l'esercito americano smetterebbe di usare il vostro porto di Anversa e che ci sarebbero sanzioni commerciali. Come ultima risorsa, devo minacciare la liberazione dei quartieri generali della NATO.»

Jack guardò Sean che era seduto dritto sulla sedia e fissava il piano del tavolo.

«Ora posso dirvi che le minacce sono balle.»

Vide i due ministri guardare lui, poi Sean, e poi ancora lui di nuovo.

«Se la sua popolazione non è favorevole, neppure lei dovrebbe esserlo. Voi siete una piccola nazione, ma importante, perché non lasciate che i pezzi grossi vi facciano abbassare lo sguardo. Non sto dicendo che potete fermare questa guerra, o che potete veramente ottenere qualcosa non unendovi alle forze per il mantenimento della pace della NATO, ma le sto dicendo di seguire il suo cuore, qualcosa che io avrei dovuto fare tanto tempo fa.»

Jack fece un cenno con la testa ai due politici sbalorditi e uscì.

«VERAMENTE hai detto così?» chiese Lucas, mentre le sopracciglia salivano verso l'attaccatura dei capelli.

«Sì,» rispose Jack timidamente. «Ero malato e stanco di nascondermi, di mentire a tutti.» Baciò Lucas teneramente. «Sapevo che Maria non mi avrebbe mai concesso il divorzio a meno che non fossi stato diverso da come lei mi voleva.»

Lucas lo guardò negli occhi seriamente. «Sean aveva ragione. Quello che stavi facendo era tradimento, Jack!»

«Lo so, ma sai una cosa? Mi sentivo dannatamente bene. Era come se il mondo mi fosse scivolato dalle spalle. Uscii da quell'edificio e… c'era ossigeno nell'aria. Riuscivo finalmente a respirare. Il Primo Ministro sapeva che era meglio non parlare troppo di quello che avevo detto, così nessuno al di fuori di quella stanza lo seppe mai. Immaginarono che soffrissi di esaurimento nervoso e io glielo lasciai credere. Vidi persino uno strizzacervelli. Compilò un certificato e mi descrisse come vulnerabile e anche potenzialmente pericoloso. Mi diedero sei mesi di 'ferie'.»

«E Maria?»

Lucas aveva ancora delle profonde rughe sulla fronte e Jack lasciò che le sue dita passassero delicatamente come dei fantasmi sulle sopracciglia corrugate del suo amante mentre gli scostava i riccioli morbidi.

«Aveva capito che, se ero disposto a mandare tutto all'aria, stavo davvero facendo sul serio. Parlammo a lungo. Piangemmo entrambi. Parlammo ancora.»

Il sorriso preoccupato di Lucas lo fece continuare.

«Abbiamo condiviso molte cose in quindici anni di matrimonio, Lucas. È una donna meravigliosa. Lo penserò sempre. Meritava una spiegazione.»

«Cosa c'era da spiegare?» chiese Lucas un po'duramente.

Jack appoggiò la fronte a quella del giovane britannico. «Le ho detto che l'amavo. Come una sorella o un'amica. Le ho detto che amavo te in modo molto diverso, che ero arrivato al punto in cui non potevo più nasconderlo.»

«Ma ero lontano. Non ero più lì e tu non sapevi dov'ero.»

Jack sorrise per il modo in cui Lucas lo guardava senza interrompere il contatto.

«Sembri Maria.»

Lucas gli diede un colpetto nelle costole.

«Ohh.» Jack mise la sua mano sul punto che Lucas aveva colpito e simulò dolore, allontanandosi più che poteva.

«Mi dispiace. Ti fanno ancora male le costole?»

Jack attirò vicino Lucas, sperando di cancellare lo sguardo preoccupato dal suo viso. «No, sciocco. Sono completamente guarito. Pensavo davvero quello che le ho detto, Luke. Sapevo che ti amavo più di quanto avessi mai amato chiunque altro. Il dolore di perderti mi ha offuscato per troppo tempo, ma quando ti ho rivisto, oggi ...»

«Non sapevo se potevo affrontarti,» ammise Lucas. «Ho visto la tua foto sul lasciapassare, nella mia cartella delle istruzioni, e il mio cuore si è fermato.»

«Perché?»

«Ti ho piantato in asso, Jack! E anche se mi avevi perdonato per quello, c'era Ann Elise e...»

Jack lo zittì con un bacio.

«Ann Elise è perfetta, Luke.Vederti con lei, come ti curi di lei e le vuoi bene... mi ha fatto innamorare di nuovo di te.» Alzò lo sguardo verso Lucas. «So che tutto questo è molto improvviso, ma spero di poter continuare a essere parte delle vostre vite, Luke, la tua e quella di Ann Elise.»

Lucas alzò lo sguardo verso di lui. «Sei serio?»

Jack annuì. «Se mi vorrai.»

Lucas abbracciò Jack ancora più teneramente. «Ti stancherai abbastanza presto di noi, Jack. Ann Elise è abbastanza birichina, lo sai.»

Jack sorrise solamente.

ENTRAMBI si svegliarono alcune ore più tardi sentendo Ann Elise che parlava da sola.

Quando Lucas si accorse che erano ancora sul divano, gli arti rattrappiti, si scusò. «Fa sempre così.»

«Non piange mai?»

Lucas scosse la testa. «Lo faceva da piccola, ma adesso no, a meno che non si faccia davvero male. Correva per la casa l'altro giorno e ha sbattuto contro il lato della porta. Tutto quello che ha detto è stato 'Lise bang!' e poi ha continuato a correre.»

«Deve sentirsi veramente sicura qui,» rispose tranquillamente Jack.

«Lo pensi davvero?» chiese Lucas un po' insicuro.

Jack annuì. «Allora, quali sono i progetti per oggi?»

«Beh, è sabato. Di solito ci alziamo, facciamo colazione e verso le undici lascio Ann Elise a casa di Liz a giocare coi suoi ragazzi. Lei li adora, sai? Dopodiché faccio la spesa e poi mi faccio un giro. Normalmente questo sarebbe il *mio* tempo lontano da tutto, ma mi piacerebbe dividerlo con te.»

Lucas guardò Jack in un modo tale che non avrebbe potuto negargli niente. Non che lo volesse. «Allora, quando vai a riprendere Ann Elise?»

«Alle tre circa. Per quell'ora Liz ne avrà avuto abbastanza dei ragazzini, credimi!»

«Carino da parte sua, fare da babysitter,» Jack osservò.

«Ehi, i genitori single devono aiutarsi l'un l'altro. Visto che facciamo a turno conoscerai abbastanza presto i suoi due figli.»

Jack sorrise all'idea che Lucas considerasse scontato che lui sarebbe stato lì con loro.

CAPITOLO
VENTIDUE

LA MATTINATA trascorse senza problemi. Ann Elise era ancora un po' timida con Jack, ma quando arrivarono a casa di Liz, volle salutare Jack come salutava suo padre prima di correre verso la stanza dei giochi.

Liz fu la solita impertinente quando si fecero le presentazioni. «Allora tu sei l'Ambasciatore che ha fatto presa sul cuore di Lucas per gli ultimi tre anni.»

Jack sorrise un po' timidamente, ma immaginò che la sua miglior difesa fosse l'attacco. «Bene, io ero quello sposato, lui era l'irresistibile.»

Diede a Lucas un'occhiata e capì che a Liz chiaramente piaceva ciò che vedeva. «Bene, almeno aveva buon gusto in fatto di uomini.»

Si girò verso Lucas e lo baciò sulla guancia. «Va' e divertiti. Lasciala qui fino a quando ne hai bisogno.» Fece l'occhiolino a Jack.

Quando furono di nuovo fuori, Jack non poté fare a meno di dire: «È proprio un tipo,vero? Esattamente quanto le hai detto di noi?»

Lucas fece una risatina. «Una notte tremenda siamo finiti al pronto soccorso con Ann Elise. Lei aveva la febbre alta e non riuscivo a calmarla, così chiamai Liz, che era appena stata lasciata dal suo ragazzo mentre aspettava il secondo figlio. Mi ha aperto il suo cuore mentre aspettavamo nella sala d'attesa, e così ho fatto io. Sa quasi tutto, Jack.»

Jack non era completamente sicuro di come si sentisse riguardo a quello che Lucas gli aveva appena detto.

«È veramente fantastica; si preoccupa di chi va a letto con chi solo se ha la sola possibilità di essere parte della cosa. Quindi sei al sicuro. Infatti penso che probabilmente abbia organizzato lei la cosa quando ti ho fatto fare la visita. Sono sicuro che sapesse chi eri dalla tua biografia, perché non ho mai fatto il tuo nome.»

AL SUPERMERCATO, Jack si rese conto che dovevano sembrare una coppietta: discutevano di quello che avrebbero mangiato a cena e a colazione il mattino seguente. Non avevano ancora parlato di un futuro insieme, ma facevano già la spesa come se vivessero nella stessa casa. Normalmente, questo avrebbe spaventato a morte Jack però, strano ma vero, non successe. Stavano cercando di costruire una vita insieme e tutte le discussioni che potevano scaturire da ciò erano riservate a dopo.

Ora erano nel reparto igiene personale e Lucas stava indicando delle *lubrificazioni personali*.

«Beh, questo sì che è esplicito,» mormorò Jack.

Il viso di Lucas divenne serio. «Ti dispiacerebbe se la commessa alla cassa pensasse che siamo omosessuali giudicando il cestino della spesa?»

Jack ci mise un attimo per riflettere sulla domanda, ma alla fine rispose: «No, penso di no. Penso che richieda solo un po' di adattamento. Devo incominciare a pensare a me stesso in modo diverso.»

Un timido sorriso apparve sul viso di Lucas. «Non sei diverso da quando eri ancora sposato, Jack. Omosessuale non indica chi sei tu, o cosa sei tu. Non ti definisce.»

Jack si guardò intorno e poi circondò Lucas con un braccio per attirarlo vicino e baciarlo sulla tempia. «Lo so. È un po' strano essere così aperti riguardo a questo dopo averlo negato per la maggior parte della mia vita.»

Lucas emise una risatina. «Sei matto, ma ti amo per questo. Ora dimmi, dobbiamo comprare anche dei preservativi?»

Jack tornò a essere un po' timido. «Se mi ricordo bene, l'ultima persona con cui ho fatto sesso sei tu, e ho fatto il test da allora, così…»

Lucas lo afferrò e gli diede un bacio completo. «Lo stesso per me, che tu ci creda o no. Allora niente preservativi.» Fece l'occhiolino a Jack, che lo stava guardando un po' perplesso.

«Cosa? Io sono un padre single con una bimba di due anni, ma tu mi sorprendi. Pensavo che avessi viaggiato un po', testato questo interesse da poco scoperto?»

Jack scosse la testa con l'espressione dolce. «Devo ammettere che ci ho pensato, ma non ho mai… non sarebbe stata la stessa cosa.»

Lucas si sentì riscaldare completamente quando Jack gli fece quella confessione. «Penso che avremo velocemente bisogno di avere una stanza privata da qualche parte, non credi?»

Jack fece una risatina. «Sì. Cosa ne dici se ti mostro il mio appartamento?»

Ricevettero un sorriso simpatico dalla cassiera quando scannerizzò il lubrificante.

L'APPARTAMENTO di Jack era l'esatto opposto di quello di Lucas, situato nella parte bella di Manhattan. Da lì si poteva arrivare a piedi all'edificio delle Nazioni Unite. Aveva un portiere, ascensori e corridoi ben curati.

Lucas lasciò che i suoi occhi assaporassero l'elegante opulenza, leggermente autoritaria.

«Ho ereditato questo appartamento dai miei genitori. Quando morirono, i miei fratelli ricevettero un allevamento di cavalli in Argentina; io ho preferito questo,» dichiarò quasi scusandosi.

«Mi dispiace per i tuoi genitori,» Lucas fu veloce a rispondere.

«Sì, si potrebbe dire che sono stati un paio d'anni schifosi.» Appoggiarono la spesa sul bancone della cucina e Jack prese la mano di Lucas. «Su, ti faccio fare il giro turistico.»

L'appartamento era per lo più vuoto, con le pareti spoglie e pochi mobili, solo un comodo divano in pelle nel soggiorno e un enorme quadro alla parete. Era un quadro astratto pieno di colore, con parole a stento leggibili scarabocchiate ovunque e pezzi di carta stampata incollati su di esso e poi dipinti. Lucas si avvicinò un po' di più, non lasciando mai andare la mano del suo amante e si rese conto che la firma sul dipinto era di Jack.

Guardò l'americano con uno sguardo sbalordito. «Jack, hai dipinto tu questo?»

Jack alzò le sopracciglia, ammettendolo senza parole.

«Oh, mio Dio, è notevole!»

«Ti piace?» chiese Jack, chiaramente più che insicuro.

«Sì, certo, hai dei talenti nascosti, mio caro. Piacere non è la parola adatta. Penso che sia incredibile.»

Jack fece una risatina per lo sguardo esterrefatto di Lucas. «Ho circa venti tele nello studio, ma questa è la mia preferita. Ho sempre voluto dipingere, ma non ne avevo mi avuto il tempo prima.»

Lucas si girò nelle braccia di Jack e lo baciò con passione. «Per quanto mi piacerebbe restare qui a parlare di quadri, devo andare a prendere Ann Elise tra circa due ore, così…»

Jack annuì. «Ti mostro la camera da letto.»

Lucas, prima di seguirlo, affondò la mano in una delle borse della spesa e tirò trionfalmente fuori il lubrificante.

Jack fece una risatina. «Dio, come sei romantico, eh?» chiese mentre attirava Lucas più vicino.

«No, è solo che non voglio farti male, tutto qui,» rispose Lucas sfacciatamente.

Lucas non aveva ancora avuto la possibilità di guardarsi attorno nella camera da letto quando sentì le mani di Jack sopra di sé, che lo spogliavano dai vestiti. «Anzi, ti voglio io dentro di me, Jack, mi sei mancato così tanto.»

Continuarono, esplorando affamati le loro bocche, sfregandosi la pelle nuda.

Jack non poteva credere che stava facendo l'amore con Lucas dopo che si era rassegnato al pensiero che non sarebbe mai più successo. Voleva andare lentamente, temeva che la sua libidine trattenuta non gli avrebbe permesso di durare abbastanza a lungo per penetrare Lucas, ma si sentiva così bene da lasciar scivolare le mani sulla pelle liscia quasi glabra. «Rallenta,» supplicò senza fiato, lasciandosi cadere sulla schiena.

Lucas sorrise e spinse Jack di nuovo sopra di sé. «Io non voglio farlo lentamente. Ti voglio ora e possiamo farlo lentamente ancora un centinaio di volte… più tardi.»

Jack sorrise mentre lo baciava, rendendosi conto che Lucas aveva la stessa sua urgenza. Sentì il suo amante allungare la mano per raggiungere il lubrificante e ridacchiare quando ci arrivò per primo.

«Veloce,» ansimò Lucas. «Non ho bisogno di molto tempo, solo di una grossa… dose.» Entrambi risero per la situazione e per la loro impazienza, ma presto ansimarono quando Jack penetrò Lucas prima con una e poi con due dita. Sembrava tutto molto intimo e Lucas si rese conto che era rassicurante sapere esattamente cosa aspettarsi. Sapeva di fidarsi completamente di Jack e questo rendeva tutto più bello.

Gli occhi scuri e pieni di libidine di Lucas erano quasi vacui quando guardarono Jack. Gemette quando l'americano afferrò la sua erezione già dura. «Vieni dentro di me, Jack, sono pronto.»

Lucas restituì il gesto, lubrificandolo con cautela. Sembrava strano pensare che non ci sarebbe stata nessuna barriera tra di loro ora, nessun preservativo li avrebbe separati.

Mentre Lucas allargava le sue gambe, Jack si posizionò e scivolò lentamente dentro il suo giovane amante. «Stai bene?» chiese. Gli ci volle tutto il suo autocontrollo per rimanere fermo mentre il calore di Lucas lo avviluppava e un leggero gemito usciva dalla sua gola.

«È così bello, Jack, per favore... comincia a muoverti... un poco,» supplicò Lucas prima di abbracciare Jack, attirandolo in un bacio affamato. Le sue mani scesero per tenere con entrambe le mani il sedere di Jack, sollecitandolo a ogni spinta.

Lucas era stretto; quando inserì un dito nel passaggio di Jack, l'americano spinse poche volte prima di venire, rabbrividendo, dentro il suo amante.

Ci vollero a Jack alcuni minuti per realizzare che Lucas non era venuto. Ancora senza fiato, si mosse sul corpo del suo amante finché riuscì a prendere in bocca il cazzo di Lucas, duro come la roccia.

«Cazzo!» gridò Lucas, aggrovigliando con la sua mano i capelli di Jack, guidandolo. Jack sapeva che Lucas era vicino all'orgasmo e succhiò forte, lasciando che la sua lingua strisciasse sull'intera lunghezza.

"Oh, mio Dio, Jack!" Lucas era senza fiato mentre si tendeva e veniva nella bocca di Jack con un lungo sospiro.

Jack si mosse, mentre ancora baciava e leccava, facendo contrarre Lucas più di una volta, e terminò reclamando languidamente la sua bocca. Quando riemersero per una boccata d'aria, Lucas rise. «Erano secoli che non sentivo il mio sapore nella tua bocca.»

Jack lo attirò più vicino e, dopo alcuni tentativi, riuscì a far finire entrambi sotto le coperte. Non si erano preoccupati di abbassarle. «Non puoi immaginare quanto mi sia mancato tutto questo, Luke.»

«Sì, posso,» ammise l'inglese, sorridendo verso gli occhi azzurri di Jack.

Jack seppellì la sua faccia nella nuca del suo compagno. «Mi dispiace non averti cercato.»

Lucas gli prese la testa tra le mani e lo forzò a guardarlo negli occhi. Si rese conto che il suo amante non stava scherzando.

«Mi dispiace, Lucas.» Jack aveva le lacrime agli occhi.

«Jack, non piangere. Sono io quello che è fuggito. Quando tu eri più vulnerabile, io me ne sono andato.» Strinse ancora più forte Jack tra le braccia. «Mi sembrava la cosa giusta da fare in quel momento. Non volevo che tu lasciassi tutto quello per cui avevi sempre lavorato e provare risentimento per me, dopo.»

«Non lo avrei fatto,» Jack rispose, più calmo. «Avrei lasciato volentieri ogni cosa per te. Probabilmente non sono stato molto bravo a dirtelo, immagino.» Baciò di nuovo Lucas con calma. Erano comodi ora, entrambi sul loro lato, faccia a faccia, raggomitolati insieme sotto le coperte, e godevano della vicinanza dei loro corpi nudi e rilassati.

«Dobbiamo stare svegli, così non faremo troppo tardi per andare a prendere Ann Elise da Liz,» disse Lucas pigramente tra un bacio e l'altro, ma fu inutile.

Era già scuro quando arrivarono da Liz. Fortunatamente lei pensò che fosse tutto molto divertente e fece sentire entrambi incredibilmente a disagio non lasciandosi sfuggire l'opportunità di prenderli in giro spietatamente.

CAPITOLO
VENTITRÉ

ALL'INIZIO della rinata relazione, le decisioni che dovettero prendere furono facili. Lucas e Ann Elise si trasferirono nell'appartamento di Jack perché era più grande, situato in una zona migliore della città e più vicino al posto di lavoro di entrambi. Soprattutto, non c'era bisogno di pagare l'affitto, benché a un certo punto Lucas avesse fatto notare che quello che dovevano pagare come spese mensili per mantenere gli ascensori, l'edificio e il portiere, era praticamente un affitto!

Jack si iscrisse alla Cornell per laurearsi come aveva detto che avrebbe fatto una volta tornato a New York e, anche se aveva promesso a Lucas che non avrebbe affrettato le cose, guidava per quattro ore alcune volte al mese per andare a Itaca e trascorreva innumerevoli ore alla scrivania a casa facendo ricerche e scrivendo documenti.

Ann Elise cresceva felice e Jack si rese conto che gli piaceva veramente essere padre. Arrossiva molto, ma fu infinitamente orgoglioso quando Ann Elise lo trascinò dentro la scuola materna e lo presentò come 'il suo altro papà' a una delle nuove ragazze che lavorava là.

La maggior parte dei loro colleghi conosceva la loro situazione familiare e, con sorpresa di Jack in particolare, di solito lo salutavano con qualcosa simile alla totale indifferenza e con espressioni come «bene, buon per te». Per Jack era ancora strano parlare di Lucas come niente fosse, ma non sapeva mai se doveva chiamarlo ragazzo, amante, persona importante o solo compagno; comunque lo chiamasse, non si nascondeva più. Quanto a questo, Liz era di grande aiuto e faceva del suo meglio per non trattarli in modo diverso dalle coppie convenzionali della cerchia dei suoi amici.

Gli amici di Jack e Lucas erano un gruppo eclettico di persone provenienti da una varietà di nazioni estere, così a quattro anni Ann Elise parlava francese, spagnolo e italiano con gli altri bambini come se non avesse mai sentito altro. Ed era proprio ciò che volevano i suoi due papà.

«RICORDI quando mi hai chiesto di sposarti?»

Lucas aveva appena messo da parte il comunicato stampa che aveva impiegato tutta la sera a stendere e si era rannicchiato accanto a Jack che stava leggendo *Libération*, uno dei molti giornali stranieri a cui erano abbonati.

«Mi ricordo,» rispose Jack, socchiudendo gli occhi come se pensasse con affetto a quella notte.

«Beh, ho accettato, giusto?» continuò Lucas.

«Sì, lo hai fatto,» disse Jack con esitazione e un po' insicuro riguardo a dove Lucas volesse arrivare.

«Senti ancora la stessa cosa?» chiese l'altro, più seriamente.

«Mi stai chiedendo se voglio ancora sposarti?»

Lucas annuì.

«Tesoro, i miei sentimenti non sono cambiati; sai che ti amo ancora, probabilmente ancora di più di quando te l'ho chiesto.» Jack mise la sua mano sul collo di Lucas.

«Ma?» tagliò corto Lucas.

«*Ma* cosa?» Jack vide la delusione sul viso del suo amante. «Luke, non abbiamo bisogno di un pezzo di carta. Inoltre, qui in America non è neppure valido.»

«Lo so,« rispose tranquillamente Lucas, allontanandosi e creando un po' di distanza tra lui e Jack.

«Lucas, cosa c'è che non va? Perché devo provarti il mio amore, così all'improvviso?» Jack appoggiò il giornale e si volse in direzione del compagno.

«Non è per quello. E se mi dovesse succedere qualcosa? Se avessi un qualche tipo di incidente? Vorrei che tu prendessi delle decisioni per me, vorrei che ti prendessi cura di Ann Elise.»

«Ecco perché hai scritto nel tuo attuale testamento che, in caso tu non possa più prendere queste decisioni da solo, le prenderò io. Inoltre sono il tutore legale di Ann Elise.»

«Sono solo preoccupato che, se dovesse accadermi qualcosa, contatterebbero Lucy per prima.»

Jack sapeva quanto Lucas amasse sua figlia, ma sapeva anche che doveva essere successo qualcosa per renderlo così preoccupato.

«Parla con me, Luke.»

«Ha chiamato, al telefono,» spiegò brevemente Lucas.

«Lucy?»

Annuì e poi le parole uscirono da sole. «Mi ha detto di lasciarla in pace, che non vuole avere niente a che fare con me o con la *bimba*. Non vuole neppure sapere il suo nome!»

Lucas sedette su un lato del letto con la schiena rivolta verso Jack, la testa tra le mani.

Jack aspettò un momento e poi si mosse dietro al suo amante, spostandosi così da avere le gambe ai lati di Lucas e circondare con le braccia il corpo del giovane. Dapprima Lucas lo allontanò, ma Jack lo strinse di più e lo sentì arrendersi al suo tocco.

«Apparentemente l'hanno chiamata,» disse finalmente Lucas, la voce grossa per l'emozione.

«Chi l'ha chiamata?» chiese Jack sommessamente, cercando di calmare Lucas.

«L'asilo per il quale abbiamo compilato il modulo. Ho mandato loro una copia del certificato di nascita di Lise e i documenti dell'adozione e immagino che qualcuno nell'ufficio sia diventato curioso e abbia rintracciato Lucy.» Lucas sospirò. «Voglio dire, non ho il suo numero di telefono; non so neppure dove viva, ma qualcuno in quella scuola ha avuto la faccia tosta di rintracciarla e chiamarla per chiederle perché ho fatto domanda per un inserimento di Ann Elise senza il consenso della madre.»

«È deciso, Lucas. Iscriviamo Ann Elise alla scuola internazionale delle Nazioni Unite. Non hanno bisogno del consenso della madre. Lucy ha rinunciato a tutti i suoi diritti di genitore.» Jack strinse forte il suo amante.

Lucas si appoggiò contro di lui. «Questo è quello che mi ha detto anche Lucy; lo aveva detto pure all'uomo che l'aveva chiamata.»

«Ti deve esser sembrato strano, risentire la sua voce.»

Lucas annuì, mentre Jack gli baciava i capelli e appoggiava la guancia contro la sua testa. «Potremmo far loro causa per violazione della privacy.»

«No,» Lucas bisbigliò. «Non voglio far causa a nessuno. Voglio che la gente ci accetti per quello che siamo. Siamo i *genitori* di Ann Elise, Jack, tu e io.»

«Allora è per questo che vuoi sposarti? Per provarlo?» Jack stava cercando di arrivare alla radice del problema. Sapeva che ci sarebbe voluto più di un pezzo di carta perché la gente lo capisse.

«Ci sono anche delle altre cose. Se mi succede qualcosa, voglio che tu ti prenda cura di Lise, Jack.» Lucas era appoggiato contro il suo amante e accarezzava lentamente le forti braccia che lo reggevano.

«Sai che lo farò.»

«Ma funziona anche nell'altro caso. Cosa succede se capita qualcosa a te, Jack? Saremo sulla strada.» Lucas si girò un po' e sollevò le sue gambe sopra quelle di Jack in modo da guardarlo negli occhi. «Anche se metti nel tuo testamento che dovremmo avere questo appartamento, non mi posso permettere di ereditarlo. Non siamo legalmente una famiglia e così le tasse di eredità saranno enormi.»

«Ci hai veramente pensato bene, vero?» chiese Jack, mentre faceva scorrere le dita sui capelli morbidi di Lucas.

«Posso risolvere le cose finanziariamente, Lucas. Ho già pensato di istituire un fondo fiduciario per Ann Elise. Ciò aiuterebbe a risolvere i problemi di tasse e a prendermi cura di entrambi. Tu e Ann Elise siete la mia famiglia ora.»

«Lo faresti per me, per noi, ma ancora non vuoi sposarti?» Lucas guardò Jack in modo interrogativo.

Jack sospirò. «Sono spaventato, Lucas.»

L'inglese raddrizzò la schiena e si volse verso Jack con uno sguardo sbalordito sul viso. «Perché, accidenti?»

«Riesco a vedere i titoli ora. *Ex Ambasciatore americano sposa l'amante omosessuale.*» Jack lo indicò con un dito. «Non vorrei che tu o Ann Elise per questo motivo doveste affrontare qualche reazione violenta. Lo sai che accettano il fatto che viviamo insieme, ma è solo perché siamo piuttosto discreti. È un argomento delicato per molte nazioni. Sono sicuro che le Nazioni Unite accettino uno dei loro uomini emergenti delle pubbliche relazioni che vive con un altro omosessuale; ma se ci dovessimo sposare, mentre la cosa non è ancora legale nello stato di New York, potrebbero considerarlo come 'cercare di attirare l'attenzione in modo negativo'. Non so se hai letto la copia del tuo contratto, Lucas, ma...»

Lucas roteò gli occhi. «Lo so che possono licenziarmi, se lo faccio.»

«Ascolta.» Jack strinse forte Lucas tra le braccia e lo cullò un po'. «Sai che io ti amo e che i miei fratelli non ti butterebbero fuori da questa casa se un taxi mi investisse domani.»

Lucas rabbrividì. «Non dirlo!»

«Lo sai che non lo faranno, Luke.»

Lucas si girò ancora un po' per guardare l'uomo negli occhi. «Faresti meglio a non farti male. Voglio ballare con te al matrimonio di nostra figlia e voglio che tu faccia saltare i nostri nipotini sulle ginocchia.»

Jack guardò l'espressione seria sul viso di Lucas e non poté fare a meno di ridere. «Chi dice che si vorrà sposare?»

Lucas sorrise e afferrò le mani di Jack mentre si muoveva per mettersi a cavalcioni su di lui. «Non mi interessa,» iniziò mentre stampava un bacio sulla bocca di Jack. «Voglio invecchiare con te, che significhi ballare al suo matrimonio oppure no!»

Jack si lasciò cadere sulla schiena, permettendo a Lucas di continuare ad aggredire il suo corpo. Sapeva che, quando Lucas non riusciva a fare quello che voleva, aveva la tendenza a prendere il comando a letto. Era una delle ragioni per cui a Jack piaceva scatenare un buon litigio.

Gli piaceva sentire il rigonfiamento di Lucas che sfregava contro il suo attraverso i vestiti, mentre le sue mani erano immobilizzate contro il letto vicino alle orecchie. Gli piaceva come Lucas invadeva la sua bocca e poi gemeva, mandando brividi in tutto il suo corpo. Gli piaceva guardare gli occhi del giovane uomo scurirsi mentre gli diceva «sdraiati e lasciami fare tutto il lavoro», mentre lottava per togliere gli abiti a entrambi. Jack avrebbe finto di lottare un po' ma solo perché sapeva che questo rendeva la libidine di Lucas ancora più intensa.

Lucas lo avrebbe viziato, lasciando che succhiasse quelle lunghe dita snelle mentre la sua bocca era vicina al cazzo gonfio di Jack e le dita dell'altra mano si immergevano profondamente dentro di lui.

Jack sapeva che avrebbe avuto bisogno della sua fermezza per non venire subito. Sapeva che avrebbe dovuto aspettare finché Lucas non si fosse spinto profondamente dentro di lui, colpendo il suo punto sensibile ogni volta. Finché non sapevano più dove finiva uno e incominciava l'altro, finché non sentiva i gemiti di Lucas nell'orecchio e la sua preghiera, «vieni con me, Jack». Solo allora avrebbe potuto lasciarsi andare, provando tutte le sensazioni di lussuria e amore che percorrevano il suo corpo e vedendole apparire anche negli occhi di Lucas.

«Prometto che, appena diventerà legale, te lo chiederò di nuovo,» sussurrò Jack, la voce ancora un po' incerta.

«No, tocca a me chiederlo,» rispose Lucas con un pigro sorriso sul viso mentre attirava il suo amante tra le braccia.

CAPITOLO
VENTIQUATTRO

LUCAS corse attraverso la sala centrale con la cartelletta blu stretta tra le mani per andare ad accogliere un regista di Hollywood e l'agente della sicurezza. Apparentemente il regista aveva ottenuto l'autorizzazione di filmare all'interno dell'edificio delle Nazioni Unite, cosa che era normalmente negata. A Lucas era stato chiesto dall'assistente del Segretario Generale di mostrare a entrambi gli uomini la *zona dietro le quinte,* così come la sala dell'Assemblea Generale e le cabine degli interpreti. Poiché non erano in seduta quel giorno, entrambe sarebbero state vuote.

Lucas riconobbe vagamente l'uomo, ma non riuscì a elencare nessuno dei suoi film. L'esperto della sicurezza era tuttavia una vecchia conoscenza.

«Mark! Sono… quanti? Quattro anni?» Lucas allungò la mano e strinse quella del pacato agente di sicurezza.

«Signor Carlton, se mi ricordo. Ex dipendente dell'Ambasciata britannica? E siamo più vicini ai cinque anni, signore,» rispose Mark, lasciando che a stento apparisse un sorriso sul suo viso severo.

«Nazioni Unite, ora, e per favore chiamami Lucas.»

Mark si rivolse al suo datore di lavoro. «Il signor Carlton mi riporta agli anni del Servizio Segreto quando lavoravo per l'Ambasciata americana in Belgio.»

«Ah sì!» rispose il regista, stringendo la mano di Lucas e poi rivolgendosi verso Mark. «Non eri là quando ti hanno sparato?»

Mark fece una risatina. «Sì, signore. Grazie per avermelo ricordato.»

Lucas diede loro il tesserino dei visitatori e li portò nei luoghi che erano stati autorizzati a visitare. Vide che Mark aveva ancora una vista d'aquila. La guardia del corpo scrutò l'ambiente come se ci fossero dei cecchini a ogni sporgenza.

Il regista spiegò di cosa trattava il film che stavano per girare e chiese se potevano incontrare uno degli interpreti del personale.

«Penso che si possa organizzare, signore. Cosa ne dite se vi faccio vedere ancora qualcosa e poi faccio alcune telefonate e vedo quello che riesco ad ottenere?»

Nella sala dell'Assemblea Generale, Lucas spiegò cosa succedeva quando erano in riunione, poi lasciò che il regista facesse un giro intorno da solo, come lui disse 'per assorbire l'atmosfera'.

Lucas rimase accanto a Mark e sollevò uno dei telefoni interni.

«Jack? Sei occupato in questo momento? No? Bene. Puoi venire all'Assemblea Generale? Ho delle persone qui che vorrebbero incontrarti. Cinque minuti vanno bene. Okay.»

Mentre Lucas sedeva accanto a Mark, quest'ultimo sollevò un sopracciglio.

«Ho sentito bene? Ha detto Jack?» chiese Mark con tono più divertito che inquisitivo. «Sarebbe Jack Christensen?»

«Sì. Sa che non lavora più per il Ministero degli Esteri, vero?»

«Mi sta dicendo che lavora qui?» chiese Mark mentre faceva un cenno verso la sala.

Lucas sorrise. «Sì, come interprete anziano. Sarà qui entro cinque minuti per il consiglio tecnico che volevate e poi immagino le farebbe piacere poter scambiare anche due chiacchiere con lui.»

«Beh, mi ha salvato la vita,» dichiarò Mark in modo privo di espressione.

«Strano,» commentò Lucas. «Pensavo fosse il contrario.»

«Così voi due siete ancora insieme?»

Lucas rimase un po' stupito della sfacciataggine di Mark. «Non spreca le parole, vero?»

Mark alzò le spalle. «Nelle situazioni tese è meglio essere diretti. Mi dispiace se l'ho fatta sentire a disagio.»

«No, affatto. Solo non pensavo fossimo stati così trasparenti.»

Mark lo guardò in tralice. «Nel mio ramo, impari ad assorbire qualsiasi tipo di informazione che ti possa servire e ad usarla a tuo vantaggio.»

Lucas non sapeva come trattare quell'affermazione e si rese conto di essere senza parole, cosa molto inusuale per lui.

Fortunatamente, Jack arrivò proprio in quel momento, fece un cenno a Lucas e poi afferrò la mano di Mark per attirarlo in un gigantesco abbraccio.

Lucas vide un ampio sorriso diffondersi sul viso dell'agente e rimase colpito notando la bellezza dell'uomo, nascosta dietro a quell'aspetto severo. Il fatto che lui e Jack ovviamente condividessero una grande amicizia fece sentire Lucas come un intruso. Sapeva che non c'era motivo di essere geloso e diede loro spazio, camminando verso il regista che stava prendendo appunti e senza dubbio già progettando la successiva ripresa.

«ALLORA stai lavorando per il cinema, adesso?» chiese Jack.

Lui e Mark decisero di incontrarsi quella sera in un bar dietro l'angolo dell'edificio delle Nazioni Unite. Anche Lucas era stato invitato, ma Jack sapeva che avrebbe voluto essere a casa per Ann Elise e non fu sorpreso quando il suo amante declinò l'invito.

«Ho ottenuto un congedo medico dal servizio segreto, così dovevo fare qualcosa,» rispose Mark, prendendo un altro sorso dalla sua bottiglia di birra. «Non è male. Molto lavoro è di consulenza, si sa, dare la mia opinione su chi dovrebbe essere assunto e per cosa, rendere sicuri i set cinematografici e talvolta, come in questo caso, mi viene chiesto di valutare se la descrizione degli uomini del servizio segreto è accurata.»

«Allora, chi reciterà la tua parte in questo film?» chiese Jack, leggermente divertito.

«Sean Penn,» rispose Mark in modo preciso. «Reciterà bene. È un buon attore.»

Jack ridacchiò. «Non ti assomiglia molto.»

«Beh, non deve, perché non interpreta me, giusto? Sai chi interpreterà il tuo ruolo?»

Ora era il turno di Mark di essere divertito e Jack non era sicuro che fosse un buon segno. Bevve una sorsata di birra e scosse la testa.

«Nicole Kidman.»

Entrambi gli uomini incominciarono a ridere. Era assurdo, naturalmente, ma era bello riaccendere l'amicizia che era cresciuta tra di loro nelle settimane che Jack aveva trascorso al capezzale della sua guardia del corpo, dopo la ferita quasi fatale di Mark e il suicidio della carriera di Jack.

Jack si era reso conto in quei tremendi momenti che i veri amici erano rari. La maggior parte delle persone che aveva conosciuto durante la carriera diplomatica gli aveva voltato le spalle. Così, temendo di cadere in un buco nero dopo esser stato uno stacanovista così a lungo, aveva trascorso i suoi pomeriggi sostenendo l'uomo che gli aveva salvato la vita prendendo la pallottola che era destinata a lui.

Mark aveva avuto bisogno di tutto il sostegno che era in grado di dargli. La pallottola era passata attraverso un polmone e aveva intaccato delle arterie nel torace. I dottori gli avevano detto più di una volta che non sarebbe potuto sopravvivere a una ferita come quella, ma lui ce l'aveva fatta comunque. L'aiuto di Jack nel recupero era stato molto apprezzato poiché entrambi gli uomini sapevano che, dal punto di vista della carriera, stavano affrontando un futuro incerto.

Ora, quattro anni più tardi, erano riusciti a riallacciare di nuovo la loro amicizia.

«Deduco che tu e Lucas siate ancora insieme?» Mark chiese scoccandogli un'occhiata.

«Sì,» rispose Jack, sorpreso della sua stessa esitazione.

«Bene,» ribatté Mark.

«Bene?»

«Sì, bene.»

Jack sentiva che Mark si stava divertendo a prenderlo in giro. «Cosa esattamente intendi con ciò?»

Mark bevve di nuovo e prese tempo prima di rispondere, rendendo Jack un po' nervoso.

«Significa che tutte quelle notti che ho trascorso in quella macchina fredda e scomoda davanti al suo appartamento ne sono valse la pena.»

«Tu… Vuoi dire che, in realtà, tu rimanevi…»

«Per non parlare di tutte le volte che ho detto a tua moglie che eri in riunione mentre ero seduto là a gelarmi il culo.»

Jack fece una risatina nervosa e guardò Mark, che stava ancora fissando il resto del bar. «Perché lo facevi?»

«Era il mio lavoro sapere sempre dov'eri. A tutte le ore,» spiegò Mark.

Jack era confuso. «Lo so, ma perché mentivi a Maria? Sono sicuro che non era tra le tue mansioni fornire un alibi per le mie attività extra coniugali.»

Mark lo guardò dritto negli occhi. «Pensi di essere stato il solo nel tuo settore di lavoro che dormiva in giro?»

Jack scosse la testa. «Ma non stavo solo dormendo in giro, no?»

«Non mi pagavano perché mi facessi un'opinione se era peggio che tradissi tua moglie con un altro uomo piuttosto che con un'altra donna. Ciò che importava era che sapevo dove eri e che eri relativamente al sicuro. Per di più, parte del mio lavoro consisteva nel proteggere la tua reputazione e se questo includeva mentire a tua moglie…»

Jack non sapeva cosa dire. «Sono sicuro che tu avessi la tua opinione sull'argomento.»

«E tu avevi la tua opinione riguardo alle crisi su cui ti veniva richiesto di mediare. Parlavamo di questo di tanto in tanto in macchina, ricordi? Questo non ti ha mai impedito di difendere qualcosa in cui non credevi. E affrontiamo la cosa, io non stavo cercando di cambiare il punto di vista dei leader mondiali, stavo solo cercando di assicurarmi che tu facessi il tuo lavoro, così la mia opinione era ininfluente.»

La discussione stava senza dubbio diventando seria, così Jack fu sorpreso di vedere apparire un bel sorriso sul viso di Mark.

«C'è solo una cosa che sto morendo dalla voglia di chiederti.»

«Spara,» rispose Jack, felice di passare a uno scambio più leggero.

«Quel giorno in cui l'Ambasciata venne chiusa, quando quel pazzo stava cercando di far saltare la sua macchina nel tunnel di fronte all'Ambasciata.»

Jack annuì, ricordando bene quel giorno.

«Hai scopato Lucas sulla tua scrivania?»

Jack quasi soffocò e tossì mentre stava inghiottendo una sorsata di birra. Era senza parole. Come faceva Mark a saperlo? E se Mark lo sapeva, anche Gertje doveva averlo saputo. Dio solo sapeva quante altre persone erano passate vicino alla porta del suo ufficio quel giorno e si erano fatte domande sugli strani rumori che provenivano dall'interno.

Mark era un buon amico, anche se avevano perso i contatti dopo che entrambi avevano cercato un altro lavoro. Poteva uscire allo scoperto? Poteva ammettere che la situazione tesa aveva reso lui e Lucas talmente arrapati da farsi una scopata in ufficio?

«Immagino che sia un sì, allora,» dichiarò Mark mentre vuotava la sua bottiglia di birra e faceva cenno al barista di portarne un'altra per entrambi.

«Come lo sapevi? Non pensavo fossimo così rumorosi,» disse Jack tentando di ritrovare la calma.

«Non preoccuparti, Jack. Tuttavia dovrei chiamare Gertje che mi deve cento euro.»

Jack seppellì il viso tra le mani. Era imbarazzante. Pensava di sentirsi completamente a suo agio nel suo rapporto con Lucas, ma l'accettazione di quella relazione da parte di Mark e Gertje risalente a quasi cinque anni prima lo faceva arrossire come uno scolaretto. Quei due erano stati così tranquilli riguardo alla cosa da scommetterci sopra?

«Non riesco a crederci.» Jack scosse la testa, cercando di smettere di arrossire.

Mark rise. «Quindi vedi, è bello che voi due stiate ancora insieme.»

Jack incominciò a rilassarsi. «Eravamo così rumorosi?»

«No. Sentivo qualcosa, strani rumori, quando mettevo l'orecchio vicino alla porta, ma quello che vi fece scoprire fu quello che vidi quando apriste la porta.»

Jack aveva quasi paura a chiedere. «Cosa hai visto?»

«Voi due, rossi, i vestiti un po' spiegazzati con le camicie malamente infilate nei calzoni. La tua scrivania praticamente sgombra, ma i documenti erano sparsi sul pavimento e il signor Carlton… *Lucas,* sembrava uno scolaretto colto con le mani nel vaso della marmellata. Tu eri tuttavia calmo e controllato, come al solito.»

Jack annuì. Avrebbe dovuto sapere che Mark aveva gli occhi di un'aquila e sarebbe stato impossibile ingannarlo.

CAPITOLO
VENTICINQUE

LUCAS era al telefono con Liz, cercando contemporaneamente di metter via alcuni dei giocattoli sparsi sul pavimento, quando sentì suonare il campanello.

«Ascolta, c'è qualcuno alla porta. Aspetta un attimo, vado a vedere chi è.»

Con il telefono inserito tra la spalla e l'orecchio, ficcò un orsacchiotto e un Furby sotto il braccio e guardò attraverso lo spioncino della porta. Non riconobbe la donna bionda con la coda di cavallo che stava in piedi con la schiena appoggiata alla porta, ma visto che il portiere l'aveva autorizzata a salire, aprì comunque.

La donna si girò per guardarlo negli occhi e lui rimase senza fiato. «Oh, mio Dio. Liz, ti richiamo più tardi.» Lucas terminò la chiamata e lasciò il telefono sul tavolo dell'ingresso.

«Maria, io… non ti aspettavo qui. Ehm, Jack non è ancora a casa. Mi ha detto che dovevate incontrarvi stasera in città.»

«Sì. Posso entrare?»

Lucas si allontanò dalla porta per lasciarla entrare. Quando aprì il cappotto invernale, l'uomo non poté fare a meno di notare che aspetto splendido avesse fasciata in jeans attillati e un maglione bianco a collo alto.

«Non sono venuta qui per parlare con Jack. Volevo vedere te.» La sua voce era calma, ma Lucas riusciva a sentire una punta di nervosismo.

Si guardò in giro e sorrise. «Mi piace quello che hai fatto a questo posto. Sembra molto vissuto ora. Non come quando i genitori di Jack erano ancora vivi ed era solo un luogo per trascorrere le vacanze di Natale.»

Lucas non sapeva come reagire mentre se ne stava lì, ancora con i giocattoli di sua figlia tra le braccia. «Perché volevi vedermi?» Era sicuro che la freddezza nella propria voce le fosse chiara. L'ultima volta che si erano parlati era stato all'ospedale quando lei aveva minacciato di rovinare la carriera di Jack se Lucas non avesse lasciato in pace suo marito.

«Ascolta, Lucas, sono sicura di essere la persona meno gradita sul pianeta per te, ma...» All'improvviso non sembrava più la donna che aveva odiato così tanto a Bruxelles. Se ne stava in piedi nel soggiorno e lui la vedeva come Jack l'aveva descritta: una donna molto determinata ma con il cuore al posto giusto. Che male avrebbe fatto se fosse stato carino con lei? Jack aveva detto a Lucas che avrebbe incontrato Maria e lo aveva rassicurato che lei non aveva intenzione di rubarglielo.

«Perché non ci facciamo una tazza di tè e poi parliamo?»

Le fece cenno di dargli il cappotto e si avviarono in cucina. Alcuni minuti più tardi, entrambi avevano tra le mani una tazza di tè e Lucas si stava scusando per la confusione.

«Stavo appunto sistemando. Tre ragazzini per casa non rendono la cosa facile.»

Gli occhi di Maria si spalancarono quando, come a comando, Ann Elise sfrecciò in cucina, correndo dietro il tavolo e riapparendo dietro le gambe di Lucas. Si tirò sui suoi pantaloni e sussurrò: «Chi è?»

Lucas le sorrise e la sollevò. «Ann Elise, questa è Maria, una buona amica di Jack.»

«È venuta a giocare con Jack?» chiese la bimba seriamente. Sia Lucas che Maria ebbero difficoltà a non ridere.

«No, uscirà a cena con lui questa sera, mentre io rimarrò a casa con te, Emile e Charlie. Vuoi essere carina e salutarla?»

Ann Elise si agitò finché Lucas la mise sul pavimento e poi andò da Maria con la mano destra allungata. «Ciao, sono Ann Elise Carlton. Piacere di conoscerti.»

Maria prese la manina della bimba tra le sue e la strinse. «Ciao, Ann Elise Carlton, io sono Maria Donnelly.»

La piccola fece una risatina, ritrasse la mano e uscì dalla cucina.

Lucas si scusò. «Ha quattro anni, non possiamo ancora impedirle di ridacchiare e correre via.»

«È stupenda, Lucas. Come sta Lucy? È di Lucy, non è vero?»

Lucas fu un po' preso alla sprovvista dalla reazione di Maria, ma non c'era il rimprovero che si era aspettato. «Sì, Lucy sta bene. Ha sposato un tale, erede di una catena di supermercati, che non sa che lei ha una figlia. Lucy mi ha dato una bella figlia e le sarò sempre grato per questo, ma non vuole avere niente a che fare con Ann Elise. Per quanto triste possa essere, non posso fare a meno di pensare che sia meglio così.» Non voleva fornire particolari di come Lucy avesse quasi dato sua figlia in adozione.

«Beh, non c'è possibilità di scambiarla con qualcun'altra, se non tua figlia. Si comporta come te. Il modo in cui si è presentata è stato incantevole.»

Lucas sorrise, teneramente. «Beh, impazzisce anche per Jack.»

«Ho sempre saputo che sarebbe stato un padre incredibile,» dichiarò Maria entusiasta, con grande sorpresa di Lucas. «Ma, hai detto tre ragazzini? Ne avete adottati altri due?»

«No, no, sono i figli di Liz. È una mia collega di lavoro. Ann Elise va pazza per i bambini e Liz aveva bisogno di un weekend senza ragazzini, così... Lei mi ha aiutato parecchio, prima... che Jack tornasse.» Non sapeva perché si sentisse così a disagio a parlarle dei ragazzini. Era perché sentiva di aver tolto qualcosa a Maria? Se non fosse stato per lui, lei e Jack avrebbero probabilmente avuto dei bambini ora?

Maria alzò gli occhi verso di lui, improvvisamente. «Sono felice che tu abbia dato a Jack l'opportunità di essere padre. Non ne ho mai avuto il coraggio.»

Lucas allontanò lo sguardo da lei per un momento, cercando di raccogliere i pensieri. «Ti sta bene comunque?»

Lei annuì. «Mi ci è voluto davvero parecchio tempo per capire, Lucas.» Sospirò. «Ti odiavo davvero. Per avermi portato via Jack. Per avermi fatto mancare il terreno sotto i piedi. In un sol colpo, mi hai tolto mio marito e la mia carriera, che avevo impiegato vent'anni a costruire.»

Guardò Lucas intensamente, mettendolo a disagio. «Mi ci sono voluti due anni di vita tra persone che non sapevano da dove sarebbe arrivato il loro pasto successivo per rendermi conto che era tutto superficiale. Per rendermi conto che sì, amavo quell'uomo, ma lui non mi ricambiava. Almeno, non nel modo in cui amava te!»

«Amava anche te, Maria. Mi ha detto quanto è stato difficile dirti di noi. Continuava a rimandare. Mi dispiace.»

«No, non è vero,» dichiarò lei in tono pratico.

Lucas non poté fare a meno di ridacchiare. «Sembri Jack. Ma... mi dispiace veramente. Non perché amo Jack, non mi scuserò mai per quello, ma mi dispiace che ti abbiamo ferito.»

Maria sorrise dolcemente. «Non posso negarlo. È duro vedere l'uomo che hai amato di più nella tua vita innamorarsi di qualcun altro. Mi ci è voluto parecchio tempo per capire che avrei potuto avere una vita diversa, oltre a essere sua moglie, e per ammettere che mi faceva piacere vederlo felice, anche se era con te. È stato solo quando ho trovato il mio obiettivo nella vita che ho potuto passare oltre la mia gelosia.»

Benché nel profondo ancora non le credesse, Lucas si rese conto che stava incominciando a piacergli. «Jack mi ha detto che lavori per l'UNICEF.»

Lei annuì, facendo un grosso sorriso. «Sì, coordino delle squadre. Sono appena arrivata dal Darfur. Purtroppo la situazione stava diventando così instabile che siamo dovuti partire, ma stavamo costruendo scuole e formando le classi. Tu sai, Lucas, che ero una brava organizzatrice, cosa che faceva di me il sogno di ogni Ambasciatore, ma era tutto relativo allo spettacolo. La perfetta cena di gala, il ricevimento, il pranzo ufficiale. Mostra il viso qui, fai un piccolo discorso là. Ora sto facendo ancora cose in questo campo, ma sono cose che veramente cambiano la vita delle persone in meglio, e non devo essere una bambola con addosso abiti costosi di famosi stilisti e con capelli e trucco perfetti. Quindi dovrei proprio ringraziarti per avermi rubato Jack. Non avrei mai capito cosa mi rendeva infelice se voi due non aveste fatto crollare il mio mondo.»

I suoi occhi erano grandi e il suo viso splendeva. Lucas capiva che era sinceramente felice della sua nuova vita ora. Forse stava dicendo la verità, forse li aveva perdonati? Lucas tuttavia non si sentiva ancora completamente a suo agio. Solo il tempo avrebbe detto se avrebbe mai potuto perdonarla.

Questo tenue stato d'animo si ruppe quando entrambi alzarono lo sguardo mentre la porta d'entrata si apriva.

JACK oltrepassò la porta del suo appartamento per essere accolto come al solito dal canto eccitato del suo nome. Non ne avrebbe mai avuto abbastanza di essere salutato dalla voce di Ann Elise che risuonava nella casa. Aveva appena chiuso la porta e aveva ancora le chiavi in mano quando lei fece uno scatto tra le sue braccia, dandogli un grosso abbraccio e un bacio con lo schiocco. Non importava quanto stanco fosse dopo una giornata lavorativa, lo faceva sempre sorridere. Lei gli raccontò che Emile e Charlie erano lì e Jack sorrise perché sapeva fin troppo bene chi era il capo in quell'asilo.

Mise le chiavi nel piccolo contenitore nell'armadietto dell'ingresso e stava appendendo il suo cappotto quando Ann Elise gli fece un sorriso birichino. «C'è una ragazza che ti vuole vedere.» Ridacchiò, evidentemente pensando che fosse un'idea buffa. «Si chiama Maria.»

Jack sentì il cuore fermarsi. Povero Lucas. Poteva solo sperare che Maria fosse stata carina con lui.

Poi il suo amante lo chiamò. «Siamo in cucina!» La sua voce non sembrava tesa o troppo disperata. Forse era appena arrivata?

Con un «Perché non vai a giocare?» mandò Ann Elise di nuovo dai suoi ragazzi e si diresse verso la cucina con una sensazione di oppressione al petto.

Con sua sorpresa, Lucas era seduto sul bancone e Maria era appoggiata contro gli armadietti della cucina sull'altro lato, entrambi stavano bevendo il tè e sorridevano mentre conversavano amabilmente. Forse la sua apprensione non era necessaria?

Jack salutò prima Maria con un bacio sulla guancia e poi si rese conto che si sentiva a disagio a baciare Lucas davanti a lei. Esitò momentaneamente, poi si accorse dal viso di Lucas che anche lui aveva sentito la stessa cosa. *Dannazione!* Perché lo intimidiva ancora?

L'atmosfera in cucina si raffreddò di qualche grado e Jack scelse la fuga, dicendo a Maria: «Ascolta, mi cambio e saremo pronti per uscire tra dieci minuti circa, okay?»

PIÙ TARDI quella notte, Lucas andò a letto presto. Badare a tre bambini dai tre ai cinque anni dopo una faticosa giornata lavorativa era abbastanza stancante, ma lo stress addizionale di Maria che era arrivata presto e la goffa risposta di Jack alla sua presenza, avevano reso la serata veramente estenuante.

Aveva notato che Jack aveva esitato a baciarlo sulla bocca come faceva solitamente quando tornava a casa. Lucas non ne aveva fatto una questione personale, dal momento che non si era sentito neppure lui completamente a suo agio nella situazione, ma voleva sapere se Jack si sentiva strano perché era nella stanza con le uniche due persone con le quali aveva avuto una relazione seria o se c'era qualcosa di più.

Lucas scosse la testa e si disse che non c'era ragione di dubitare della dedizione di Jack verso di lui. Veramente. Allora perché le cose erano sembrate così strane all'improvviso? Perché Jack era scomparso nella loro camera da letto e ricomparso solo alcuni minuti più tardi in abiti diversi solo per sgattaiolare con Maria fuori dalla cucina e fuori a cena in città?

Spense la luce e si raggomitolò sotto il piumone, sapendo perfettamente che non avrebbe dormito finché Jack non fosse stato a casa, anche se non c'era motivo di essere geloso. Jack aveva lasciato Maria, ottenuto il divorzio e cambiato la sua intera vita, in un momento in cui Lucas non era neppure parte di quella vita. Allora perché stava dubitando di Jack?

Sentì la porta d'entrata aprirsi e il familiare tintinnio di Jack che posava le chiavi nel piccolo contenitore. Capiva che Jack era attento a non svegliare nessuno e poco più tardi lo sentì entrare di soppiatto in camera, spogliarsi e scivolare sotto le coperte.

Nell'oscurità, Lucas si girò a guardare il suo amante.

«Non volevo svegliarti,» sussurrò Jack.

«Non l'hai fatto. Non riuscivo a dormire,» disse Lucas. «Come è stata la cena?»

«Okay, immagino. Bello parlarle di nuovo.»

Lucas sentì l'esitazione nella voce di Jack, così si avvicinò e abbracciò il suo amante. «Va bene, Jack. Ti è permesso divertirti, uscire con una vecchia amica, finché è solo quello.» Sospirò quando si rese conto che sembrava che il diavoletto verde della gelosia stesse raddrizzando la sua brutta testa, così aggiunse: «So che posso fidarmi di te, Jack.»

Jack si rannicchiò tra le sue braccia e lo baciò teneramente.

«Dannazione! Hai mangiato cibo tailandese senza di me?» scherzò Lucas.

«Come hai fatto a capirlo?» gli chiese Jack e Lucas sentì che stava sorridendo, benché fosse troppo scuro per vedere.

«C'è il latte di cocco, la citronella e il tocco di coriandolo.»

«Puoi sentire il sapore di tutto questo?» rise Jack.

«E di più,» rispose Lucas e attirò Jack ancora più vicino e tutte le sensazioni di gelosia si affievolirono per essere sostituite con qualcosa di molto più bello.

CAPITOLO
VENTISEI

«OH, QUASI dimenticavo,» esclamò Lucas, guardando Jack piegato sopra il tavolo mentre lo puliva, finendo in tal modo le faccende domestiche del dopo cena. «C'è una lettera per te. Una grossa busta, carta costosa, scritta a mano e indirizzata al signor Jack Christensen.»

Jack gli gettò lo straccio bagnato e si diresse nel corridoio per recuperare la lettera. Quando tornò nel soggiorno, la aprì e lesse l'invito formale.

«Stacey si sposa. Ti ricordi di lei? Il mio ufficiale subalterno del protocollo? Ad Anversa, nientemeno. E siamo invitati. Vogliamo andare?» Jack chiese, mentre stava ancora leggendo.

«È indirizzata solo a te,» rispose Lucas imbarazzato mentre si ritirava in cucina, seguito da vicino da Jack.

«Dice *Signor Jack Christensen e partner*,» ribatté Jack mentre abbracciava Lucas, spingendolo contro il bancone.

«Potrebbe essere chiunque.» Lucas mise il broncio, sapendo che Jack sarebbe caduto dritto nella trappola.

«Se mi ricordo bene, ho solo un partner,» baciò i capelli di Lucas, «fidanzato,» e il suo collo, «e amante.»

«Ehi, voi due, perché non fate quelle cose in camera da letto? I bambini possono entrare in cucina, lo sapete.» Ann Elise era in cucina, in piedi con le mani sui fianchi. Si girò, afferrò una lattina di Coca Light dal frigorifero e uscì, prima che i due uomini, abbracciati, potessero rispondere.

«Ci siamo persi qualcosa? Da quando nostra figlia si è trasformata in un'adolescente?» chiese Lucas, con la bocca leggermente aperta mentre guardava la ragazzina che usciva dalla stanza.

«L'ultima volta che l'ho guardata aveva ancora sei anni. Ora mi legge le favole prima di dormire, ma vuole ancora essere rimboccata,» disse Jack, piuttosto perplesso dalla sfacciata osservazione di Ann Elise.

«Pensi che dovremmo dire qualcosa?» chiese Lucas, sollevando le sopracciglia.

«Nah, lascia stare,» ridacchiò Jack. «Sarà peggio quando ritorneremo dal matrimonio dopo che sarà stata da Liz per una settimana. Scommetto che quel gesto, mani sui fianchi, è di Liz quando è al suo meglio.»

SEI settimane più tardi, arrivarono all'Hilton di Anversa per il matrimonio di Stacey.

Quando l'avevano chiamata per dirle che sarebbero andati, lei aveva spiegato che aveva sistemato ogni cosa, comprese le stanze in albergo per la notte prima e dopo il matrimonio per la sua famiglia e per tutti gli amici che sarebbero arrivati lì in volo da tutto il mondo.

Quando la receptionist porse loro la chiave magnetica e annunciò che era stata assegnata una delle executive suite, Jack si rivolse a Lucas. «Luke, sei stato tu?»

L'altro fece uno sguardo innocente e scosse la testa.

La suite era la stessa stanza che conteneva dei ricordi speciali per entrambi. Dopo che il portiere ricevette la mancia e uscì, Jack guardò Lucas.

«Se non hai combinato tu questo, allora chi l'ha fatto?» chiese casualmente togliendosi la giacca. «Sono piuttosto sicuro che Stacey non sapeva cos'era successo in questa stanza quasi esattamente sette anni fa, Luke.»

Lucas finì di chiudere le tende e sfrecciò nella stanza lanciandosi contro Jack con una forza tale che entrambi finirono sul letto. «Buon anniversario, amante,» gemette Lucas nella bocca di Jack.

Si baciarono con passione, liberandosi della maggior parte dei vestiti, sfregando le erezioni l'una contro l'altra.

«La macchina sarà qui fra trenta minuti...» Jack era senza fiato e riemerse per una boccata d'aria, «… a prenderci, quindi devo infilarmi il mio completo.»

«Si fotta la macchina!» rispose l'inglese, chiaramente disperato, mentre attirava di nuovo Jack più vicino.

«Luke, non avremo tempo per una doccia dopo, se non…»

Jack guardò Lucas sbalordito mentre questi si girava sul letto con un luccichio selvaggio negli occhi. Nello stesso momento in cui sentì la bocca bollente del suo giovane amante sopra il suo sesso ancora coperto, si trovò i genitali di Lucas in faccia. Stavano entrambi ansimando; sarebbe finito tutto in una manciata di minuti e non sarebbe riuscito a trattenersi, comunque.

Quella era fame e nostalgia. In quella stanza, Lucas gli aveva mostrato che non c'era possibilità di uscita, che non poteva continuare a negare i sentimenti che aveva allontanato per la maggior parte della vita.

Anche ora, dopo sette anni, amava ancora il sapore del cazzo di Lucas in bocca e la sensazione delle sue labbra sul proprio. Amava il modo in cui quello che stava facendo al giovane uomo li faceva entrambi gemere forte, mandando le vibrazioni attraverso l'inguine, mentre Lucas emulava i suoi stessi movimenti, restituendo le stesse leccate e gli stessi gesti. Amava l'affamato succhiare: entrambi spingevano e si ritraevano uno nella bocca dell'altro.

Lucas venne per primo e Jack si tese a guardare in basso per vedere il suo viso, contorto dal piacere, mentre lui assaporava lo sperma bianco e caldo che gli riempiva la gola. Jack inghiottì avidamente le ondate di piacere di Lucas che poi staccò la bocca dal cazzo turgido di Jack, solo per afferrarlo con entrambe le mani e accarezzarlo con sorprendente coordinazione.

La vista del giovane amante appagato, che cercava ancora di continuare fino a farlo venire, fece aumentare la sensazione di pizzicore all'inguine. Spinse forte nelle mani di Lucas e sentì l'orgasmo raggiungerlo mentre il suo compagno apriva pigramente la bocca per accoglierlo.

Dopo alcuni ansimi, Lucas si trascinò verso l'alto con un pigro sorriso sul viso e si spostò più vicino per baciare profondamente Jack, mischiando i sapori nelle loro bocche. Jack riusciva ancora a sentire brividi su tutto il corpo e percepì la sensibilità di Lucas quando lo accarezzò dopo l'orgasmo. Non era una sorpresa che fossero riusciti ad avere del tempo libero prima che la macchina venisse a prenderli.

Jack e Lucas ridacchiarono di buon umore mentre si lavavano i denti, insieme davanti al largo specchio del bagno. Lucas aveva fatto una doccia veloce e aveva indossato dei jeans. Jack si era alzato dal letto solo dopo che Lucas si era vestito, temendo che, se avessero fatto la doccia insieme, non avrebbero mai lasciato la stanza. Ora che anche lui era pronto, sarebbero stati fuori dalla stanza in pochi minuti.

IL MATTINO seguente, Jack si svegliò al suono di qualcuno che bussava pesantemente alla porta. Lucas era stravaccato sopra di lui così si mosse attentamente per non svegliarlo. Quando controllò la sveglia accanto al letto, vide che erano le sette e mezza.

Chi diamine poteva essere a quell'ora? Il matrimonio iniziava alle dieci, giusto?

Indossò rapidamente uno degli accappatoi bianchi che offriva l'albergo e andò alla porta. Quando guardò il letto, vide il corpo deliziosamente nudo di Lucas steso a faccia in giù sul materasso. Velocemente, gettò le coperte sopra di lui prima di aprire la porta.

Quello che vide lo fece sorridere.

«Stacey? Stai bene, tesoro?»

Stacey era alla porta d'entrata avvolta in un accappatoio rosa con i bigodini nei capelli e senza trucco. Era presa dal panico, qualcosa che Jack non aveva mai visto prima.

«Uno dei testimoni mi ha dato buca!» disse imbronciata spingendo Jack nella stanza dell'albergo.

Si coprì la bocca con la mano come un bambino che ha detto una brutta parola. «Spero di non aver interrotto niente.»

Jack fece un sorriso a trentadue denti. «No, Stacey, è profondamente addormentato. E anch'io, ma qual è il problema?»

«Beh, il fratello di Roy, che si pensava fosse il suo testimone, è stato trattenuto in Bahrain a causa di un qualche incidente diplomatico. Ora il suo migliore amico è qui e può sostituire il testimone, ma questo mi lascia un paggio in meno. Pensi che Lucas potrebbe farne le veci?»

Respirava appena mentre raccontava a Jack di quella crisi.

«Sicuro, non vedo perché no,» rispose Jack. «Però non ha l'abito adatto e sono sicuro che vuoi che sembrino tutti uguali.»

«Arrivo subito,» gli disse lei e tenendo l'indice davanti a sé percorse a tutta velocità il corridoio verso la sua suite.

Alcuni minuti più tardi era di ritorno e teneva in mano una gruccia coperta da una plastica trasparente. «Fagli provare questo. Se non va bene, chiama il numero sulla custodia di plastica e di' loro che è un'emergenza.»

Jack fece una risatina mentre accettava l'abito e guardava Stacey percorrere di corsa il corridoio. Appese la busta sull'attaccapanni e ritornò al letto dove Lucas stava ancora dormendo. Mentre sedeva sul bordo, lasciò vagare la mano sotto le coperte, dove trovò la sua pelle morbida e liscia. Il suo amante mugolò mentre Jack gli accarezzava leggermente la parte posteriore della coscia, muovendosi su verso le natiche e la parte più bassa della schiena che si inclinava tra le fossette. La pelle di Lucas era calda e lui non ne aveva mai abbastanza di quella sensazione di setosa morbidezza.

«Lasciami dormire ancora un po'…» mormorò l'inglese mentre si tirava le coperte sulla testa avvolgendosi nelle lenzuola. Jack era steso vicino a lui e lo teneva stretto tra le sue braccia.

«Ho la sensazione che posso persuaderti ad alzarti,» cercò di convincerlo scherzosamente Jack.

«Noooo.» Lucas mise il broncio, tenendo gli occhi chiusi. «Troppo presto.»

«No, non è vero. Perderemo la colazione.»

«Non mi interessa.»

Jack cercò di infilare lentamente la mano per trovare una strada sotto le coperte. «Il matrimonio comincia tra due ore, dobbiamo fare la doccia, vestirci con quei begli abiti grigi e poi andare in municipio. Non ce la faremo mai di questo passo.»

«*Tu* devi vestirti con un bel vestito,» si lamentò il britannico mentre si rannicchiava più vicino a Jack, che ora gli stava strofinando lo stomaco.

«Anche tu. Stacey ha appena portato un abito per te,» scherzò Jack mentre muoveva la mano dallo stomaco di Lucas ai suoi fianchi, evitando attentamente la zona dell'inguine.

«Davvero?» chiese Lucas tenendo sempre gli occhi chiusi, ma muovendosi nella direzione della mano di Jack. «Uno di quei bei vestiti grigi che hai provato ieri?»

«Sì,» mormorò l'americano, seppellendo il viso nel collo di Lucas e mordicchiandogli scherzosamente la spalla.

Quando Lucas si rannicchiò più vicino, chiaramente non avendo alcuna intenzione di alzarsi, Jack incominciò a solleticarlo, facendolo scoppiare in una risata.

Due ore più tardi si trovarono a doversi affrettare, proprio come Jack aveva predetto.

Attacchi di risatine e un feroce solleticare, seguiti da lotte di cuscini, erano terminati con la faccia di Jack spinta contro la porta che conduceva in bagno. Lucas si era scusato per la violenza, ma serio solo a metà.

«Te la sei cercata, Jack, te ne rendi conto, vero?» chiese Lucas.

Jack, che non si lasciava scoraggiare con facilità, rispose semplicemente: «Tu sei felice che non abbiamo qui una figlia che può ascoltare.»

Lucas sfilò dalle spalle del compagno l'elegante accappatoio bianco e premette il suo corpo contro quello del suo amante. «Ho tutte le migliori ragioni per farti gemere così forte che Stacey verrà a bussare alla porta chiedendo cosa diavolo sto facendo.»

«Cazzo,» fu tutto quello che Jack riuscì a farfugliare.

«La pensi così?» chiese Lucas mentre offriva all'amante due dita da leccare. «Meglio renderle belle scivolose, perché è tutto il lubrificante che ho.»

Jack prese tempo, avvertendo sulla lingua il sapore leggermente salato delle dita di Lucas. Capiva che Lucas stava diventando un po' impaziente visto come si sfregava contro di lui, allora affrettò le cose. Il giovane britannico si stava chiaramente eccitando, ma mai quanto Jack. Quando Lucas mise la sua mano sinistra sull'addome di Jack, l'americano si rese conto di essere felice di avere la porta a cui appoggiarsi. Allargò un po' le gambe e aprì la bocca per lasciare uscire un basso gemito quando una delle dita di Lucas, coperte di saliva, si aprì bruscamente un varco. Erano abituati a non fare rumore, sempre tenendo a mente che alcune porte più in là stava dormendo la loro figlia. Solo che ora che erano a mezzo mondo di distanza da lei, a Jack non interessava che potessero udirli mentre sentiva il bruciore provocato dal secondo dito di Lucas diminuire e la pura estasi prendere il sopravvento.

Lucas conosceva bene il corpo del suo amante, sapeva quanta asprezza Jack potesse sopportare. Sapeva anche che poteva farlo andare su di giri solamente usando le dita, ma non osavano farlo con Ann Elise nell'altra stanza, poiché tutto quel contorcersi e sali-scendi delle dita provocava una sonora risposta nel suo amante. Jack gemeva a ogni movimento e tutto questo accelerava l'afflusso di sangue al pene di Lucas. Arricciò le dita e sfiorò leggermente la zona più sensibile del corpo del suo compagno facendolo rabbrividire.

«Cazzo, Luke!» gridò Jack mentre il respiro diventava sempre più irregolare. Lucas lo spinse contro la porta con più forza e poi toccò di nuovo il suo punto delicato, sapendo che le ginocchia di Jack alla fine avrebbero ceduto. Lucas sentiva i muscoli dello stomaco del suo amante contrarsi e l'anello intorno alle dita stringersi. Jack stava gemendo quasi costantemente quando Lucas smise di muovere la mano e lasciò che l'americano stabilisse il ritmo, spingendosi contro le dita di Lucas e portandosi al limite dopo pochi movimenti.

Lucas circondò Jack con le braccia e lo sostenne, mentre lentamente scendeva verso il pavimento. Avanzò sopra di lui e lo baciò appassionatamente, sfregando il pene gocciolante contro l'addome scivoloso di Jack.

«Non sei ancora venuto?» sussurrò l'americano contro la bocca di Lucas.

«Vuoi vedermi venire?» chiese il giovane con tono seducente.

Jack annuì. «Sempre.» Accarezzò le cosce di Lucas mentre il britannico si raddrizzava, poi guardò il suo viso teso quando il giovane si accarezzò il cazzo con tocchi lunghi e decisi. Jack amava guardare Lucas che dava piacere a se stesso, amava il modo in cui si mordeva il labbro inferiore cercando di non fare troppo rumore.

«Voglio sentirti, Luke, io non mi sono trattenuto.» Jack cercò di farglielo capire alzando la mano per toccare l'uccello di Lucas.

«No,» rispose Lucas, allontanando la mano di Jack. «Guarda solamente… guarda… cosa mi fai…»

I movimenti del suo pugno divennero più scoordinati mentre il suo respiro si faceva irregolare. «Dio… Jack…»

Il viso di Lucas era distorto dal piacere e il giovane emise un gemito basso quando venne, spruzzando ovunque, sulla sua mano e sull'addome di Jack.

L'americano lo raggiunse, prendendo la testa di Lucas tra le mani mentre questi crollava sul suo corpo. Rimasero abbracciati per un po' di tempo, mentre Lucas prendeva fiato.

«Faremo meglio a farci una doccia se vogliamo essere presentabili al matrimonio di Stacey, tesoro» mormorò Jack alla fine.

«Mmmh.» Lucas annuì, sfregando il suo viso contro il collo di Jack.

«STAI bene con quel completo, signor Christensen,» disse Lucas aiutando Jack ad annodare la sua cravatta.

«Beh, le code stanno bene anche a te, signor Carlton,» rispose Jack, facendo spostare Lucas per poi esibirsi in un inchino. «È sorprendente che tutto ti stia così bene, dal momento che non l'hai provato ieri.»

«Beh, è un po' attillato. Il futuro cognato di Stacey deve essere un vero nanerottolo.»

«Su, su,» lo derise Jack, «per apparire belli bisogna soffrire.»

Jack si spostò dietro Lucas per guardare il loro riflesso nel lungo specchio del corridoio. Erano molto eleganti, con le giacche grigie a coda, abbinate a calzoni a strisce. Stacey poteva essere orgogliosa dei suoi paggi.

«Sposami,» chiese Lucas, sorridendo a Jack nello specchio.

Jack mise le mani sui fianchi di Lucas e lo baciò sul collo. «Conosci la mia risposta, Luke.»

«Voglio sentirlo ancora… la versione breve,» scherzò Lucas.

Jack lo guardò seriamente. «Sì, Lucas, ti sposerò. Un giorno ti sposerò.»

IL MATRIMONIO di Stacey fu un'occasione informale e divertente, con tutte le damigelle e paggi, familiari e amici che camminavano tranquillamente da una parte all'altra poiché il municipio, la cattedrale, il ricevimento e la sala del banchetto erano tutti a distanze raggiungibili a piedi. La coppia felice e la maggior parte degli ospiti erano decisamente brilli per la fine del ricevimento e decisamente ubriachi alla fine della cena. Questo era in parte dovuto all'atmosfera rilassata, ma il fatto che la maggior parte degli ospiti nella sala dell'Hilton di

Anversa avesse le camere in hotel era un fattore altrettanto determinante.

Jack e Lucas si svegliarono il mattino seguente con i postumi della sbornia e non completamente sicuri di come fossero riusciti a ritornare alla loro stanza. Erano comunque felici di essere riusciti a trascorrere qualche giorno in più in Belgio prima di ritornare a casa.

Dopo la loro ultima notte nella camera d'albergo, mentre Lucas si lavava i denti davanti al largo specchio, Jack insinuò un braccio intorno al suo addome, come un ladro nella notte. Lucas fece fatica a non ridere allo sguardo furtivo di Jack mentre l'uomo fingeva di mordere il collo dell'amante. Erano entrambi nudi e Lucas divenne serio quando sentì l'erezione di Jack che strofinava contro il suo sedere.

Jack girò il viso di Lucas in modo da poterlo baciare, mentre con l'altra mano scendeva verso l'addome dell'uomo e l'inguine già sensibile. «Sei buono da mangiare,» grugnì Jack contro le labbra di Lucas. «Ti voglio scopare qui, davanti allo specchio.»

«Fottimi, sì,» rispose Lucas respirando più pesantemente. Per un momento ricordò che Jack non aveva voluto farlo in un'altra occasione perché gli riportava vecchi ricordi di Maria. Ma quel pensiero venne presto allontanato dalla forte mano di Jack sul suo cazzo, che velocemente lo accarezzava per portarlo a un'erezione completa. Modellò il suo corpo contro quello di Jack, desideroso di tutto il contatto che poteva avere, e sfregò il culo contro l'erezione del suo amante. C'era urgenza nei loro movimenti, alimentata dalla fame che avevano l'uno dell'altro e dall'immagine inebriante riflessa allo specchio.

Lucas si inclinò in avanti, tenendosi al lavandino con una mano, mentre con l'altra tentava di afferrare oli da bagno e idratanti offerti dall'albergo, in cerca di qualcosa che potesse essere usato come lubrificante. Aprì uno di questi, lo versò, e il fluido bianco e cremoso gocciolò sul lato del lavandino. Fu abbastanza veloce da prendere alcune gocce nella mano e le stese per ricoprire il membro in tensione di Jack.

Jack sibilò a contatto con il fluido freddo e poi gemette, mentre Lucas incominciava ad accarezzarlo. L'inglese non poté fare a meno di fissare il modo in cui i loro corpi si muovevano insieme e si spostò, portando Jack con sé così che si trovassero in piedi tra i due lavandini, offrendo una visione senza ostacoli.

«Fallo adesso,» sussurrò Lucas e girò la testa verso il suo amante. «Fottimi ora.»

«Ho bisogno di prepararti prima,» replicò Jack rauco, lasciando che i suoi movimenti fossero guidati dalla visione nello specchio.

«Lascia perdere i preparativi,» implorò quasi Lucas, «abbiamo fatto l'amore… tre, quattro volte al giorno da quando siamo arrivati. Posso farcela.» Sapeva di farcela e confidava che Jack non gli facesse male. Jack versò ancora un po' di crema, coprendo di nuovo la sua erezione, e strofinò il suo cazzo contro il muscolo sensibile nella fessura di Lucas. Lucas si spinse indietro, volendo, avendo bisogno di essere penetrato, e allargò di più le gambe, dando a Jack un accesso migliore. Jack guardò in basso e aumentò la pressione contro il muscolo Lucas mentre questi si teneva allo sportello.

Jack spinse in avanti: con una mano guidò il suo grosso cazzo scuro e con l'altra tirò il suo giovane amante a sé. Lucas non sentì lo schiocco rivelatore e rimase un po' deluso quando Jack si mosse per sedersi sul sedile coperto del gabinetto, trascinando Lucas con sé.

«Cavalcami,» implorò Jack, «e guardati mentre lo fai. Dio, sei stupendo!»

«*Siamo* stupendi,» lo corresse Lucas mentre allargava le gambe, piegandosi sulle ginocchia di Jack per fare leva. Con una mano guidò il cazzo del suo amante all'entrata e affondò su di esso con un sospiro, guardandosi allo specchio. Vedere quel cazzo lungo e duro sparire nel suo corpo era troppo eccitante e fu solo il violento bruciore che gli impedì di venire. Però ce l'aveva così duro che la punta del suo uccello strofinava contro la sua pancia quando ruotava i fianchi, lasciando strisciature perlate che scintillavano nella luce. Il bruciore cominciò a diminuire e si piegò indietro contro il petto di Jack mentre allungava la mano tra le gambe per raggiungere i propri testicoli. Prima che potesse reagire, Jack gli afferrò le cosce e le sollevò, esibendo la loro unione. Lucas sentiva quanto il suo muscolo si tendesse intorno al grosso cazzo di Jack e provò a strofinarlo. La sensazione provocò scintille nel suo inguine e, a giudicare dalla reazione di Jack, aveva funzionato anche con il suo amante. Lucas era vicino e non avrebbe avuto bisogno di molto per venire, ma voleva di più. «Muoviamoci,» suggerì. «Voglio che tu mi fotta. Forte.» Si allungò all'indietro per toccare Jack e insieme si sollevarono, attenti a non interrompere il contatto. Lucas si puntellò, conoscendo la forza del suo amante.

Jack iniziò a muoversi e Lucas gemette sentendo quel grosso uccello che scivolava dentro e fuori di lui. Mentre guardava in avanti, vide il proprio cazzo rimbalzare un po', creando una sensazione familiare, ma che non aveva mai veramente visto fino ad allora. Guardò Jack negli occhi, ora blu scuro, fissando la perfetta sinergia con la quale si muovevano insieme. Era una visione incredibilmente erotica, vedere come i rumori ritmici dei loro corpi che si scontravano così intimamente venivano trasformati in immagini nello specchio.

«Scoparti è così bello,» esalò Jack mentre i suoi movimenti diventavano più potenti e più accurati a ogni spinta. «Così stretto… così caldo.»

«Sì,» mugolò Lucas. «Ci sono quasi,» aggiunse mentre inclinava leggermente i fianchi. «Oh, cazzo, sì… proprio lì…» Non poteva toccarsi, temeva che, se avesse lasciato il lavandino, si sarebbero schiantati contro lo specchio, ma poteva vedere il proprio cazzo gocciolare a ogni spinta. «Oh, sì… non fermarti ora… fammi venire, Jack… fammi venire… e *vieni con me!*»

Jack stava toccando tutti i punti giusti, ma il potere delle spinte e la loro accuratezza stavano calando, mettendo in guardia Lucas che anche il suo amante era vicino a venire. Incominciò a spingersi all'indietro, incontrandolo a metà strada. Poi Jack si mosse, avvicinandosi a lui e sussurrandogli: «Punta allo specchio» e prima che Lucas potesse ridere, sentì l'inguine pizzicare e spessi fili lattiginosi uscirono dal suo cazzo schizzando ovunque contro l'antica e lucida superficie di fronte a loro. Jack spinse ancora due volte contro la prostata di Lucas, prolungando il suo orgasmo, e l'inglese sentì il calore propagarsi in tutto il suo corpo.

Rimasero in piedi appiccicati l'uno all'altro, ansimando, mentre si guardavano allo specchio.

«Cazzo, è stato intenso,» ansimò Jack contro il collo di Lucas.

«Pensi che dovremmo prendere uno di questi per l'appartamento?» suggerì Lucas indicando lo specchio.

«Neanche per sogno!» ridacchiò Jack. «Dovrei imbavagliarti per scoparti davanti allo specchio. Non c'è possibilità che possiamo farlo silenziosamente.»

Lucas mise le mani sopra quelle dell'americano, guardando i suoi occhi nello specchio. «Penso che dovremo tornare qui almeno una volta all'anno, allora.»

CAPITOLO
VENTISETTE

«GERTJE! Oh, mio Dio, che bello vederti!» Jack stese le braccia e abbracciò stretto la sua precedente segretaria. «Hai visto Lucas?»

Gertje fece un sorriso radioso e Jack si rese conto che non era invecchiata affatto. Sembrava ancora la donna vivace, sempre occupata e molto materna che aveva reso la sua vita lavorativa in Belgio una benedizione.

«Oh, sì! Beh, sta facendo quello che gli piace di più. Sta salutando tutti gli ospiti e li sta facendo sentire i benvenuti. Sono così felice di essere stata invitata a trascorrere l'ultimo giorno dell'anno con la tua famiglia, Jack.»

«Sembri felice, Gertje.»

«Lo sono.» Arrossì. «Mi manca Eddy naturalmente, ma almeno ho incominciato a viaggiare un po', ora. Trascorrerò più tempo qui in America con mia sorella.»

Jack annuì. «Ho sentito di Eddy da Stacey. Perché non mi hai chiamato?»

Gertje gli sorrise e inclinò la testa. «Eri dall'altra parte del mondo, Jack. È stato un funerale privato. Comunque, siamo qui per te stasera.»

Jack sospirò e roteò gli occhi. «Sai che odio essere al centro dell'attenzione, oggigiorno.»

Gertje fece un sorriso comprensivo. «Non penso che dovrai preoccuparti di chi sarà al centro dell'attenzione. Non con Lucas e Ann Elise nei paraggi.»

«Sono felice che tu sia qui stasera. Sembra che la famiglia sia completa,» Jack aggiunse.

Lei arrossì. «Non me lo sarei persa per niente al mondo.»

Jack sapeva che quella donna era una vera amica, anche se non parlavano spesso, ma sentiva che avrebbe rimediato anche a quello.

«Eri sempre una mia grande sostenitrice, vero?» le chiese seriamente.

«Al cento per cento, signor Ambasciatore.» Gli fece l'occhiolino.

«Perché mi coprivi con Maria quando sapevi quello che facevo alle sue spalle?»

«Oh, non ti coprivo in modo speciale, Jack. Non le davo una versione diversa rispetto a quella che davo ad altre persone. 'Il signor Christensen è in riunione fino a tardi. No, non posso disturbarlo. Posso comunque dargli un messaggio, dopo.' Devo ammettere che in qualche modo sapevo che voi due eravate fatti l'uno per l'altro.»

Jack pensò che, dicendo con quelle parole, sembrava davvero una madre orgogliosa.

«E vedere voi due qui stasera, mi conferma che avevo ragione.»

C'era di nuovo quel sorriso compiaciuto.

«Sì, lo amo, Gertje, veramente.»

«Oh, lo vedrebbe anche un cieco. Lo so. E lo sapevo allora. Il modo in cui il tuo viso si illuminava quando lo facevo entrare nel tuo ufficio. Il fatto che trascorresse molto più tempo con te di quanto fosse strettamente necessario. Persino il fatto che cogliesse qualsiasi opportunità per fare il corriere diplomatico. Ma mi è piaciuto dal momento che è entrato nell'ufficio. È un uomo speciale, Jack. Come te, è buono con le persone, ama farle sentire a loro agio. Non importa se si tratta del

Presidente o del portiere. E hai anche una figlia meravigliosa. Un mix perfetto di voi due.»

Jack alzò le spalle. «È carino da parte tua, Gertje, ma è tutta di Lucas.»

«Non pensarlo neppure per un attimo, Jack. Può assomigliare a lui, ma vedo senza dubbio la tua mano nella sua educazione. È più timida di Lucas, più una pensatrice. Ragazza in gamba. Mi ha spiegato la tua tesi di laurea. Non male per una ragazzina di otto anni, vero?»

Jack le sorrise, non credendo completamente a ciò che aveva appena detto. «Stai scherzando, vero?»

«No, no, mi ha detto che tu la rendevi partecipe di tutto. Ha la stoffa dell'ambasciatrice, penso, e sarebbe dannatamente brava!»

«Oh, per piacere, il cielo non voglia,» rise Jack, mentre l'abbracciava di nuovo.

In quel momento, Lucas entrò e Gertje fece le sue scuse.

«Ascolta, è meglio che lasci voi due soli e torni in soggiorno.» Gertje baciò Jack sulla guancia, poi strizzò l'occhio a Lucas e baciò pure lui prima di allontanarsi.

«È bello rivederla, Luke, è stata una bella sorpresa,» disse Jack a Lucas, mentre circondava con un braccio il suo amante.

«Beh, ormai sono tutti qui. Stacey sembra che stia per esplodere da un momento all'altro. Anche Sean è venuto! Ha portato la sua futura moglie numero quattro, penso. È carina, ho parlato con lei, ed è più giovane di me.» Lucas roteò gli occhi, facendo ridacchiare Jack.

«Oh, e Mark ha portato una piccola testa rossa di nome Zanna. Non ti sembra di averla già incontrata, prima?»

«Beh, non è che vediamo Mark ogni settimana,» rispose Jack tranquillamente, divertendosi a vedere come Lucas era eccitato riguardo alla serata.

«Prima che mi dimentichi, Liz mi ha chiesto se possiamo badare ai ragazzi la prossima settimana. Le ho detto che non ci sono problemi. Penso che abbia intenzione di scappare con il signor Brazil.»

«Molto più carino del signor Italy, che l'ha presa in giro per tutti questi anni,» aggiunse Jack.

«Sì, le ho detto che non lasciano mai le loro mogli.»

«Io l'ho fatto.»

Lucas sospirò felicemente. Guardò Jack e lo baciò energicamente sulle labbra. «Non so come sarebbe stata la mia vita se tu non l'avessi fatto.»

«Avresti trovato qualcun altro. Sono sicuro che saresti stato felice.»

Lucas scosse la testa. «Non in questo modo, tu ed io eravamo fatti l'uno per l'altro.»

Jack si sentì caldo dentro. «Bene, non ho mai rimpianto la mia decisione.»

«Bene!» disse Lucas con arguzia mentre sorrideva. «Perché anche Maria è qui!»

Jack inspirò profondamente, sollevando le sopracciglia. «La prossima cosa che mi dirai sarà che anche Lucy lo ha fatto, e poi che Santa Claus è sceso dal camino.»

Lucas si zittì. «Tu sai che non sarebbe venuta.»

«Tu avresti voluto?» chiese Jack attirando Lucas più vicino.

Lucas torse le labbra e scosse la testa. «Qualche volta penso che Ann Elise vorrebbe incontrarla.»

«Lo farà probabilmente un giorno, ma entrambe hanno bisogno di essere pronte per farlo. Non serve cercare di forzare. Ora andiamo, prima che i nostri ospiti si domandino cosa stiamo facendo. Inoltre, non è giusto lasciare che Ann Elise badi a tutte quelle persone da sola.»

Lucas sbuffò. «Come se non stesse facendo un lavoro migliore di noi due.»

«POSSO avere l'attenzione di tutti?»

Ann Elise stava in piedi su una sedia tra i suoi due padri. Guardò verso Liz che le fece un cenno d'incoraggiamento.

Iniziò in modo esitante, chiaramente un po' intimidita dalle persone attorno a lei, anche se conosceva la maggior parte di loro piuttosto bene. «Papà e Jack sanno che ho intenzione di dire due parole, ma non sanno esattamente cosa ho intenzione di dire, quindi per favore ascoltate.»

Lucas sentì che Jack si schiariva nervosamente la voce e ammise tra sé e sé che probabilmente aveva delle buone ragioni per essere nervoso. Non si poteva fare affidamento su quella figlia piena di sorprese.

«Come prima cosa, alcuni di voi sono già a conoscenza di questo, ma per quelli che non lo sanno: Jack ha presentato la sua tesi per il dottorato un po' di tempo fa e gli è stato detto la settimana scorsa che piuttosto presto dovremo chiamarlo *dottor* Christensen. Io gli ho detto 'Neanche per sogno'.» Alcune persone risero forte e lei continuò. «Per favore, fatelo arrossire applaudendo per lui.»

Lucas guardò Liz che passava con i bicchieri di champagne, mentre gli ospiti applaudivano e acclamavano Jack ad alta voce, facendolo sorridere a disagio.

«Come seconda cosa, il Presidente ha chiesto a Jack di diventare di nuovo Ambasciatore.»

Anche questo fu accolto con acclamazioni e Jack dovette alzare la mano per dare ad Ann Elise la possibilità di continuare. «Dopo alcune animate discussioni a tavola a cena…» disse guardando entrambi i suoi padri e appoggiando le mani sulle loro spalle mentre i due uomini ridevano nervosamente, guardandosi l'un l'altro, «… ha deciso di rifiutare, dicendo che avrebbero dovuto richiederglielo quando fossi stata al college, il che è bello, perché mi piace veramente la mia scuola qui.»

Aaaaah e *oooh* risuonarono per tutta la stanza, ma i loro amici ancora sorridevano.

Ann Elise si schiarì la voce e Jack capì che questo era uno dei tic nervosi che aveva ereditato. «Poi, per finire… e posso essere mandata a letto senza cena, per questo…»

Ann Elise guardò verso Liz che le fece l'occhiolino.

«Prima che io nascessi, Jack chiese a papà di sposarlo e papà disse sì, solamente non potevano perché Jack era ancora sposato.» Alzò gli occhi al cielo e Maria le sorrise. «Poi di nuovo, quando avevo sei anni, al matrimonio di Stacey… per coloro che non la conoscono, Stacey è quella signora bella, alta, con le labbra rosse e i capelli lunghi e scuri, che sembra stia per avere un bambino da un momento all'altro. Bene, al suo matrimonio, papà chiese a Jack di sposarlo e Jack disse di sì, ma solo se potevano farlo nella loro nazione. Ora, finalmente, nello stato di New York, due uomini possono sposarsi.»

Si girò verso i suoi due papà. «Potreste per favore cominciare a organizzarvi?»

Forti acclamazioni si sollevarono dal gruppo di persone in soggiorno. Si sentirono degli «Udite, udite!» ed «Era ora!»

Jack arrossì, mentre rivolgeva a Lucas uno sguardo che significava, 'cosa ne pensi?'

Lucas si morse il labbro inferiore e annuì. «Immagino che non ci sia niente che ci possa fermare ora,» bisbigliò e si piegò in avanti per baciare Jack. I loro amici si alzarono e, quando si guardarono intorno, videro bicchieri che si sollevavano e visi felici ovunque, non uno che disapprovasse o fosse scettico nel gruppo. Persino Maria sorrideva raggiante, benché senza dubbio stesse spiegando alcune cose al bell'uomo che aveva il braccio appoggiato sulla sua spalla.

Mark aveva un ghigno malizioso sulla faccia. «Avrete bisogno entrambi di testimoni, signori!»

E Liz ribatté dall'altra parte della stanza: «Chi dice che solo gli uomini debbano farlo?»

«Bene, allora faresti meglio a preparare il tuo smoking, Liz,» disse scherzosamente Lucas alla sua migliore amica.

Jack e Lucas si abbracciarono con Ann Elise tra loro. «Sei felice ora?» chiesero alla signorina.

Ann Elise scompigliò i capelli di entrambi gli uomini. «Sì!» gridò. «Non sarò più la figlia di una famiglia disgregata. Ora possiamo controllare la cena? Sto morendo di fame!»

EPILOGO

«TORNA a letto, Luke,» disse Jack pigramente. Si stava stiracchiando sul letto che avevano condiviso negli ultimi sei anni e mezzo.

«Non posso,» rispose Lucas in modo deciso dal piccolo balcone. Stava guardando fuori verso la città, sorseggiando il tè dalla tazza che aveva in mano.

«Cosa c'è?» Jack non era completamente sicuro se Lucas stesse scherzando o no.

«Ho promesso a me stesso nove anni fa che non sarei più andato a letto con un uomo sposato.»

Jack fece una risatina. «Immagina come mi sento io. Ho detto a me stesso trent'anni fa che non sarei mai andato a letto con un uomo. Ora mi sono innamorato di uno e l'ho anche sposato!»

«Allora sei ancora innamorato?» chiese Lucas mentre, in modo casuale, lasciava che il suo accappatoio si aprisse, rivelando le lunghe gambe e le cosce snelle.

Jack voleva scherzare sul fatto di essere spietatamente sedotto da un bel corpo, ma decise di no. In quel momento voleva solo prendere Lucas tra le braccia il più velocemente possibile. Voleva che fosse la sua mano a sfregare l'addome piatto di Lucas e a scivolare giù verso il tesoro che lo aspettava. «Sì, lo sono,» rispose, sollevando il piumone perché Lucas si infilasse sotto.

La sua pelle era fredda e i due si rannicchiarono vicini finché non fu ora di alzarsi.

Si sposarono quella mattina presso la casa di un amico negli Hamptons. Era stato un raduno informale, una piccola cerimonia con gli amici più intimi, a piedi nudi sulla spiaggia.

Mark, ora sposato con Zanna e un bambino in arrivo, fu il testimone di Jack.

Liz era apparsa in smoking, completato da un brillante cappello a cilindro. Appariva deliziosamente androgina tranne che per la pancia che stava crescendo, testimonianza della felicità concessale da Rodrigo, un interprete brasiliano/portoghese delle Nazioni Unite con il quale era veramente scappata per sposarsi, nel weekend successivo al festeggiamento dell'ultimo giorno dell'anno, a casa di Jack e Lucas.

Loro sei, con Ann Elise e i due figli di Liz, prepararono un elaborato pranzo-picnic sulla spiaggia, raggiunti da Sean e dalla sua ragazza e da Maria con il suo fidanzato 'medico senza frontiere'. L'atmosfera era stata rilassata e felice con un consumo di alcolici ridotto al minimo a causa della presenza delle gestanti, ma piena di discorsi e prese in giro da tutti gli amici che erano stati coinvolti nelle storie che avevano formato le loro vite.

Nelle prime ore del giorno successivo, fecero l'amore nel letto che era stato la loro oasi.

Lo fecero con calma, baciandosi lentamente, toccandosi e strofinandosi l'uno contro l'altro. Si conoscevano bene, sapevano cosa li faceva sentire bene e cosa li portava in paradiso. La conoscenza significava calore e sicurezza.

Jack guardò in alto verso gli occhi scuri di Lucas pieni di lussuria mentre il suo amante lo penetrava. Sentì lo stretto passaggio deliziosamente caldo circondarlo mentre Lucas si adattava all'intrusione.

Mentre Lucas cominciava a muoversi, Jack vide che il giovane uomo non sarebbe durato a lungo.

«Vieni per me, Luke. Vieni per me, marito mio.»

Lucas sorrise alla parola *marito*, incapace di rispondere a parole perché i suoi movimenti diventarono più pressanti. Si piegò in avanti, prendendo la testa di Jack tra le mani e sussurrò: «Vieni con me, Jack. Ti prego.»

Jack fece fatica a tenere gli occhi aperti perché il piacere familiare gli tendeva l'inguine, ma non voleva perdere la bellezza del viso di suo marito mentre venivano sconvolti dal loro reciproco orgasmo.

Si svegliarono alcune ore più tardi; i raggi del sole appena sorto brillavano attraverso le tende, abbassate per metà.

«Sono felice che tu abbia detto no al Presidente,» ammise Lucas pigramente.

«Pensavo che le nostre vite fossero abbastanza perfette già così come sono,» sussurrò Jack mentre baciava i capelli di Lucas. «Mi piace l'anonimato, mi piace il fatto che abbiamo potuto sposarci senza fare scalpore. Mi piace l'idea che Ann Elise stia crescendo con gli amici che conosce dall'asilo.»

Lucas si limitò a sorridere mentre si rannicchiava più vicino e si abbandonava di nuovo al sonno. Sì, la vita era perfetta così com'era.

ZAHRA OWENS è nata in Europa appena dopo Woodstock e l'allunaggio. I suoi genitori, non anglofoni, le hanno dato un nome un po' difficile da pronunciare. Essere un Acquario per lei significa essere sempre anticonformista, la gente ha imparato ad aspettarsi l'inaspettato.

Ha cominciato scrivendo favole in prima elementare; durante lo stesso anno è entrata in contatto con il suo primo gruppo di amici anglofoni, un gruppo che avrebbe poi compreso persone provenienti da ogni parte del mondo. In apparenza era una tipica figlia unica, abituata a stare con gli adulti per la maggior parte del tempo. In realtà, bramava modi per incanalare la sua fervida immaginazione.

Diventare un'infermiera in terapia intensiva l'ha tenuta occupata per un po' di tempo e la stessa cosa è successa per la sua carriera di specialista informatico. Secondo sua madre, il suo hobby è collezionare diplomi universitari, ma è stato solo dopo i trent'anni che si è resa conto di cosa voleva. Allora conduceva una vita decorosa durante il giorno e coltivava le sue doti di scrittrice di notte. Scriveva in inglese naturalmente, che è anche la lingua in cui preferisce leggere. Il pezzo finale del mosaico della sua carriera di scrittrice è arrivato quando ha incontrato la sua editor, una figura essenziale per chi non è di madrelingua.

Il fatto che internet abbia reso il mondo molto più piccolo le ha dato la possibilità di raggiungere lettori di tutto il mondo. E lei non potrebbe esserne più felice.

Visitate il sito internet di Zahra all'indirizzo: www.zahraowens.com.